Y Ddwy Lisa
Sgrech y Dylluan

Golygyddion Cyfres y Dderwen:
Alun Jones a Meinir Edwards

Y Ddwy Lisa
Sgrech y Dylluan

GARETH F. WILLIAMS

yl **Lolfa**

Cyflwynedig i'm tad,
Hugh

Argraffiad cyntaf: 2010

Comisiynwyd y gyfrol hon gyda chymorth ariannol Adran Plant,
Addysg, Dysgu Gydol Oes a Sgiliau

Cynllun y clawr: Tanwen Haf

Rhif Llyfr Rhyngwladol: 978 1 84771 191 5

Cyhoeddwyd ac argraffwyd yng Nghymru
gan Y Lolfa Cyf., Talybont, Ceredigion SY24 5HE
gwefan www.ylolfa.com
e-bost ylolfa@ylolfa.com
ffôn 01970 832 304
ffacs 832 782

Deeper meaning resides in the fairy tales told me in my childhood than in any truth that is taught in life

Friedrich von Schiller

Rhwng prop a pholyn, ar ryw beipen gron,
Gwelais dylluan, a daeth braw i'm bron.

T. H. Parry-Williams

Maen nhw'n cadw twrw eto heno, funudau ar ôl i'r golau olaf gael ei ddiffodd.

Dim ond un i gychwyn, ac un arall ychydig eiliadau wedyn yn ei hateb. Yna'r drydedd a'r bedwaredd, a hyd yn oed mwy – seiat tylluanod, pob un yn ei dweud hi am rywbeth neu'i gilydd.

Gorweddaf yn fy ngwely'n gwrando ar eu hwtian; yn wir, mae undonedd y twit-tw-hŵ yn fy ngorfodi i wrando. Dychmygaf eu bod i gyd yn sefyll mewn rhes ar gangen hir reit y tu allan i'm ffenest gyda'u llygid anferth wedi'u hoelio'n feirniadol ar fy llenni.

Dychmygaf hefyd, petawn i'n codi ac agor y llenni, y byddwn yn gweld mewn braw fod y goeden gyfan – derwen fawr, urddasol sydd eto i fagu ei dail newydd eleni – yn dylluanod o'i thop i'w gwaelod.

Tylluan lle dylai fod deilen, pob brigyn yn dwyn gwdihŵ.

A'u hwtian, wrth i'm hwyneb ofnus, gwyn ymddangos yr ochr arall i'r gwydr, yn troi'n sgrechian.

A'r dyn yn y lleuad yn sbecian i lawr rhwng y rhwyg yn y cymylau duon ac yn agor ei geg yn llydan i sgrechian efo nhw.

Y Ddwy Graig

gan

Lisa Angharad

Un tro, roedd brawd a chwaer yn byw yma ar y mynydd, un ar ochr y dwyrain a'r llall ar ochr y gorllewin. Doedden nhw ddim yn byw efo'i gilydd oherwydd roedden nhw wedi ffraeo ers blynyddoedd lawer, ers pan oedden nhw yr un oed â fi, sef un ar bymtheg oed. Ffraeo dros bres wnaethon nhw. Roedd eu rhieni wedi marw'n annisgwyl, ac wedi i'r brawd a'r chwaer orffen galaru, dyma nhw'n dechrau meddwl am eu hetifeddiaeth.

Dwi ddim yn synnu, chwaith, oherwydd roedd 'na sôn fod eu tad nhw, pan oedd o'n ifanc, wedi dŵad ar draws un o'r tylwyth teg wrth gerdded drwy'r goedwig. Wrth gwrs, doedd o ddim yn ymwybodol ar y pryd mai tylwythen deg oedd hi, oherwydd yr hyn a welodd oedd hen, hen wreigan wedi cael ei chlymu efo rhaffau praff wrth dderwen.

'O, syr, helpwch fi, plis helpwch fi,' crefodd yr hen wreigan.

Gan fod tad y brawd a'r chwaer yn hen hogyn iawn, aeth ati'n syth i dorri drwy'r rhaffau efo'i gyllell boced. Pan syrthiodd y darn olaf o raff i'r ddaear, mi drodd yr hen wreigan yn ferch ifanc hardd, efo gwallt melyn hir yn byrlymu i lawr ei chefn fel rhaeadr o ŷd.

Unwaith roedd o wedi dod dros y sioc, deallodd mai Tywysoges y Tylwyth Teg oedd yr hen wreigan mewn gwirionedd, ac mai'r Dewin Drwg oedd wedi'i chlymu i'r dderwen. Y peth ydi, dach chi'n gweld, dydi'r tylwyth teg 'ma ddim i fod i gael eu clymu; os ydi hynny'n digwydd iddyn nhw, yna maen nhw'n heneiddio ffwl sbîd, rhyw flwyddyn am bob munud sy'n carlamu heibio.

Roedd tad y brawd a'r chwaer, felly, wedi digwydd dŵad heibio jest mewn pryd. Pum munud arall, a fasa 'na ddim byd ar ôl wrth droed y dderwen fawr 'ond swp o esgyrn mewn gwisg o gnawd'.

'Rw't ti wedi achub 'y mywyd i, mêt,' meddai Tywysoges y Tylwyth Teg. 'Ro'n i ar fin rhoid fy rhech ola.'

(Petha digon coman ydi'r tylwyth teg 'ma ar adega.)

'O,' meddai tad y brawd a'r chwaer (ond cofiwch, doedd o ddim yn dad iddyn nhw eto; doedd o ddim hyd yn oed wedi cyfarfod â'i wraig, heb sôn am ei phriodi a chael plant efo hi). 'Ia. Grêt. Cŵl...'

'Ma'n rhaid i mi dy wobrwyo di,' meddai'r Dywysoges. 'Ond yn anffodus, dwi wedi gadael fy handbag adra. 'Mond piciad allan am ffag slei wnes i, ti'n gweld, a do'n i ddim wedi disgwl cael fy haslo gin y blydi Dewin Drwg 'na. Ma'n dangos, yn dydi, nad ydi smocio'n gneud dim lles i rywun.'

Poerodd ar y llawr a dechrau crafu'i phen-ôl yn feddylgar. Ond daliodd tad y brawd a'r chwaer hi'n sbecian arno fo o gornel ei llygad, ac roedd yn amlwg ei bod hi'n disgwyl iddo fo ddweud wrthi am anghofio am y wobr, pleser pur oedd cael helpu aelod o deulu brenhinol y tylwyth teg, ac yn y blaen.

'No way, José!' meddai wrthi. 'Dwi isio gwobr, plis.'

'Damia!' meddai'r Dywysoges. Ochneidiodd. 'Ocê, ocê. Ynda,' ac o dan ei thop tynnodd ddarn o risgl coeden a'i roddi i'r dyn ifanc.

Sbiodd hwnnw'n llywaeth arno fo. 'Be goblyn ydw i fod i'w neud efo hwn?'

Neidiodd y Dywysoges gan edrych o'i chwmpas yn wyllt. 'Paid!' meddai. 'Paid â deud y gair *coblyn* 'na!'

'Y?' meddai tad y brawd a'r chwaer yn hurt.

'W't ti wedi *gweld* coblyn erioed?' Ysgydwodd y dyn ifanc ei ben. 'Naddo, yn hollol. Dw't ti ddim yn gwbod am be rw't ti'n siarad, a dw't ti ddim *isio* gwbod chwaith, coelia di fi, mêt. Damia nhw – hen dacla bach ffiaidd ydi'r coblynnod 'ma.'

'O?'

'Ffiaidd uffernol hefyd. Yn drewi o ogla chwys achos dydyn nhw byth yn molchi. Halitosis, achos dydyn nhw byth yn llnau'u dannadd, ac mae'u dannadd nhw wedi pydru i gyd – 'mond amball stwmpyn sy gynnyn nhw yn eu cega. Plorod dros eu hwyneba, efo hen stwff melyn a du'n llifo allan ohonyn nhw. A dydyn nhw byth – *byth* – yn sychu eu hunain yn iawn ar ôl gneud eu busnas.'

'O'r argol fawr!'

'Yn hollol, was. Reit, dwi am ei throi hi...'

'Hei, dal dy ddŵr! Be *ydi* hwn?' gofynnodd tad y brawd a'r chwaer am y darn o risgl roedd ganddo yn ei law.

'Ma gen ti llgada, on'd oes? Sbia arno fo'n iawn,' meddai'r Dywysoges.

Syllodd y dyn ifanc ar y rhisgl, ac wrth iddo fo sbio, gwelodd linellau a sgwennu'n ymddangos arno fo.

'Map ydi o?' gofynnodd.

Chafodd o ddim ateb, a phan edrychodd i fyny, roedd Tywysoges y Tylwyth Teg wedi diflannu.

Astudiodd y map yn ofalus ar ôl mynd adre y noson honno.

Ar ôl sylweddoli ei fod o wedi bod yn ei ddal â'i ben i lawr ers oriau, trodd y rhisgl y ffordd iawn. Ond doedd o ddim callach.

Gan benderfynu ei fod o wedi cael ei dwyllo, sodrodd y map yng ngwaelod un o'i ddroriau ac anghofiodd amdano am rai blynyddoedd. Yna, un noson, syrthiodd dros ei ben a'i glustiau mewn cariad â'r ddynas a fyddai un diwrnod yn fam i'r brawd a'r chwaer. Y drafferth oedd eu bod nhw'n rhy dlawd i fedru fforddio priodi, gan mai dim ond gwas ffarm oedd o, a dim ond athrawes oedd hi.

'Un diwrnod,' meddai wrthi, 'mi fydd gen i ddigon o bres i brynu fy ffarm fy hun, ac i brynu dy ysgol dy hun i chdi.'

'O...' meddai ei gariad. 'Waw. *Thanks a bunch.*'

Ond doedd yna ddim golwg fod y diwrnod hwnnw am wawrio.

Yna cofiodd am fap Tywysoges y Tylwyth Teg. Aeth i chwilota yn ei ddrôr a chael hyd iddo fo o dan hen grys-T o Glastonbury. Sbiodd arno fo eto, a wyddoch chi be? Y tro hwn, roedd o'n meddwl ei fod o'n ei ddallt o.

Diflannodd am wythnos, ac roedd ei gariad yn dechrau meddwl efallai y dylai ystyried mynd allan efo'r dirpwy brifathro oedd yn amlwg yn lystio ar ei hôl hi, pan ddychwelodd y dyn ifanc mewn BMW mawr newydd.

'Dydi hyn yn ddim byd,' meddai wrthi. 'Gwitshia di nes i chdi weld 'yn ffarm newydd i.'

Priododd y ddau a setlo mewn ffarm anferth ar ochr y mynydd, a chael dau o blant, un hogyn ac un hogan. Jest cyn iddo fo a'i wraig farw, mi gafodd y tad chydig gormod o lysh un noson, a dechreuodd adrodd hanes Tywysoges y Tylwyth Teg wrth ei blant. Ond roedd o'n rhy feddw i fedru adrodd y stori'n iawn; yr unig beth ddeallon nhw oedd bod eu tad, flynyddoedd yn ôl, wedi dod o hyd i lond crochan mawr o aur wedi'i gladdu yn rhywle, a'i fod o prin wedi cyffwrdd â'r aur pan brynodd o'r fferm anferth hon. Felly, roedd yr aur i gyd, fwy neu lai, wedi'i gladdu yn rhywle.

Ond ble?

A-ha – dyna'r peth. Gwrthododd ddweud, gan gymryd arno mai malu awyr ac wedi meddwi roedd o pan adroddodd y stori wrthyn nhw. Ond doedden nhw ddim yn ei goelio, a phob un dydd ers hynny wnaethon nhw ddim byd ond swnian ar y creadur, ac ar eu mam, nes o'r diwedd cafodd y ddau hartan a marw.

Ond roedd y brawd wedi cael i'w ben fod y chwaer yn gwybod y gyfrinach, ac roedd y chwaer wedi cael i'w phen hithau fod y brawd yn gwybod. Aeth pethau o ddrwg i waeth rhyngddyn nhw, a chan eu bod nhw'n gwneud dim byd ond poeni am yr aur, aeth pethau'n flêr, aeth yr hwch drwy'r siop arnyn nhw a bu'n rhaid iddyn nhw werthu'r fferm.

Fel yr ydym yn gwybod, digiodd y ddau efo'i gilydd a mynd i fyw naill ochr i'r mynydd. Ond roedden nhw'n hoffi tynnu ar ei gilydd yn sbeitlyd drwy gymryd arnyn nhw eu bod yn gwybod yn iawn lle roedd yr aur, gan ddweud rhywbeth fel: 'Ocê, mi dduda i wrthat ti'n ddistaw bach,' a phlygu ymlaen at glust y llall fel petaen nhw am sibrwd y gyfrinach cyn gwneud sŵn rhechan bowld ac uchel reit yn y glust ddisgwylgar.

O'r diwedd, cafodd y tylwyth teg lond bol ar y lol yma. Aethon nhw at y Dywysoges a chwyno, a'r tro nesaf y plygodd y brawd a'r chwaer at glustiau'i gilydd, mi drodd y Dywysoges hwy'n ddwy graig fawr lwyd.

Ac yno maen nhw hyd heddiw, yn gwyro tuag at ei gilydd, un eisiau sibrwd a'r llall eisiau clywed ond dim un o'r ddau'n gallu gwneud hynny, dim ond fferru yno ar y mynydd yn y gwynt a'r glaw a'r eira.

Pennod 1

Lisa Angharad

Tasa Gwion Harri ddim wedi mynd efo Sharon Lloyd, yna...

Ia, wel.

Mae'n ddigon hawdd dweud tasa, yn dydi? Tasa hyn neu'r llall ddim wedi digwydd...

Ond digwydd wnaeth o. Aeth Gwion a Sharon efo'i gilydd, ac maen nhw'n dal i fynd allan efo'i gilydd, felly dyna ni. Maen nhw bellach yn 'eitem'.

Anghofia amdano fo, Lisa. Anghofia amdanyn *nhw*. Canolbwyntia ar dy waith ysgol. Mae gen ti arholiadau TGAU ymhen ychydig dros ddeufis.

Ond digon hawdd ydi dweud hynny hefyd, yndê? Fedrwn i ddim hyd yn oed meddwl am 'y ngwaith ysgol, heb sôn am ganolbwyntio arno fo. Baswn wrth fy modd petawn i wedi gallu gwthio Gwion – a Gwion a Sharon, a Gwion *efo* Sharon – allan o'm meddwl yn llwyr. Codi f'ysgwyddau a dweud, 'A, wel...' fel tasa'r ddau ohonyn nhw yn ddim ond rhyw ffilm roeddwn wedi edrych ymlaen at ei gwylio ar y teledu ond wedi methu ei gweld.

Ia – digon hawdd yw dweud y pethau yma. Ond roedd y sgwrs a gefais efo Eleri Fôn yng nghantîn yr ysgol ddydd Llun wedi creu darlun ofnadwy na fedrwn ei ddileu o'm meddwl.

Gwion a Sharon, a Gwion *efo* Sharon.

Digwyddodd nos Sadwrn ar ôl i mi, fel arfer, orfod mynd adre. Mae'r nonsens yma wedi bod yn dipyn o asgwrn cynnen rhyngof i a'm rhieni ers tro rŵan; maen nhw'n mynnu 'mod i'n mynd adre ar f'union ar ôl bod yn y sinema efo'r criw, tra bo pawb arall yn mynd yn eu blaenau i gloi'r noson yn Starbucks neu McDonald's. Mae'r bws olaf yn gadael y dre am hanner awr wedi naw, ond mae'r ffilmiau'n tueddu i orffen rhwng deg a chwarter wedi deg, sydd wrth gwrs yn golygu fod yn rhaid i naill ai Mam neu Dad – Mam, gan amla – ddod i'r dre i 'nôl i.

Ac maen nhw'n gwrthod dod yn hwyrach na chwarter wedi deg. 'Rydan ninna isio mynd i'n gwelyau hefyd, ysti,' meddai Mam, 'yn enwedig ar nos Sadwrn. Ti'n gwbod yn iawn fod dy dad yn leicio codi ben bora ar ddydd Sul er mwyn dal y golau.'

Protestiais, wrth gwrs, ond i ddim diben. Doedden nhw ddim yn rhy hoff o'r ffaith fod arna i isio mynd i mewn i'r dre ar nosweithiau Sadwrn fel roedd hi – mi fasach chi'n meddwl arnyn nhw 'mod i'n mynd i ganol y Bronx yn Efrog Newydd neu'r Favelas yn Rio – felly doedd wiw i mi brotestio gormod. Fel y cefais f'atgoffa ganddyn nhw fwy nag unwaith, 'Rw't ti'n lwcus 'yn bod ni'n mynd â chdi yno ac yn ôl o gwbl, Lisa, felly bydda'n ddiolchgar.'

Mae gweddill y criw yn byw yn y dre – pawb ond Gwion Harri. Petai hwnnw hefyd yn mynd adre ar ddiwedd y noson, yna hwyrach y buasai ein rhieni wedi gallu trefnu efo'i gilydd eu bod yn dod i'n nôl ni bob yn ail, neu rywbeth. Ond mae Gwion yn aros yn nhŷ ewythr ei dad bob nos Sadwrn ac yn cael lifft yn ôl adre fore trannoeth, pan fydd yr ewythr yn gyrru draw i Lanrafon am ei ginio dydd Sul.

Ac ar ôl yr hyn a ddigwyddodd nos Sadwrn diwetha, mae'n siŵr y dylwn i fod yn ddiolchgar nad oeddan ni'n gorfod rhannu lifft adre'r noson honno.

Adre.

Ond roeddan ni wedi rhannu lifft *i mewn* i'r dre. Roedd o'n sefyll yno'n aros amdanon ni wrth giât Glanrafon efo'i rycsac dros ei ysgwydd, a dringodd i mewn i gefn car Renault Mam efo'i 'Helô-sud-dach-chi?' arferol wrth Mam a'i 'Haia, Lisa,' wrtha i.

Popeth fel arfer, heb awgrym o gwbl fod unrhyw beth anghyffredin am ddigwydd ar ddiwedd y noson. Fasa fo wedi digwydd taswn i ddim wedi gorfod mynd adre, ysgwn i? Dyna un cwestiwn sy wedi 'mhigo i drosodd a throsodd ers i mi glywed am Gwion a Sharon. Ac wn i ddim pa un fyddai waetha, a bod yn onest: ei weld yn digwydd, fel y gwnaeth gweddill y criw, ynteu clywed amdano wedyn, fel y gwnes i ddeuddydd yn ddiweddarach oddi wrth Eleri Fôn.

'... a'r funud nesa roeddan nhw'n snogio'i gilydd fel tasa'r ddau ohonyn nhw ar lwgu,' meddai, cyn troi a sbio i ffwrdd yn sydyn, yn amlwg yn teimlo ei bod wedi peintio'r darlun yn rhy dda. Bu'n fy llygadu'n o nerfus cyn hynny fel petai hi ddim yn siŵr sut y byddwn i'n ymateb i'w stori. Y peth cŵl i'w wneud fyddai eistedd yno'n sbio arni gyda hanner gwên fach enigmatig, fel y *Mona Lisa*. Ond roedd hynny y tu hwnt i 'ngallu i. Troais i ffwrdd oddi wrthi pan ddwedodd hi'r frawddeg, ond roedd fy llygid wedi llenwi â dagrau a dwi'n siŵr fod Eleri wedi'u gweld yn sgleinio'n llaith. Arhosais nes eu bod nhw i gyd wedi cilio cyn troi 'nôl ati hi ond roedd f'wyneb, a oedd ychydig yn gynharach wedi troi'n fflamgoch, bellach yn wyn. Gallwn *deimlo* hynny.

'O...' meddwn.

Ceisiais wenu, ond mynnai corneli 'ngheg droi i lawr yn hytrach nag i fyny.

'Sorri, Lisa,' meddai Eleri.

Dechreuodd estyn ei llaw dros y bwrdd efo'r bwriad o afael yn fy llaw, ond symudais fy nwylo a'u plethu nhw ar fy nglin.

'Oedd 'na unrhyw beth wedi digwydd cyn hynny?' gofynnais.

'Be ti'n feddwl?'

''Sti... unrhyw awgrym eu bod nhw am... 'sti...'

Deallodd Eleri. 'Na, dyna'r peth. Wel – ddim i *mi* sylwi, beth bynnag. Wnest ti?'

Cofiais sut roedd Gwion wedi llithro i mewn i sedd gefn car Mam ar ddechrau'r noson, ac fel roeddan ni i gyd wedi cyfarfod, fel arfer, yng nghaffi'r ganolfan lle mae'r sinema *multiplex*, ac fel roedd Sharon wedi cyrraedd efo Mai ac Anna ac Aled Parri. Oedd hi wedi gwenu'n anarferol o gynnes ar Gwion? Nid felly, a does gen i ddim cof chwaith ohono yntau'n ei llygadu fel blaidd rheibus wrth iddi eistedd wrth ein bwrdd hefo'i *cappuccino*.

Dim arwydd o gwbl eu bod nhw'n dyheu am y cyfle i snogio'i gilydd fel tasan nhw ar lwgu, damia nhw.

Ysgydwais fy mhen, felly, mewn ymateb i gwestiwn Eleri, ond roedd hi'n rhy hwyr o beth wmbrath i mi drio ymddangos yn cŵl a di-hid. Roedd Eleri'n fy nabod yn rhy dda, beth bynnag – a hi oedd yr unig un a wyddai am fy nheimladau tuag at Gwion Harri.

Neu felly y tybiwn, beth bynnag.

'A'th y lle i gyd yn ddistaw,' meddai, 'efo neb yn gwbod be i'w ddeud na lle i sbio.'

'Y lle' oedd Starbucks, a gallwn ddychmygu popeth yn tshampion, diolch yn fawr, heb i Eleri fanylu rhagor.

'Ia, ocê!' meddwn.

'Sorri, Lisa,' meddai Eleri eto, a dyna pryd yr edrychais

o gwmpas y cantîn a sylweddoli am y tro cynta nad oedd neb arall o'r criw ar ein cyfyl ni. Yn waeth na hynny, doedd yr un ohonyn nhw wedi dod ar gyfyl y *cantîn*, hyd y gwelwn i beth bynnag. Neidiodd fy llygid o un bwrdd i'r llall, cyn disgyn ar wyneb difynegiant y Goth ffrîci honno Lisa Marie, a eisteddai ar ei phen ei hun, fel arfer, wrth y bwrdd agosa. Oedd hi'n syllu arna i, oedd hi'n clustfeinio ar ein sgwrs?

'Ti isio llun?' gofynnais iddi.

Syllodd reit drwydda i.

'Wnei di plis roi'r gora i sbio arna i?'

Blinc sydyn, a gwelais ei llygid yn ffocysu arna i. Gwgodd a thynnu gwifren o'i chlust a sylweddolais ei bod yn gwrando ar ryw rwtsh Goth ar beiriant iPod.

'Be?' meddai.

Ysgydwais fy mhen. 'Dim byd... sorri...'

Ochneidiodd a gwthio'r wifren yn ôl i mewn yn ei chlust. Troais yn ôl at Eleri Fôn.

'Lle ma pawb arall?' gofynnais yn siarp.

Edrychodd Eleri yn bur anghyfforddus. 'Roeddan ni'n meddwl ella y basa'n well...'

'*Ni?*'

Tro Eleri oedd hi i sbio i ffwrdd rŵan.

'Ni?' meddwn eto. 'Rydach chi i gyd wedi bod yn trafod hyn, felly?'

Roedd Eleri wedi cochi eto – a golygai hynny fod pawb o'r criw bellach yn gwybod am y nheimladau tuag at Gwion Harri. Am y ngobeithion bach pathetig. Pawb – gan gynnwys Sharon, yr Ast a Gwion, y Bastad.

'Yn 'y nhrafod *i*...'

'Lisa...'

''Mond y chdi oedd i fod i wbod,' meddwn. 'Ond rŵan... ma nhw i gyd...'

Nodiodd Eleri. Roedd hi'n syllu i lawr ar y bwrdd.

'Be wnathoch chi,' meddwn yn chwerw, 'ista mewn cylch, ia? Un ohonoch chi'n dal darna o wellt, a phawb yn dewis un yn ei dro? A chdi oedd yn ddigon anlwcus i ddewis yr un lleia.'

'Naci, siŵr! Y fi oedd isio... y chdi ydi fy ffrind gora i, Lisa.'

Anwybyddais hyn.

'Wel, dwi ond yn gobeithio'ch bod chi i gyd wedi ca'l laff iawn.'

Edrychodd Eleri i fyny gan ysgwyd ei phen yn ffyrnig. O'n, ro'n i'n annheg, ond pam lai? Ro'n i'n rhy lawn o hunandosturi i hidio rhyw lawer. Teimlai'r cantîn yn annioddefol o glòs yn fwya sydyn: roedd angen awyr iach arna i.

Codais.

'Wel – dydi o ddim fel taswn i'n mynd allan efo fo, yn nac 'di?'

'Lisa...' dechreuodd Eleri eto ond troais oddi wrthi. Roedd hi *yn* teimlo drosta i, gallwn weld hynny'n glir, ond do'n i ddim isio'i chydymdeimlad hi. Plygais am fy mag a brysio allan o'r cantîn cyn sylweddoli ei bod wedi dechrau bwrw glaw unwaith eto fyth. Ymwthiais at y drws agosa a sefyll yno fel tas wair fawr, yn sugno cymaint o awyr iach ag y medrwn i mewn i'm hysgyfaint drwy ddrewdod yr holl gotiau gwlypion oedd o 'nghwmpas. Yn y pellter llwyd o 'mlaen, roedd rhannau ucha'r Cnicht a'r ddau Foelwyn o'r golwg y tu ôl i'r glaw, gan wneud i mi deimlo fod y byd yn dechrau cau'n dynn o 'nghwmpas. Melltithiais y ffaith fod gen i brynhawn cyfan o 'mlaen cyn y medrwn fynd adre o'r lle yma, adre i'm llofft ac i mewn i 'ngwely ac o'r golwg o dan y dillad, o'r golwg, o olwg pawb...

Ac yna cofiais y byddai Gwion Harri yn teithio adre ar yr un bws â mi cyn y medrwn wneud hynny.

Tydw i fy hun ddim yn smygu, ond yn ôl fel dwi'n dallt mae'r rheiny sydd yn brwydro i roi'r gorau iddi'n cael y teimlad eu bod nhw'n gweld sigaréts ym mhobman: lle bynnag y byddan nhw'n troi, mae'r cyffur yno'n eu herio mewn rhyw ffurf neu'i gilydd – ei arogl ar y gwynt neu ar ddillad rhywun arall, mewn ffilmiau neu raglenni teledu, mewn cylchgronau. Duw a'u gwaredo, ni allant ddianc rhag y rhain yw hi.

Felly roedd hi arna i'r prynhawn gwlyb, di-ben-draw hwnnw – ro'n i'n gweld naill ai Gwion neu Sharon Lloyd ble bynnag ro'n i'n edrych. A phan ddaeth hi'n amser mynd adre o'r diwedd, y peth cynta a welais wrth ddringo i fyny i'r bws oedd Gwion, yr holl Wion a dim byd ond y Gwion. Ro'n i wedi hanner gobeithio y byddai wedi dewis dull arall o fynd adre'r diwrnod hwnnw o leia, ond erbyn meddwl, ychydig iawn roedd o wedi'i ystyried ar 'y nheimlada i hyd at hynny, yndê?

Cododd gan ddisgwyl i mi eistedd yn fy sedd arferol wrth y ffenest... ac wrth ei ochr o.

Oedd y brych o ddifri?

Rhythais arno cyn ysgwyd fy mhen mewn anghrediniaeth ac eistedd mewn sedd wag y tu ôl i'r gyrrwr. Edrychai fy wyneb yn annaturiol o wyn yn nhywyllwch y gwydr oedd ar gefn ei sedd.

'Lisa?' clywais.

Gwasgais fy nyrnau'n dynn nes bod f'ewinedd bron iawn â thrywanu croen fy nghledrau.

'Lisa?' meddai eto, a'r eiliad nesa roedd ganddo'r wyneb i'w bloncio'i hun wrth f'ochr. Ymddangosodd ei wep yntau yn ffenest ôl y gyrrwr, ochr yn ochr efo f'un i, fel llun sbeitlyd.

Troais fy mhen oddi wrtho ac at y ffenest wrth f'ymyl.

'Piss off, Gwion, 'nei di?'

'Be?'

'Glywist ti.'

'Be ydw i 'di'i neud?' Cefais gip arno yn ffenest ôl y gyrrwr, ei wyneb wedi'i droi tuag ata i ac yn bictiwr o ddiniweidrwydd a syndod.

'*Be*, Lisa?'

A theimlais gasineb tuag ato fo – ia, tuag ato *fo*, a minna ond ychydig oria ynghynt yn argyhoeddedig 'mod i'n *caru'r* cwdyn anghynnas. Cododd y casineb y tu mewn i mi fel ton fawr o chŵd. Roedd o un ai'n bod yn greulon ofnadwy neu'n hynod o ansensitif a dwl. Oedd o mewn difri'n disgwyl i mi egluro wrtho fo *pam* o'n i'n ymddwyn fel hyn – mewn bws oedd yn llawn o blant a phobol ifainc, a phob un wan jac ohonyn nhw'n fy nabod i – a pham roedd o wedi 'mrifo a'n siomi i?

Fel alaw cân bop ddiflas, chwaraeai 'ngeiriau ola wrth Eleri Fôn drosodd a throsodd yn fy mhen: *Dydi o ddim fel taswn i'n mynd allan efo fo.* Sut medrwn i ddweud wrtho fo, ar y bws llawn-dop, clòs hwn, 'mod i wedi meddwl yn siŵr y basen ni, unrhyw ddiwrnod rŵan, yn tyfu o fod yn ffrindia i fod yn gariadon? 'Mod i wedi dymuno, wedi gweddïo, wedi breuddwydio ac wedi edrych ymlaen at hynny?

Sut medrwn i ddweud hynny wrtho fo heb swnio fel hogan ddwl?

Fel hogan ddesbret?

Fedrwn i ddim, siŵr.

Yn lle hynny, siaradais yn araf ac yn bwyllog, bron yn stacato. 'Jest... cer... i... ista'n... rhwla... arall, ocê?'

Os gofynnith o 'Pam?' rŵan, meddyliais, yna dwi am

blannu asgwrn fy mhenelin reit yng nghanol ei wyneb o. Ond ar ôl ychydig eiliadau, teimlais ef yn codi a symud i sedd arall. Clywais chwerthin yn dod o'r tu ôl i mi a brathais fy ngwefus wrth ddychmygu Gwion yn codi'i ysgwyddau tenau mewn penbleth ffug ac yn dweud rhywbeth fel, 'Dwn i'm be ydi'i phroblam hi. Amsar y mis, ma'n siŵr.' Rhwbiais dwll yng nghanol y stêm ar y ffenest a syllu allan drwy'r niwl poeth yn fy llygid ar y siopau a'r tai a'r caeau'n hercian heibio'n bryfoclyd o ara nes, o'r diwedd, cyrhaeddodd y bws gyferbyn â giât y lôn sy'n arwain i fyny at adre.

Dwi'n cofio hanner baglu wrth fynd i lawr grisiau'r bws; clywais y gyrrwr yn dweud 'Wps!' cyn i'r drysau gau'r tu ôl i mi ag ochenaid wlyb. Troais fy nghefn ar y bws nes bod sŵn ei fytheirio wedi mynd yn ddigon pell. Ro'n i'n benderfynol na châi Gwion Harri fy ngweld i'n crio. Yna croesais y ffordd fawr a chychwyn i fyny'r lôn am adre, a'r dagra wedi dod go iawn erbyn hynny. Byddai Mam yn cyrraedd adre cyn bo hir, felly gadewais i'r gwynt boeri'r glaw mân i'm hwyneb: byddai hynny'n egluro pam bod fy llygid yn goch a chwyddedig.

Roedd Dad, fwy na thebyg, gartre'n barod – yn ei stiwdio, gyda lwc, gan nad oedd hi'n dywydd iddo fod allan yn tynnu lluniau. Daeth y tŷ i'r golwg fesul tipyn wrth i mi nesáu at y tro yn y lôn, a gwelais fod 4x4 Dad wedi'i barcio'r tu allan. Trodd y beichio crio yn igian dolurus. Dechreuodd y glaw arafu a gwyddwn y byddai'n peidio'n gyfan gwbl ymhen munud neu ddau; roedd y niwl a guddiai hanner y mynydd yn gynharach eisoes wedi dechrau cilio. Cyrhaeddais y tŷ gyda 'nhrowsus ysgol yn glynu wrth fy nghluniau; roedd y cnawd yn hanner cosi, hanner pigo, a gwyddwn ei fod yn goch ac yn flotiog o dan y defnydd llaith.

'Dad?'

Ia, drws nesa roedd o, yn y stiwdio. Brysiais i fyny'r grisiau ac i'r stafell molchi. Yn y drych, gwelais fod fy llygid yn goch – llygid hogan oedd newydd orffen crio, yn amlwg. Dechreuais dynnu amdanaf gyda'r bwriad o gael cawod a chymryd arnaf wedyn fod y shampŵ wedi llosgi fy llygid, ond pan welais fy nghluniau anghynnes, penderfynais olchi'n llygid â dŵr oer yn lle hynny. Doedd arna i ddim eisiau gorfod edrych ar weddill fy nghorff noeth, anferth, hyll.

Tynnais bâr o jîns glân o'r drôr, gan felltithio Mam am olchi'r lleill. Roedd y rheiny wedi llacio digon i fod yn gyfforddus, ond cefais drafferth i gau botwm y rhai glân, a theimlais y dagrau'n bygwth rhuthro'n ôl wrth i mi glywed fy sŵn fy hun yn tuchan a chefais gip sbeitlyd ar fy wyneb chwyslyd, coch yn y drych. Yn y gegin, sgwennais nodyn brysiog yn dweud 'mod i wedi 'piciad am dro i fyny'r mynydd' ac na fyddwn i'n hir. Allan â fi, a llwyddais i fynd yn ddigon pell oddi wrth y tŷ cyn i mi weld car Renault Mam yn dod i fyny'r lôn.

Erbyn hynny ro'n i'n chwythu fel hen injan stêm, ond brwydrais ymlaen i fyny ochr y mynydd efo'r niwl yn cilio o 'mlaen fel petai arno f'ofn. Mae adfeilion hen chwarel yma, ac wrth nesáu tuag ati cerddais rhwng dwy graig fawr lwyd sy'n gwyro ymlaen at ei gilydd fel petaen nhw'n ysu am gael rhannu clecs. Yma, yn eu cysgod mae'r glaswellt yn teimlo'n wahanol dan droed, yn fwy sbringlyd, fel petai yna haen o rwber rhwng y pridd a'r graig oddi tano, y rwber hwnnw sydd i'w gael dan fatiau campfa. Mae ymhell dros ganrif ers i'r chwarel gau ac mae ffens isel o wifren bigog yn amgylchynu'r twll dwfn. Heddiw, fel arfer, roedd sawl darn o wlân yn chwifio'n druenus ar ddannedd y ffens, ond heb i mi fentro ymlusgo ar fy mol dan y wifren isaf at wefus y twll, fedrwn i ddim gweld oedd yna ddafad neu ddwy wedi talu'r pris am gymryd ffansi at y chwe troedfedd o laswellt sy'n tyfu rhwng y ffens a'r ymyl.

Lle eitha sbŵci ydi'r hen chwarel hon. Mae carreg ateb yma'n rhywle ond dydi hi erioed wedi f'ateb i 'nôl, er 'mod i wedi clywed crawc sawl cigfran yn bowndian yn ôl ac ymlaen oddi arni droeon, a chyfarth llwynogod hefyd. Ond mae'r twll yn aml yn chwyddo seiniau, ac mae pob un siw i'w glywed yn glir a phob un miw yn swnio'n llawer iawn yn uwch nag mae o mewn gwirionedd. Gall sŵn un frân yn bytheirio ymddangos weithiau fel draig yn rhuo o ganol y creigiau, ac mae sgrech llwynoges yn gallu gwneud i rywun feddwl am funud fod yna gantores opera'n cael ei bwyta'n fyw gan fyddin o goblynnod.

Weithiau hefyd mi fydda i'n gallu clywed lleisiau ar y gwynt, ac ambell i dinc morthwyl ar garreg, a bydda i'n cael cip sydyn o gornel fy llygad ar rywun yn symud. Ond does neb yno pan fydda i'n troi ac yn edrych yn iawn. Er gwaetha hyn i gyd, dwi wastad wedi hoffi bod yma. Dringais eto heddiw i ben clwstwr o greigiau sydd heb fod nepell o dwll y chwarel a gadael i'r gwynt chwipio 'ngwallt. Sgrechiais yn uchel dros y lle, un gair: 'Baaaa-staaaad!' a rhoi un floedd ar ôl y llall, ac unwaith eto gwrthododd y garreg ateb a'm hateb yn ôl, fel tasa hi'n anghytuno â mi.

'Bastad...' gorffennais, ond doedd dim llawer o egni'r tu ôl i'r gair erbyn hyn. Dringais i lawr at droed y clwstwr creigiau lle mae yna silff fechan sy'n cynnig cysgod rhag y gwynt, ac yma eisteddais yn un swp pwdlyd, wedi dŵad yma i grio ond wedi gorfod bodloni ar sgrechian. Gwgais i lawr dros y dyffryn, ar ein tŷ ni yn fychan oddi tano ac yna i lawr y lôn at y ffordd fawr, dros y caeau a'r llyn a'r nentydd a'r goedwig; gwgais ar yr afon wrth i'm llygad grwydro gyda hi, llwybr arian malwoden anferth yn arwain at y dre ac yna i'r môr... ond methais yn lân ag edrych i gyfeiriad Glanrafon, fferm ein cymdogion agosa a chartref Gwion Harri.

Ers i mi ddarllen *Wuthering Heights* am y tro cynta pan oeddwn i'n dair ar ddeg, dwi wedi meddwl amdana fy hun fel hogan debyg i Cathy, yn rhedeg yn wyllt dros fynydd a rhos efo 'ngwallt yn glymau i gyd yn y gwynt. Er i mi wneud mwy na'm siâr o hynny dros y blynyddoedd, dyna lle mae'r tebygrwydd rhyngo i a Cathy Earnshaw yn dechrau ac yn gorffen. Hoffwn petai 'ngwallt i'n ddu fel plu cigfran, ond coch ydi fy lliw i, wedi'i etifeddu o ochr Mam i'r teulu. Dydi o ddim yn goch tlws, chwaith, ond rhyw hen gochni rhydlyd, crychlyd. Efo fo daeth byddin o frychni haul, ac er gwaetha'r holl redeg a dringo a sgrialu dros lethrau a chreigiau, mae 'nghorff yn debycach i gorff Nelly, y forwyn yn y nofel, nac i gorff Juliette Binoche, Anna Calder Marshall neu Merle Oberon, yr actoresau sydd wedi portreadu Cathy mewn ffilmiau.

Mae 'nghorff, mewn geiriau eraill, yn dew. Dyna'r unig air amdano, waeth i mi fod yn onest ddim a pheidio â defnyddio rhyw ymadroddion fel 'cario chydig bach gormod o bwysau'. Hogan *dew* ydw i; dwi ddim yn 'hogan nobl' na hyd yn oed yn 'llond llofft o hogan', ond hogan *dew*.

Ac mae gan bob Cathy ei Heathcliff. Dwi'n gorfod rhoi mwy a mwy o straen ar fy nychymyg i 'nychmygu fy hun fel Cathy, ond alla i ddim dod yn agos at feddwl am Gwion Harri fel fy Heathcliff i. Un tal a thenau ydi o'r dyddiau hyn, gyda choesau fel coesau fflamingo a gwallt cyrliog, brown a fydd – gan ei fod yn cymryd ar ôl ei dad – wedi hen ganu'n iach i'w ben erbyn iddo gyrraedd ei ddeg ar hugain. Ar ôl bron i bymtheng mlynedd o fod yn stwcyn bach eiddil, saethodd Gwion i fyny dros nos, bron, i fod yn ddwy lathen lletchwith ac aflonydd, fel petai heb ddygymod eto â'i daldra newydd.

A dydi o ddim yn greulon fel Heathcliff; ar ôl deng munud o hel meddyliau yng nghysgod creigiau'r mynydd ro'n i wedi gorfod cydnabod wrtha i fy hun nad creulondeb oedd y tu ôl i'w ymddygiad ar y bws. Dydi o ddim yn hunanol, chwaith, nac yn dreisgar a balch.

A dydi o ddim mewn cariad efo fi.

Dydi o ddim hyd yn oed yn fy *ffansïo* i, ac ar ôl yr holl flynyddoedd o chwarae efo'n gilydd ar y mynydd yma neu yng nghartrefi'n gilydd pan oedden ni'n fach ac o fynd am dro efo'n gilydd wrth i ni dyfu'n hŷn, dyma fo rŵan yn *eitem* efo Sharon Lloyd. Llygoden fach swil o hogan os bu un erioed, wastad wedi bod felly, ac yn edrych fel tasa hi'n bwyta gwellt ei gwely. Dysgais rigwm pan oeddwn i'n fach:

> Llygoden fach lwyd
> Mewn twll eisiau bwyd...

a fedrwn i ddim meddwl am honno heb ddweud 'Sharon' yn lle 'Llygoden' – ac wrth gwrs, 'Llwyd' ydi 'Lloyd' yn Gymraeg, yndê?

Be oedd Gwion yn ei *weld* ynddi?

Mae hi'n denau fel styllan o hyd, gyda nemor ddim bronnau – fel traffordd yr M1, yn hir, yn fflat ac yn anniddorol. Ond clywais griw o hogia'n ei thrafod un diwrnod yn yr ysgol, a chael ysgytwad o'u clywed yn cytuno fod Sharon yn edrych fel yr actores Keira Knightley.

'Bitsh...' meddwn.

Codais yn sydyn gan ddychryn dwy ddafad oedd wedi crwydro tuag ata i i bori. Wrth edrych arnyn nhw'n rhuthro heibio i mi yn eu panig pum eiliad, meddyliais mai rhyw siâp digon tebyg iddyn nhw oedd arna innau, hefyd, pan fyddwn i'n ceisio rhedeg.

Nid fel Keira Knightley o gwbwl.

Cychwynnais yn ôl i lawr y mynydd, rhwng y ddwy graig lwyd.

Yna rhewais.

A rhegais.

Roedd Gwion Harri'n dod i fyny'r llwybr tuag ata i.

Roedd yn rhy hwyr i mi droi'n ôl a chuddio: roedd o wedi 'ngweld i. Doedd gen i ddim dewis felly ond dal i fynd i lawr y llwybr tuag ato. Cŵl, Lisa, cynghorais fy hun. Bydda'n hollol cŵl, fel tasat ti'n poeni'r un iot amdano fo a Sharon blydi Lloyd.

'Haia...'

Dechreuodd Gwion wenu ond newidiodd ei feddwl gan adael i'w wên ddiflannu fel petai'r gwynt wedi'i chwythu hi i ffwrdd i'r Eil o Man. Cyrhaeddais ato ond yn hytrach nag aros, cerddais heibio iddo. Doedd o ddim wedi disgwyl i mi wneud hynny.

'Lisa... gwranda... Lisa!'

Arhosais yn stond a throi i'w wynebu'n ddisgwylgar. Doedd o ddim wedi disgwyl i mi wneud hynny chwaith, a chan ei fod o wedi dechrau rhedeg ar f'ôl, daeth o fewn dim i faglu dros ei draed. Safai yno'n sigledig efo'i geg yn agor a chau fel ceg pysgodyn.

'Be ti isio, Gwion?'

'Isio...' Ceisiodd wenu eto, ond methiant fu'r ymdrech honno hefyd. 'Isio... dwn i'm. Egluro...'

'Be sy 'na i'w egluro?' gofynnais. 'Rw't ti'n mynd allan efo Sharon, ma'n ddigon syml, yn dydi?'

'Yndw... yndi, ond...'

'Be?'

Edrychodd o'i gwmpas yn wyllt, fel actor ar lwyfan oedd wedi anghofio'i eiriau ac yn methu dallt i ble roedd ei bromptiwr wedi diflannu. Yna edrychodd reit i fyw fy llygid.

'Do'n i ddim yn gwbod, yn nag o'n, do'n i ddim wedi sylweddoli... 'sti, dy fod di yn... yn... wel, do'n i ddim yn gwbod sut roeddat ti'n teimlo, Lisa, ocê? Wnes i'm meddwl sut *fasat* ti'n teimlo am... am y peth.'

Dwi'n gwybod fod hyn yn swnio'n wirion, ond mi ges i'r teimlad rhyfedd fod siarad efo Gwion y tro yma fel siarad efo rhywun oedd... wel, ddim cweit yn *ddiarth*, ond rhywun nad o'n i'n ei adnabod yn dda iawn. Roedd yna fwlch anferth rhyngon ni rŵan, bwlch oedd wedi dod o nunlle, fel y craciau enfawr hynny yn y ddaear sy'n ymddangos yn ystod daeargryn mewn ffilmiau.

A do'n i erioed wedi dychmygu y basa Gwion a finnau'n cael y fath sgwrs, y baswn i'n clywed *Gwion* o bawb yn gofyn, 'Fedran ni ddim jest aros yn ffrindia, Lisa?'

Faint o weithiau roeddwn i wedi clywed y geiriau yna'n cael eu dweud mewn ffilmiau a dramâu teledu? Cannoedd, decini, ac roedden nhw'n swnio'n fwy afreal nag erioed yn dod allan o geg Gwion, yma ar y mynydd, ein mynydd ni.

'Ro'n i wastad wedi meddwl mai jest ffrindia oeddan ni,' aeth yn ei flaen. 'Chdi a fi, 'dan ni wastad wedi bod yn fêts, yn do? Ers pan oeddan ni'n ddim o betha. Wnes i jest ddim meddwl y basat ti'n... yn teimlo'n *wahanol*, yn teimlo... dwn i'm... rhwbath mwy na jest cyfeillgarwch. Sorri...'

Rŵan, y fi oedd ar goll ynglŷn â be i'w ddweud. Mae'n siŵr y baswn i wedi gallu rhoi rhyw bregeth fawr iddo fo ar y mynydd, y *dylai* fod wedi sylweddoli, fel y basa unrhyw hogyn oedd ag owns o sensitifrwydd yn perthyn iddo wedi dallt fy nheimlada ers tro, ac yn wir roedd hyn i gyd yn rhuthro drwy 'mhen i.

Ond er bod y geiriau yno i gyd, doedden nhw ddim mewn unrhyw drefn: roedden nhw fel llwyth o blant anhydrin yn rhuthro at ddrws yr ysgol ar derfyn prynhawn, yn un haid, a 'run ohonyn nhw'n medru mynd allan trwyddo gan fod gormod ohonyn nhw'n trio gadael ar yr un pryd.

'Lisa... ?'

Cîrc! Cîrc! Cîrc!

Gwibiodd un o'r hebogiaid tramor yn uchel uwch ein pennau, ei siâp i'w weld yn glir yn erbyn yr awyr. Edrychon ni'n dau i fyny a phan edrychais yn ôl, roedd Gwion yn fy ngwylio gyda hanner gwên, yn amlwg yn meddwl am yr oriau roedden ni'n dau wedi'u treulio'n gwylio'r hebogiaid yma'n nythu ac yn hela.

Oedd, roedd o'n *gwenu*, damia fo, tra bod fy llygid i'n llawn dagrau eto fyth o feddwl na fyddai hynny'n digwydd eto. Deuthum o fewn dim i droi i ffwrdd gan ddweud mai disgleirdeb yr awyr oedd wedi gwneud i'm llygid ddyfrio, ond yna dychmygais 'mod i wedi cael cip sydyn ar ryw gysgod milain yn prancio'n sbeitlyd y tu ôl i wên Gwion.

Pam dylwn i? meddyliais. *Dwi wedi cael 'y mrifo – mae'n iawn i'r bastad gael gwybod hynny. Pam dylwn i gymryd arna i fel arall?*

'Roeddat ti *yn* gwbod, Gwion,' meddwn. 'Roeddat ti'n gwbod yn iawn sut faswn i'n teimlo. Roedd y ddau ohonoch chi'n gwbod.'

'Be? Lisa, doeddan ni *ddim*...!'

'Pam wna'thoch chi witshiad nes o'n i wedi mynd adra nos Sadwrn, 'ta?'

Cafodd ei daflu am eiliad. 'Be ti'n feddwl... ?' Yna cymrodd arno'i fod wedi dallt. 'Wna'thon ni ddim! Doedd o ddim yn... ddim rhwbath...'

'Be – jest digwydd wnath o, ia?' gofynnais ar ei draws. 'Eich llgada chi'n cyfarfod dros y *cafe latte* a'r *cappuccino*?'

'Ia! Wel – rhwbath felly, ia...'

'*Naci, Gwion!*' gwaeddais, a rhoddodd Gwion naid fechan. Teimlais fy nhymer gwallt coch yn saethu trwof a gorfu i mi wthio 'nwylo i mewn i bocedi 'nghôt neu fel arall mi faswn wedi dechrau ei waldio. Ro'n i'n poeri wrth siarad fel ag roedd hi ond doedd dim ots gen i erbyn hynny: ar ben popeth, roedd o rŵan yn fy nhrin i fel ffŵl.

'Dydi petha ddim yn "jest digwydd" fel 'na! Dwi ddim yn stiwpid! Doeddach chi ddim yn gallu gwitshiad i mi fynd adra, nag oeddach? Blydi hel, ma'n siŵr 'ych bod chi wrth 'ych bodda pan welsoch chi Mam yn disgwl amdana i'r tu allan i'r pictiwrs!'

Ysgydwodd Gwion ei ben yn ôl ac ymlaen tra oeddwn i'n arthio arno gan edrych fel tasa yntau hefyd ar fin beichio crio.

'Ddim fel 'na roedd o, Lisa.'

Collais arnaf fy hun yn y diwedd. Roedd fy nwylo wedi dianc o 'mhocedi wrth i mi siarad a defnyddiais un ohonyn nhw i roi slap i Gwion ar draws ei wyneb. Teimlais f'ewinedd yn crafu ei groen, ac wrth iddo godi'i law at ei foch defnyddiais fy nwy law i roddi sgwd iawn iddo. Baglodd yn ei ôl dros garreg a syrthio ar ei hyd. Gwelais ei wyneb yn gwingo wrth iddo daro yn erbyn y ddaear a sylweddolais ei fod wedi disgyn ar garreg arall. Llithrodd ar y glaswellt llaith wrth iddo geisio sefyll ac i lawr â fo yr eilwaith.

'Isio bod yn ffrindia, myn diawl! Rho dy gyfeillgarwch yn dy din, Gwion, a jest gad lonydd i mi.'

Wn i ddim p'run oedd yn crynu fwya – 'nghorff i neu fy

llais. Felly y bydda i bob tro ar ôl colli 'nhymer, yn crynu fel deilen ac yn melltithio fy hun am ei golli, gan ddifaru beth bynnag a ddywedais neu beth bynnag a wnes i ar ôl i mi ffrwydro.

Ond do'n i ddim yn difaru ei golli efo Gwion.

Troais a brysio i lawr llwybr y mynydd gan ei adael yno'n rhythu ar f'ôl, ei ddillad yn wlyb ac yn faw defaid drostynt a streipen goch o waed ar draws ei foch a thros ei drwyn lle roeddwn wedi'i grafu â'm hewinedd.

Pennod 2

Lisa Marie

Os o'n i'n teimlo'n flin cyn cyrradd adra'r diwrnod hwnnw, yna mi fedrwch chi fetio 'mod i'n hollol *pissed off* ar ôl cyrradd a ffeindio fod y tŷ yn llawn dop unwaith eto. Roedd Mam a Liam wedi gorffan eu shifftia ers tri o'r gloch, Mam yn dal yn ei blows Tesco glas tywyll a'i throwsus du a Liam wedi newid i'w drowsus tracsiwt a chrys-T *Alien Vs Predator* am fod ei ddillad gwaith o'n wlyb socian ar ôl iddo fod yn clirio'r trolis drw'r pnawn yn y glaw. Roedd o wrthi'n bownsian Carwyn i fyny ac i lawr ar ei lin ac roedd Carwyn yn gweiddi fel arfar, ond ei fod o rŵan yn gweiddi chwerthin yn lle bloeddio crio.

'Sud w't ti, Lis?'

Dennis oedd hwn, cariad newydd Mam. Mae o'n ocê, ond do'n i ddim isio'i weld o yma yn y gegin heddiw. Doedd Mam ei hun ddim yn edrach fel 'sa hi wrth ei bodd, chwaith: ista'n smocio ac yn sbio ar sgrin fach teli'r gegin roedd hi, fel 'sa ginni hi ddiddordab mawr yn y ddau brat oedd yn cyflwyno rhyw raglan naff ar gyfar plant. Ro'n i'n gallu deud o'r ffordd roedd hi'n smocio ei bod hitha hefyd mewn mŵd: wnath hi ddim hyd yn oed sbio i 'nghyfeiriad i pan ddois i mewn drw'r drws cefn, 'mond cymryd un drag sydyn ar ôl y llall efo'i llgada wedi'u hoelio ar y teli.

Codais f'ysgwydda. Doedd gin i ddim mynadd deud wrth

Dennis 'mod i 'di ca'l bolocing arall yn yr ysgol am switshio i ffwrdd yn ystod Maths, 'mod i'n wlyb am ei bod hi ond wedi stopio bwrw eiliada cyn i mi gyrradd y tŷ, fod gin i lwyth o waith cartra i'w neud heno 'ma a bod gin i hymdingar o gur pen yn dechra dŵad. A doedd cyrradd adra i ganol sŵn y gegin ddim yn help. Ond roedd gwaeth i ddŵad.

'Be dach chi i gyd yn neud yn fan'ma?' holais.

'Ma Leon a'i fêts drwadd yn gwatshiad DVDs,' meddai Liam.

'O blydi *hel*! Eto?'

Nodiodd Liam. Edrychodd Dennis ar ei winadd. Diffoddodd Mam ei ffag ac estyn un arall o'r pacad ar y bwrdd.

'Fedrwch chi'm hel y bygyrs o'ma?' gofynnais. 'Mam?'

'Ma'r tŷ 'ma'n gartra i Leon hefyd, 'sti,' meddai Mam. Trodd a sbio arna i am y tro cynta ers i mi gyrradd adra. 'Ddim jest y chdi sy'n byw yma, Lisa Marie.'

'Ma hynny'n blydi obfiys. Ond dydi o ddim yn gartra i'r *wasters* erill 'na, yn nac 'di?'

Daeth sŵn chwerthin uchal o gyfeiriad y stafall fyw, fel tasa Leon a'r lleill wedi 'nghlywad i'n cwyno. Gwasgais heibio i goesa Dennis er mwyn cyrradd y teciall. Roedd hwnnw'n wag, mi fedrwch fentro, a'r mygia i gyd wedi diflannu – gan gynnwys fy mŷg sbesial i, hwnnw ges i gin Nathan yn bresant o Whitby efo llun o Draciwla a'r abaty cŵl hwnnw arno fo.

'Ocê, lle mae o?'

'Be?' medda Liam.

''Y mŷg i.'

'O, lle ti'n feddwl?' meddai Mam yn ddiamynedd. 'Iwsia un arall, neith o'm dy ladd di. Gwna banad i ninna hefyd, tra ti wrthi.'

'*Do's* 'na'm mỳg arall yma, nag oes! Sbïwch... O, bolocs i hyn!'

Roedd y stafall fyw'n drewi o hogia, pedwar ohonyn nhw: Leon yn lybindian yng nghadair Mam yn y gornol, dau o'i fêts o ar y soffa a'r trydydd yn ista ar lawr efo'i gefn yn erbyn y seidbord. Ar sgrin fawr fflat y teli newydd, roedd dwy ddynas noeth ac un dyn yn gneud eu gorau i fyta'i gilydd.

'Be ti isio?' arthiodd Leon cyn i mi orffan camu i mewn trwy'r drws.

'Pwy sy 'di bachu'n mỳg i?'

'Be... ?'

Roedd golwg y diawl ar y stafall, efo cania lagyr gwag a bocsys *pizza* ym mhob man, pob blwch llwch yn llawn dop, a'r aer yn dew efo mwg ffags. A mwg rhwbath arall hefyd, rhwbath ag ogla llawar iawn mwy melys iddo fo na jest baco. Ogla cyfoglyd, a deud y gwir. Sut roedd y clowns yma'n gallu'i fforddio fo, Duw a ŵyr, a'r un ohonyn nhw'n gweithio.

Gwelais fy mỳg ar y llawr wrth glun y brych oedd yn ista yn erbyn y seidbord. Daliais fy llaw allan, ond roedd llgada'r hogyn yn sownd yn y sgrin.

'Hoi!' gwaeddais.

Sbiodd arna i. Rici rhwbath neu'i gilydd, cofiais, rêl crîp os bu un erioed: hogyn tena efo'i wallt wedi'i dorri'n gwta, gwta, fel gwalltia'r tri arall. Efo'r cyrtans wedi'u tynnu a'r gola annaturiol yn dŵad o'r sgrin, gwnaeth i mi feddwl am lygodan fawr wedi'i chornelu.

'Be?' meddai. Yna neidiodd pan gafodd waldan ar ei ben gan Leon, oedd wrth ei ochr. Trodd ato gan rwbio'i ben. 'Blydi hel, Leon!'

'Rho'r mỳg 'na iddi hi, ffor...'

'Y?' Sbiodd Rici ar y carpad. 'O. Ond be wna i 'i iwsio?'

'Diawl o bwys gin i, jest rho fo iddi, i gau'i cheg hi.'

Gafaelodd Rici yn y mỳg a dechrau ei estyn i mi cyn ailfeddwl. Gwenodd a llyfu'i wefusau – y llygodan fawr wedi troi'n neidar. 'Ty'd yma i'w nôl o, os ti isio fo.'

Cafodd slap arall gan Leon. ''Yn chwaer i ydi honna, felly bihafia!'

'Reit! Sorri... blydi hel... ynda.'

Roedd y ddau hogyn arall yn piso chwerthin. Erbyn meddwl, roeddan nhw'n piso chwerthin ers cyn i mi fynd i mewn i'r stafall. Cymrodd un ohonyn nhw'r mỳg o law Rici a'i estyn i mi. Erbyn hynny, ro'n i wedi penderfynu gneud heb banad; ar ôl i rwbath fel Rici ddefnyddio'r mỳg, doedd o ddim am gael dŵad yn agos at fy ngheg i nes ei fod o wedi treulio o leia awr yn y dishwashyr.

'Ti am neud panad i'r hogia?' gofynnodd Leon.

'Piss off.'

'Ddim hyd yn oed i dy frawd?'

Sbiais arno, yn ei jîns a'i sgidia combat a chrys-T gwyrdd tywyll fel tasa fo yn yr armi.

'Hannar brawd,' medda fi wrtho fo, 'a ma hynny'n ormod.'

Clywais gorws o 'Wwww!' wrth i mi gau'r drws arnyn nhw a mynd i fyny'r grisia i newid o 'nillad ysgol.

Ro'n i wedi meddwl ca'l cawod; os rhwbath, ro'n i'n teimlo fod *angan* un arna i ar ôl bod yn y stafall fyw yna, ond ar yr un pryd do'n i ddim yn ffansïo ca'l un efo llond stafall o byrfyrts i lawr y grisia. Setlais felly am slempan sydyn uwch ben y sinc a newid fy nillad yn reit handi. Symudais gadair a'i gwthio yn erbyn y drws. Does 'na 'run drws yn y tŷ yma'n cau'n iawn (gan gynnwys drws y bathrŵm; ma angan rhoid herc iawn i hwnnw cyn fod y bollt yn gallu llithro i'w le), a 'swn i ddim wedi'i roid o heibio un o'r crîps i ddŵad i fyny am bisiad a manteisio ar y cyfla i sbecian i mewn arna i'n newid yr un pryd.

Yn enwedig y peth Rici llygodan fawr hwnnw. Rhwbiais fy mreichia'n ffyrnig: roeddan nhw'n groen gŵydd drostyn nhw i gyd 'mond wrth i mi feddwl am weld wynab tena'r wancar hwnnw'n glafoerio arna i o'r gap rhwng ochor y drws a'r postyn.

Ysgydwais fy mhen er mwyn ca'l gwarad ar y llun uffernol oedd gin i yn fy meddwl, a dechrau newid. Dwi wedi ca'l sawl bolocing yn yr ysgol am fod yn ormod o Goth, ac wedi penderfynu bellach nad ydi o'n werth yr holl hasl. Hogan ddigon cyffredin ei golwg oedd yn sbio'n ôl arna i o'r drych y pnawn hwnnw, felly, hogan sy ddim yn dal nac yn fyr. Dydi ei gwefusa ddim yn rhy dew nac yn rhy fain, a dydi'i thrwyn hi ddim yn rhy hir nac yn rhy smwt. Hogan blaen, felly? Ia, ella, a'i hwynab, os rhwbath, yn galad; dydi'r hogan yma ddim yn barod iawn i wenu, er gwaetha'r ffaith fod ganddi hi ddannadd da – sy'n dipyn o wyrth o ystyriad y crap ma hi wedi'i fyta dros y blynyddoedd. Mae ei dannadd yn syth ac yn gryf; dim ond un ohonyn nhw sy wedi gorfod ca'l ei dynnu erioed, a da'th hwnnw reit o gefn y rhes waelod, ar yr ochor chwith. Y dyddia yma, ma hi'n edrach ar ôl ei dannadd – yn wir, ma hi jest iawn yn paranoid am y peth.

Y peth mwya trawiadol am ei hwynab hi ydi'r gwallt sy'n ei fframio. Ar y fomant, ma hwn yn hollol syth ac yn hongian at ei sgwydda, ond mae o'n ddu fel clawr hen Feibil. Du ydi lliw naturiol ei gwallt hi, ond nid y du arbennig hwn: ma hwn wedi ca'l ei liwio'n ofalus.

Ac ma'r gwallt du yma'n gneud i weddill ei chorff hi edrach yn annaturiol o wyn, yn enwedig ei sgwydda a'i hwynab. Mae ei chorff, os rhwbath, braidd yn dena, ac ma hyn yn tueddu i neud i'w thits hi edrach yn fwy nag ydyn nhw mewn gwirionadd. Sgynni hi ddim cwilydd ohonyn nhw, nac o'i breichia na'i choesa; maen nhw i gyd yn hollol naturiol, a dydi hi ddim wedi gorfod ei llwgu'i hun na hyd yn oed fynd ar ryw ddeiet ponsi i'w cadw nhw'n dena fel hyn.

Pan oedd yr hogan yma'n hogan fach, roedd hi'n arfar llosgi'n hawdd yn yr haul; rŵan, ma hi'n gofalu cadw'i chnawd tyner o olwg yr haul yn yr haf, ac yn falch iawn ei fod o'r un lliw â llefrith. Ma topia ei breichia a'i sgwydda'n edrach yn grêt efo menig lês duon, fel mae ei choesa mewn ffishnets duon.

Ia, du ydi pob dim, ei dillad a'i sgidia, ei minlliw, y farnis ar ei gwinadd a'r colur o gwmpas ei llgada; mae o'n gneud iddi edrach yn fwy gwelw, yn deneuach ac yn fwy dramatig. Yn fwy dirgel ac yn fwy diddorol. Lliw'r nos.

Fel fampir.

Drw'r llawr rŵan gallwn glywad syna griddfan uffernol fel tasa'r genod hynny y cefais gip arnyn nhw ar y sgrin yn ca'l eu haslo mewn *torture chamber* gin y Spanish Inquisition ne rywun. Tynnais iPod Nathan o 'mag a throi'r olwyn nes i mi ffeindio Evanescence a gadael i lais Amy Lee foddi'u sgrechfeydd nhw.

Dyna welliant.

Do'n i ddim yn bwriadu mynd allan y noson honno, felly wnes i ddim trafferthu efo'r mêc-yp gwyn ar fy wynab, 'mond chydig o *eye-liner* a masgara. Yna newidiais i'm jîns duon a chrys-T Vampira. Saff i chi, do'n i ddim isio gwisgo er mwyn gneud argraff ar un o'r crîps hynny oedd yn y stafall fyw. Ac wrth sbio arna i fy hun yn y drych dyma fi'n dechra meddwl mor cŵl fasa methu gweld neb yn sbio 'nôl arna i. Mi fydda i'n gneud hyn yn amal, breuddwydio mor braf fasa gallu creu rhyw effeithia fampiraidd fel yna pan fydda i'n teimlo felly, er mwyn dychryn a chosbi rhywun sy wedi pechu yn f'erbyn am ryw reswm. Petha fel dŵad i mewn i stafall rhywun o dan y drws fel cwmwl o niwl, ne' drw'r ffenest fel ystlum, ne' hisian efo 'ngheg yn llydan agorad i ddangos dau ddant hir a miniog. Mi fasa'r idiots yn y stafall fyw ar ben y rhestr, ma hynny'n saff, a basa Carina drws nesa'n agos iawn wrth eu sodla nhw.

Ro'n i wedi teimlo'n flin yn gynharach am ormod o resyma gwahanol ond rŵan, ar ôl ca'l pum munud i mi fy hun, dyma fi'n sylweddoli 'mod i'n hollol lloerig efo'r boi Rici hwnnw am feiddio yfad o 'mỳg Whitby i, ac efo Leon am adal iddo fo neud hynny. Roedd Leon yn *gwbod* fod y mỳg yna'n un sbesial, fod neb ond y fi'n ca'l ei ddefnyddio fo. Roedd Mam hefyd, tasa hi'n dŵad i hynny, ac erbyn meddwl ei lle *hi* oedd mynd i'r stafall fyw i'w nôl o: fasa Rici ddim wedi meiddio siarad efo Mam fel roedd o wedi siarad efo fi.

Cydiais yn y mỳg gerfydd ei glust a'i ddal fel tasa fo'n hen glwt sglyfaethus er mwyn sbio arno fo'n iawn. Doedd o ddim gwaeth, a deud y gwir, heblaw am gylch o goffi wedi dechra sychu yn ei waelod, ond hyd yn oed wrth i mi feddwl hynny, dyma fi'n teimlo fy llygid yn llenwi efo dagra poeth, a'r peth nesa dyna lle ro'n i'n gorwadd ar fy ngwely'n crio fel idiot. Erbyn i mi orffan ac ista i fyny'n ôl a sbio arna i'n hun yn y drych, roedd fy llygid yn edrach fel tasan nhw'n perthyn i Alice Cooper.

Wrth ista o flaen y drych yn gneud *repair job*, mi ges i fflach sydyn o'r hogan Lisa Angharad honno ac fel roedd hitha hefyd yn crio am rwbath ne'i gilydd yn y cantîn amsar cinio, cyn codi a barjio allan. Roedd hi'n meddwl 'mod i'n syllu arni hi, cofiais yn sydyn, a finna ddim hyd yn oed wedi sylweddoli'i bod hi yno nes iddi droi ata i. Cofiais i mi fod yn eitha dilornus ohoni ar y pryd, gan feddwl petha cas fel, be oedd gan ryw snob wedi'i difetha fel honno i grio amdano, ac mai fel yna roedd y gang yna i gyd, yn crio a nadu am ddim byd. Ond dyma fi rŵan yn gneud yn union yr un peth, fwy ne' lai, yn crio fel plentyn am fod rhywun wedi defnyddio 'mỳg arbennig i heb ganiatâd.

Didyms...

Ond didyms ne' beidio, mi es i'r afa'l â Leon pan oedd o'n digwydd dŵad i fyny i'r bathrwm a minna ar fy ffordd i lawr y grisia.

'Pam wnest ti adal i'r crîp yna iwsio 'mỳg i?'

Sbiodd arna i fel taswn i wedi siarad iaith ddiarth. 'Be ti'n ddeud?'

Gwthiais y mỳg o dan ei drwyn. '*Fi* bia hwn, Leon! Ti'n gwbod 'i fod o'n golygu lot i mi, 'mod i ddim yn leicio i neb arall dwtshiad yn'o fo.'

Cododd ei sgwydda. 'Paid â'i adal o gwmpas y lle 'ta.'

'Be ydw i i *fod* i'w neud efo fo – ei gadw o yn y llofft a mynd i fyny ac i lawr y grisia fel io-io bob tro dwi isio panad?'

'Diawl o bwys gin i *be* ti'n neud efo fo, Lisa Marie. Sym o'r ffordd, 'nei di, dwi jest â marw isio pisiad.'

Rŵan, meddyliais, rŵan ydi'r amsar i agor fy ngheg yn llydan a hisian fel cath cyn fflio am ei wddw fo a brathu nes bod ei waed o'n saethu fel pistyll dros y papur wal. Ond gan fod hynny'n amhosib, gwaetha'r modd, symudais i'r ochor er mwyn i'r sglyfath allu mynd i'r bog.

Doedd 'na ddim llawar wedi newid yn y gegin pan es i yno i sodro'r mỳg yn y dishwashyr, heblaw fod Mam a Liam fel tasan nhw wedi newid llefydd; y fo rŵan oedd yn gwatshiad rhyw grap ar y teli tra bod Carwyn ar lin Mam. O, ac roedd rhywun wedi golchi'r mygia budron erill a llenwi'r teciall. Roedd Dennis yn sefyll efo'i gôt amdano ac yn hofran wrth y drws cefn efo'i lygid ar Mam, fel tasa fo'n trio ca'l rhywfaint o'i sylw, ond roedd hi'n brysur yn llwyo rhyw slwj anghynnas i mewn i'r twll pinc swnllyd hwnnw sy gin Carwyn yng nghanol ei wep.

'Ti'n gweithio heno 'ma, Anj?' gofynnodd o'r diwadd.

Nodiodd Mam. Roedd ganddi ddwy job: wrth y tils yn Tesco yn ystod y dydd a'r tu ôl i'r bar yn y clwb rygbi bedair noson yr wsnos.

'Ella wela i di yno, felly, os bydda i 'di ca'l gorffan yn o lew,' meddai Dennis.

''Na chdi,' meddai Mam, yn amlwg ddim yn poeni'r un mymryn a fasa Dennis yno ne' ddim. Sbiais ar Liam a chododd yntau ei aeliau cyn troi i ffwrdd; roeddan ni'n dau wedi dŵad i'r casgliad ers tua mis bellach fod Dennis druan ar ei ffordd allan. Doedd Mam byth jest yn siarad efo fo os nad oedd hi'n chwil.

'Iawn, 'ta, hwyl i chi i gyd,' meddai'r cradur cyn troi am y drws cefn, ond cyn iddo fo dwtshiad yn yr handlan dyma'r drws yn agor a da'th Carina drws nesa i mewn fel corwynt a deud bod 'na bedoffil yn byw yma, ar 'yn stad ni.

'Reit yn 'yn canol ni,' meddai.

Roedd ei phlant hi efo hi, y tri ohonyn nhw, yr hyna y tu allan i'r drws cefn a'r ddau arall fel tasan nhw'n cuddiad y tu ôl i goesa solat eu mam.

Sud oedd hi'n gwbod?

'Ma pawb yn deud,' meddai. 'Ma 'na lot wedi mynd draw yno rŵan. Dowch.'

Lle?

Doedd hi ddim yn siŵr. Roedd hi jest am ddilyn pawb arall.

Pwy oedd o?

'Dwi'm yn gwbod, yn nac 'dw? Mi gawn ni weld ar ôl cyrradd... lle bynnag. Dowch, styriwch.'

Da'th Leon i mewn ar ganol hyn. Ro'n i wedi sylwi ar ei wep o'n disgyn pan welodd o Carina, ond roedd honno'n rhy thic i sylwi ar hynny er bod ei llgada hi wedi neidio'n syth ato fo. Os rhwbath, dyma hi'n dechra prînio – sefyll yn fwy syth gan wthio'i hen dits allan o'i blaen – ond ddeudodd Leon yr un gair wrthi, 'mond estyn ei siaced gombat o'r tu ôl i'r drws a mynd trwodd i'r stafall fyw i nôl ei fêts.

Brysiodd Mam i nôl ei siaced fflîs.

'Hang on, hang on...' meddai Dennis.

Trodd Mam arno fatha llewas.

'Be?'

Edrychodd Liam a finna ar ein gilydd unwaith eto. Dennis druan. Doedd o ddim yn gallu *gweld*? Ma'n rhaid ei fod o, doedd y boi ddim yn ddwl. Ond eto roedd o'n dal i alw yma, ac yn dal i fynd i'r clwb rygbi bob tro bydda Mam yn gweithio yno.

'W't ti'n siŵr?' meddai Dennis wrth Carina.

''Swn i'm yn blydi deud fel arall, yn na 'swn?'

Roedd Dennis yn ama hyn. Ro'n inna hefyd, o nabod Carina, ond tynnodd Mam sip ei siaced i fyny.

'Lisa, ti'n dŵad?'

Nodiais a sbio ar Liam. Ysgydwodd Liam ei ben.

'I be?' meddai.

'*I be?*'

Ro'n i'n meddwl fod Mam am roi slap iddo ar draws ei ben. Sbiodd Carina arno fo efo golwg hurt ar ei hwynab pwdin.

'I sortio'r bastad allan, yndê,' meddai.

'Ma'n rhaid i rywun aros yma i edrach ar ôl Carwyn,' meddwn.

Nodiodd Liam. Roedd Carwyn ar ei lin o'n barod, yn ca'l reid Gee Ceffyl Bach, wedi'i sodro yno gin Mam pan gododd hi i nôl ei siaced.

'Fedra i ddim dŵad,' meddai Dennis. 'Dwi'n dechra gweithio mewn...'

Gwnaeth sioe o sbio ar ei wats ond chymrodd Mam ddim sylw ohono. 'Lisa?' meddai.

'Camera...'

Brysiais yn ôl i fyny'r grisia, mewn pryd i weld Leon a'r crîps yn mynd allan trwy'r drws ffrynt, gan adal y stafall fyw yn edrach fel tasa hi ar gychwyn, ma'n siŵr: 'swn i'n gallu taeru 'mod i'n gallu clywad ogla ffags a rhechfeydd wrth i mi basio'r drws agorad. Cipiais y camera a sbio'n sydyn yn y drych cyn sgrialu am y minlliw du a'i rwbio'n sydyn dros fy ngwefusa.

'Lisa!'

'Ocê!'

Brysiais i lawr y grisiau. Roedd Dennis yn sefyll wrth y drws ffrynt yn gwylio'r bobol yn heidio heibio. 'Ma nhw wedi mynd,' meddai wrtha i.

Rhoddais 'y nghamera iddo i'w ddal. Estynnais fy nghôt ddu, laes oddi ar y peg a'i thynnu amdana.

'Ti'n mynd â hwn efo chdi?'

'Yndw. Pam?'

Daliais fy llaw allan am y camera. Edrychai'n fychan ac yn fregus yn nwylo mawrion Dennis.

Gosododd ef yn fy llaw.

'Jest cym bwyll, Lisa, iawn?'

'Be ti'n feddwl?'

Nodiodd i gyfeiriad y stryd. 'Dwi'm yn meddwl y basa'r rhein yn leicio meddwl fod 'na rywun yn tynnu'u llunia nhw.'

Do'n i ddim wedi meddwl am hynny.

'Ocê. Diolch...' Gwthiais y camera i boced fy nghôt. 'W't ti'n siŵr nad w't ti am ddŵad?'

'Dwi'm yn meddwl, Lisa,' meddai. Gwenodd, ychydig yn ddigalon, cyn troi a mynd allan drwy'r drws ffrynt.

Yn y gegin, rhoddais slap ysgafn i Liam ar ei ysgwydd.

Trodd hwnnw.

'Dw't ti'm isio gweld hyn?'

Cododd ei ben yn sydyn a sbio arna i fel taswn i newydd ollwng rhech reit yn ei wynab o. Ysgydwodd ei ben yn araf.

'Nac 'dw. W't *ti*?'

Brysiais i lawr yr allt ar ôl Mam a Carina a phawb arall, digon ohonan ni i neud i'r traffig arafu ac amball ddreifar car yn ca'l sawl dau fys am ganu'i gorn ar bobol oedd wedi crwydro oddi ar y pafin i'r ffordd. Yn rhyfadd iawn, roedd y mama i gyd wedi dŵad â'u plant efo nhw, ac roedd y plant yn cadw'n agos atyn nhw yn lle rhedag i bob man a mynd o dan draed pawb. Roedd y merchad a'r plant efo'i gilydd, a'r dynion fel tasan nhw'n cadw'n glir oddi wrth eu gwragadd ac yn hel mewn gangs bach tawal yma ac acw.

Roedd wyneba pawb yn galad ac yn benderfynol. Fel tasan nhw i gyd wedi gwisgo masgia amdanyn nhw cyn dŵad allan o'u tai.

Ac roedd pawb yn ddistaw – neb, jest, yn siarad. Fel tasa'u lleisia nhw'n fwledi, a'u bod nhw'n safio'u hamiwnishiyn nes bod ei angan o arnyn nhw.

Mwy o bobol o'n blaena ni yn y stryd nesa, a rhai erill y tu ôl i ni. Roeddan ni i gyd fatha nentydd yn llifo o'r gwahanol strydoedd i mewn i un afon fawr, ond dwi'n siŵr nad oedd gan beth bynnag 'yn hannar ni 'run syniad lle roeddan ni'n mynd. Dim traffig, chwaith, erbyn hyn: roedd 'na ormod ohonan ni a phob un tŷ roeddan ni'n ei basio naill ai'n wag ne'n cyfogi mwy o bobol allan ohono fo.

Ac wrth i ni gerddad yn nes ac yn nes at ble bynnag roeddan ni'n mynd, ro'n i'n teimlo fwy a mwy 'mod isio'i ladd o, pwy bynnag oedd o. Dyna sut roedd pawb arall yn teimlo hefyd, ac roedd y teimlad yma'n nofio rhyngddon ni i gyd ac yn ca'l effaith ar bawb oedd o'n ei dwtshiad efo'i gynffon wrth fynd heibio.

Faint ohonan ni oedd yno erbyn i ni gyrradd, 'sgin i'm syniad. Llond y stad, 'swn i'n deud, ac ma hon yn stad reit fawr. Roeddan ni'n fwy swnllyd erbyn hyn, hefyd, ac roedd 'na rai wedi mynd i draffarth i baratoi placards. Petha digon ffwrdd-â-hi, wedi ca'l eu gneud ar frys, ond roedd y negas yn glir arnyn nhw: NO PERVERTS! neu PEDOPHILS OUT!!! wedi'i sgwennu ar lot ohonyn nhw, a KEEP OUR CHILDREN SAFE!!

Dwn i'm be o'n i'n ei ddisgwl, ond tŷ digon normal oedd o, yng nghanol rhes, tŷ ro'n i wedi'i basio ganwaith, efo giât haearn fatha giât tŷ ni a gardd fach flêr rhwng y giât a'r drws ffrynt glas. Triais gofio pwy oedd yn byw yn'o fo, ond fedrwn i ddim meddwl. Roedd y cyrtans wedi'u cau, yn y llofftydd ac yn y parlwr ffrynt hefyd.

Yn slei bach, tynnais fy nghamera o 'mhoced a'i ddal o olwg pawb – ne' felly ro'n i'n gobeithio – a'i anelu at y dyrfa y tu allan i'r tŷ.

Clic!

'Ti'n gwbod pwy ydi o rŵan, Mam?' gofynnais.

Nodiodd Mam efo'i gwefusa'n dynn ac yn dena, ond do'n i ddim yn meddwl ei bod hi'n siŵr iawn, chwaith. Roedd 'na rai pobol yn gweiddi rŵan – y bobol i ddechra, ac yna'r plant yn eu dynwarad nhw.

'Blydi pyrf!'

'Ty'd allan, y basdad!'

'Blydi pedoffil sglyfath!' sgrechiodd Carina, yn fy nghlust i.

Clic... clic...

Amhosib oedd deud pwy daflodd y garrag gynta. Roedd 'na lympia o fwd ar y drws a'r walia a'r ffenestri'n barod, ond mi a'th y garrag gynta honno reit drw ganol ffenest y parlwr: ro'n i'n gallu gweld y cyrtans gwyrdd, tena'n crynu wrth iddyn nhw geisio rhwystro'r garrag rhag mynd dim pellach.

Bloeddiodd pawb – fatha pobol mewn ffilm pan fydd 'na rywun yn ca'l ei grogi o'u blaena nhw.

Clic...

Am ryw reswm, doedd 'na neb wedi mentro mynd i mewn i'r ardd ffrynt drw'r giât fach haearn honno. "Swn i'm yn leicio bod yn byw drws nesa,' clywais Mam yn deud, a meddyliais – Ia, lle roedd y rheiny, y bobol drws nesa, o'r ddwy ochor? Oeddan nhw allan efo pawb arall, ne' oeddan nhw'n swatian o'r golwg ac yn gweddïo na fasa'r un garrag yn dŵad i mewn drwy eu ffenestri nhw?

A'th carrag arall drwy wydr y drws ffrynt, a bloeddiodd pawb unwaith eto, ond yn uwch y tro 'ma achos yn y pelltar roeddan ni i gyd wedi clywad sŵn seirans yn dŵad yn nes ac yn nes. Mwy o gerrig, rŵan, mwy o fwd a mwy o weiddi, fel tasa pawb isio ca'l gneud cyn i'r cops gyrradd a'u gweld nhw. Dechreuodd rhai pobol droi a mynd yn ôl adra ac ro'n i bellach yn gallu gweld gola glas yn troi ar ben to fan fawr wen.

Clic... clic... clic...

Ro'n i wedi disgwl y basa pawb yn ei heglu hi o'no am eu bywyda ar ôl i'r cops gyrradd, ond yn lle hynny, cafodd y fan draffarth i symud drw'r dorf: roedd 'na bobol wedi closio'n dynn ati hi, y rhan fwya ohonyn nhw'n gweiddi a gwthio'u placards dan drwyna'r cops a hyd yn oed yn waldio ochra'r fan efo nhw, fel tasa'r tu mewn iddi'n llawn o bedoffils ar eu ffordd i'r llys. Roedd y fan yn sownd, fel tasa hi mewn mwd dyfn.

Clic... clic...

Sylwais mai merchad oeddan nhw i gyd, jest, lot ohonyn nhw'n ferchad a genod ro'n i'n eu nabod yn iawn – merchad del, hefyd, rhai ohonyn nhw, ond rŵan roedd pawb ohonyn nhw'n hyll, y rhai del yn hyll a'r rhai hyll yn hyllach, wrth iddyn nhw sgrechian ar y cops a waldio'r fan, fel tasa 'na rwbath o'r golwg o dan groen eu hwyneba nhw yn ei droi o'n groes i'r graen. Roeddan nhw'n gwasgu yn erbyn cefn y fan hefyd ac yn rhwystro'r cops oedd y tu mewn iddi rhag dŵad allan.

Cychwynnodd Mam tuag atyn nhw.

'Anji?' meddai Carina.

Edrychodd Mam yn ôl dros ei hysgwydd am eiliad, a do'n i ddim yn nabod ei hwynab hi: roedd hi 'di dechra troi'n hyll yn barod. Dechreuais droi'r camera tuag ati, ond diflannodd i ganol y merchad erill cyn i mi fedru tynnu'i llun. Rhegodd Carina a sbio arna i, yn amlwg yn disgwl i mi gynnig gwatshiad ar ôl ei phlant hi er mwyn iddi hi ga'l mynd efo Mam.

No way. Beth bynnag, roedd Carina'n gwbod o brofiad be fasa hi'n ei gael gen i tasa hi'n meiddio gofyn.

Symudais oddi wrthi, yn nes at giât ffrynt y tŷ drws nesa ar y chwith. Roedd y rhan fwya o'r dynion wedi cadw o'r ffordd, wedi rhyw stelcian yn y cefn a gadal i'r merchad neud y rhan fwya o'r gweiddi, ond mentrodd criw bychan ohonyn nhw'n nes at giât y tŷ lle roedd y pedoffil yn byw. Roedd Leon yn un ohonyn nhw, yn reit amlwg yn ei siaced gombat werdd a du a'i wallt yn gwta, gwta fel gwallt sginhed. Sbiodd o'i gwmpas a golwg slei ar ei wynab cyn tynnu hannar bricsan o dan ei siaced a'i thaflyd i fyny efo'i holl nerth, drw ffenest y llofft.

Clic... clic...

Clywais lais dynas yn sgrechian o'r twllwch y tu ôl i'r cyrtans, a meddyliais: Dynas? Ydyn nhw wedi ca'l y tŷ rong drw'r amsar? Ond doedd yna fawr o neb arall i'w weld yn poeni am y peth. Tynnais lun arall o Leon, yn wên o glust i glust, yn union fel mae o'n gwenu yn y llun 'sgynnon ni ohono fo adra, ar ben y seidbord, ar ôl iddo fo ennill cwpan Victor Ludorum pan oedd o yn 'rysgol erstalwm. Curodd un ne' ddau o'r dynion ei sgwydda fo ac mi dyfodd Leon ddwy fodfadd yn dalach. Yna mi welodd o fod y cops wedi llwyddo i sgrialu allan o gefn y fan o'r diwadd ac yn dŵad tuag at y tŷ ac amdano fo; diflannodd y wên oddi ar ei wep, a dechreuodd symud o'no yn reit handi ac i 'nghyfeiriad i, heb sylwi 'mod i'n sefyll yno.

Cydiais yn ei fraich o, a neidiodd fel sliwan ar lein sgota.

'Be ff... ?' Yna gwelodd mai fi oedd yno. 'Chdi... Be ti isio, Lisa?'

'Dynas sy yn y tŷ 'na,' gwaeddais dros yr holl dwrw.

'Be?'

Pwyntiais at ffenest y llofft.

'Dynas sy'n byw 'na!'

''I fam o, yndê?'

Tynnodd ei fraich yn rhydd. 'Mi welis i chdi'n taflyd y fricsan 'na, 'sti.'

'So?'

'Ma'n rhaid felly fod rhei o'r cops 'di dy weld di.'

'Ia, wel – so?' meddai eto'n ddiamynadd.

Plyciais ar ei siaced o. 'Dwi'm yn gallu gweld neb arall yma'n gwisgo un o'r rhein.'

'Be?'

Yna deallodd. Tynnodd ei siaced gombat a'i phlygu o dan ei gesail, ond gan ei fod o'n gwisgo crys-T gwyrdd fatha'r rheiny ma soldiwrs yn eu gwisgo allan yn Irac, dwi ddim yn meddwl fod hynny wedi gneud lot o wahaniath.

'Pam daflist ti'r fricsan 'na?' gofynnais.

'Blydi pyrfyrt ydi o, yndê, Lisa?'

'Ond be tasat ti wedi brifo'i fam o?'

'Dyna be ma'r ast yn 'i haeddu, yndê, am adal i'w mab fynd yn bedoffil.' Sbiodd arna i'n amheus. 'Pam w't ti'n poeni amdanyn nhw, eniwê?'

'Dwi ddim! Jest... dwi ddim yn poeni am y basdad, ocê?'

'Ti'm yn troi yn un o'r *do-gooders* 'ma, yn nag w't, Lisa Marie? Isio *human rights* i bawb, dim ots be ma nhw 'di'i neud?'

'Piss off, Leon.'

Chwarddodd. Yna gwelodd fod y cops yn sefyll reit y tu allan i'r tŷ erbyn hyn ac roedd hynny'n rhy agos felly trodd Leon a gwthio'i ffordd drw'r bobol am y cefn.

Safai'r copars yn un rhes – ffalancs ydi'r gair, dwi'n meddwl – rhwng y bobol a giât y tŷ. Roedd 'na lond fan arall wedi cyrradd erbyn hyn. O ble, dwi ddim yn gwbod. Wyddwn i ddim fod 'na gymint o gopars â hyn o gwmpas y lle: dim ond amball bâr ohonyn nhw'n dreifio heibio mewn car roeddan ni'n ei weld fel arfar.

Roedd 'na rwbath oedd yn edrach fel insbector yn trio

deud wrth bawb am fynd adra, ond prin roedd o'n gallu clywad ei lais ei hun gan fod 'na gymint o ferchad yn gweiddi yn ei wynab o. Y tu ôl iddo fo, agorodd drws y tŷ rhyw fymryn ac aeth plismonas a sarjant a dynas mewn dillad normal efo briffces i mewn yn sydyn, gan lithro drwy'r crac tywyll rhwng y drws a'r postyn.

Roedd gormod o bobol yn sefyll o 'mlaen ac yn ei gneud yn amhosib i mi fedru tynnu lluniau heb dynnu sylw ata i fy hun. Ceisiais symud chydig yn nes.

Mam oedd un o'r merchad oedd yn gweiddi ar yr insbector, petha fel: 'Ma gynnon ni hawl i ga'l gwbod, pan fydd 'na ryw betha fel hyn yn byw yn 'yn canol ni, a ma gynnon ni'r hawl i hel y bygyrs o'ma 'fyd!'

Dwedodd yr insbector rwbath mewn llais tawal, ond doedd Mam ddim am gymryd dim crap gynno fo.

'Ond dach chi ddim *yn* gneud 'ych jobs, yn nac dach! Dyna'r peth. 'Tasach chi *yn* gneud 'ych jobs yn iawn, 'sa'r rhein ddim o gwmpas y lle, reit yng nghanol pobol barchus a'u plant. 'Sgin *ti* blant? Na – cym on, jest atab 'y nghwestiwn i, 'sgin *ti* blant?' Nodiodd yr insbector. 'Sud 'sa chdi'n teimlo tasa hwn yn byw yn dy stryd di – lle ma dy blant di'n cerddad ac yn chwara?'

Os oedd atab gan yr insbector, chafodd Mam mo'i glywad o. A'th yn ei blaen efo'i phregath.

'Ond fasa hynny byth yn digwydd, yn na fasa? Does 'na fyth rybish yn ca'l ei ddympio yn y stada posh lle rw't ti'n byw, chdi a phobol fatha chdi. 'Mond yn fan hyn ma'r rybish i gyd yn ca'l ei ddympio – y rybish, y cachu, y crap i gyd. Achos dyna'n union be 'dan *ni* i chi, yndê? Rybish. Dim ots am 'yn plant ni, dach chi'n meddwl bod y rheiny wedi hen arfar beth bynnag, ma nhw i gyd wedi bod yn ca'l eu habiwsio gin eu tada a'u teidia a'u hyncls eniwê... ond tasa *hwn*,' meddai am bwy bynnag oedd yn cuddiad y tu mewn i'r tŷ y tu ôl i'r insbector, 'yn hyd yn oed *sbio* ar un o'r plant bach neis 'na sy'n byw yn dy stada posh di, fasa fo ddim yn gweld gola dydd!'

Ma llais da gin Mam, llais sy'n cario'n glir, ac roedd y merchad erill o'i chwmpas hi wedi tewi rhywfaint tra oedd hi'n siarad, ond dyma nhw i gyd yn rhoi bloedd uchal cyn dechra siantio 'Pyrfyrts owt! Pyrfyrts owt! Pyrfyrts owt!' Camodd Mam yn ei hôl a golwg fach fodlon ar ei hwynab, fel rhywun oedd newydd orffan joban dda o waith.

Clic...

Roedd yr insbector yn siarad ar ei radio, cyn troi a deud rhwbath wrth un o'i sarjants. Nodiodd hwnnw a gneud rhyw arwydd ar y copars erill, a dyma nhw i gyd yn closio at ei gilydd a sgubo'r bobol yn eu hola, fel brwsh mawr du yn sgubo dail allan o'r ffordd. Da'th un o'r fans reit i fyny at y giât, a dyna pryd yr agorodd drws y tŷ.

Da'th y sarjant allan yn gynta, yna'r ddynas efo'r briffces, wynab honno'n wyn fatha blawd a do'n i ddim yn synnu, chwaith, achos erbyn hyn roedd y bobol i gyd yn udo, jest, fatha *werewolves*, a mi faswn inna'n cachu brics hefyd taswn i yn ei sgidia hi.

Clic...

Ro'n inna'n siantio 'Pyrfyrts owt!' rŵan hefyd, ond mi drodd y siantio'n weiddi ac yn sgrechian wrth i'r blismonas ddŵad allan o'r tŷ efo dyn a dynas. Dwi ddim yn gwbod be yn union ro'n i wedi'i ddisgwl – rhyw gymysgfa o hen ddyn crîpi ei olwg mewn macintosh laes, ella, ac un o'r Orcs hynny yn *Lord of the Rings* – ond boi hollol normal ei olwg oedd hwn: tua phedwar deg oed, braidd yn dew, ddim yn dal iawn, gwallt cyrliog tywyll yn dechra britho a theneuo, sbectol ar ei drwyn... Ro'n i wedi'i weld o gwmpas y lle, ond be oedd ei enw fo, doedd gin i ddim clem.

Roedd o jest abowt yn gallu cerddad, ac oni bai fod y blismonas yn gafal yn dynn yn ei fraich o, dwi'n siŵr basa'i goesa bach tew o wedi colapsio odano fo. Roedd o'n crynu fel blymonj ac os oedd wynab dynas y briffces yn wyn... wel, roedd hi fel tasa gyni hi liw haul ffantastig o'i chymharu â gwep y dyn yma.

Clic... clic...

Ond roedd ei fam o'n fwy gytsi o beth uffarn, yn dal ei phen i fyny'n uchal ac yn cymryd dim sylw o'r holl weiddi o'i chwmpas hi. Cafodd y dyn ei fyndlo i mewn i'r fan mewn chwinciad, ond cyn dringo i mewn ar ei ôl o, mi sbiodd ei fam o rownd ar yr holl wyneba lloerig oedd o'i chwmpas hi fel tasa hi'n gneud pwynt o gofio pob un ohlonyn nhw. Arhosodd ei llgada hi am eiliad ar fy llgada i cyn symud at yr wynab nesa. Yna ysgydwodd ei phen yn ddigalon, rywsut, fel tasan ni i gyd wedi'i siomi hi'n ddiawledig, cyn troi a diflannu i mewn i'r fan.

Clic... clic... clic...

Caeodd rhywun y drws ar ei hôl, da'th y seiran a'r gola glas ymlaen a dechreuodd y fan symud yn ara deg drw'r bobol cyn gallu gyrru i ffwrdd go iawn. Rhedodd rhai pobol ar ei hôl hi gan ei waldio efo'u placards, cyn rhoi'r gora iddi a sefyll braidd yn llywath yng nghanol y ffordd, ddim yn siŵr be i'w neud nesa.

Mynd adra oedd yr unig beth, bellach. Roedd 'na griw o gopars yn sefyll o flaen y tŷ, ond doedd gan neb ddiddordab mewn taflyd mwd a cherrig ato fo rŵan.

'Roeddat ti'n grêt, Anj,' meddai Carina wrth Mam. 'Ma isio deud wrth y bygyrs. Dydi o'm yn iawn, eu bod nhw'n ca'l jest dympio rhywun rywun yn y lle 'ma.'

Roedd Mam wedi ca'l ei hwynab yn ôl erbyn hyn.

Gwenodd, a'i llgada hi'n dawnsio.

Trodd Mam ata i a llithrodd ei gwên rhyw fymryn. 'Be?' meddai.

'Dim byd.'

'Paid â sbio arna i fel 'na, 'ta.'

Trodd Carina a rhythu arna i fel tasa hi'n disgwl 'ngweld i'n gyrnio ar Mam.

'Ma hi'n sbio arna i fel 'sa gyni hi gwilydd ohona i,' eglurodd Mam wrthi.

'Nac 'dw, dwi ddim!'

'Yr hen olwg "tydw i'n well na phawb arall" yna sy ar ei hwynab hi'n rhy amal y dyddia 'ma.'

Nodiodd Carina arna i. 'Ia, wn i.'

Ochneidiais a throi i ffwrdd. Do'n i ddim yn ymwybodol 'mod i'n edrach felly, ond roeddan ni wedi ca'l y sgwrs yma sawl gwaith ac ro'n i wedi dysgu nad oedd 'na unrhyw bwynt mewn trio dadla efo Mam.

Dechreuais gerdded i ffwrdd. Pan sbiais yn ôl yn sydyn dros f'ysgwydd, roedd Mam wedi troi i siarad efo criw o ferchad eraill.

Ond roedd Carina'n dal i sbio arna i a gwên hunanfodlon, sbeitlyd yn llenwi'i hwynab tew hi.

Pennod 3

Lisa Angharad

Doedd gweddill yr wythnos honno ddim yn gyfnod hawdd, yn enwedig gyda Gwion Harri yn aflonyddu arna i fel rhyw ysbryd aflan. Lle bynnag roeddwn i'n troi, roedd o yno. Os nad oedd o yno, yna roedd Sharon Lloyd yno yn ei le.

Ond o leia roedd gan honno ddigon o gywilydd i gochi ac edrych yn bur anghyfforddus. Fwy nag unwaith, fe'i daliais yn edrych i 'nghyfeiriad efo rhyw olwg obeithiol, rywsut, ar ei hwyneb, fel petai hi'n dymuno i mi ochneidio a chodi f'ysgwyddau a gwenu arni, gan ddweud rhywbeth tebyg i, 'Ma hi'n ocê, Sharon, dwi ddim yn dal unrhyw ddig tuag atat ti. Wedi'r cwbwl, dydi o ddim fel tasa Gwion a fi'n gariadon, yn nac 'di?'

Ha! *Dream on*, Sharon.

Ychydig iawn a welais ar weddill y criw hefyd; pe digwyddwn daro ar un neu ragor ohonyn nhw, sylwais nad oedden nhw'n gallu edrych arna i'n iawn a bod eu chwerthin brysiog yn rhy barod ac yn rhy uchel. Gwrthodai eu llygid gwrdd â'm rhai i ac roedd ganddyn nhw wastad rywle arall i fynd iddo neu rywun arall i'w weld.

Hyd yn oed Eleri Fôn, fy 'ffrind'. Cerddais i mewn i lyfrgell yr ysgol ar y dydd Gwener, lle roedd Eleri'n eistedd ac yn gweithio ar ei phen ei hun wrth un o'r byrddau. Edrychodd i fyny a 'ngweld i'n hwylio i'w chyfeiriad, ac mi ddechreuodd hel ei phethau at ei gilydd yn syth bìn.

Ond ro'n i wedi cael llond bol erbyn hynny.

'Be ydi'r matar efo chi i gyd?' gofynnais.

'Sorri...?' Ceisiodd Eleri edrych fel tasa hi ar goll yn lân.

'Be dwi 'di'i neud i chi? Dach chi i gyd yn 'y nhrin i fel tasa arnoch chi ofn dal y *Black Death* oddi arna i, ne' rwbath.'

'O, cym on, Lisa, dydi hynna ddim yn wir,' protestiodd Eleri, ond heb fawr o argyhoeddiad. Roedd hi wedi dechrau gwthio'i llyfrau i mewn i'w bag, ond rhoddodd y gorau iddi wrth sylweddoli 'mod i wedi 'mhloncio fy hun i lawr ar gadair gyferbyn â hi, wedi'i chornelu'r ochr arall i'r bwrdd i bob pwrpas.

'Rydach chi fel 'sa chi'n trio f'osgoi i,' meddwn. 'Hyd yn oed y chdi, Eleri.'

'Lisa...'

'Dyna be oedd d'ymatab greddfol di rŵan, yndê? Pan welist ti fi'n dŵad i mewn trwy'r drws. Hel dy betha a'i heglu hi o'ma.'

Ochneidiodd Eleri a gwthio'i bag oddi wrthi. 'Ia, sorri.'

'*Pam*? Dwi'm yn dallt. Dydi o ddim fel 'swn *i* wedi gneud unrhyw beth i bechu neb – fi ydi'r un sy 'di ca'l ei brifo, os ti'n cofio.'

Dechreuodd Eleri bigo'r edafedd ar bwythi ei bag.

'Ia, dyna'r peth, Lisa,' meddai.

'Be?'

'Dyna be sy.'

'Be ti'n feddwl?'

'Rydan ni i gyd yn *gwbod* dy fod ti 'di ca'l dy frifo.' Chwarddodd yn ddihiwmor. 'Dydan ni ddim wedi ca'l unrhyw gyfla i *ang*hofio hynny.' Edrychodd i fyny ac ar draws y bwrdd. Doedd hi ddim wedi edrych ymlaen o gwbl at y sgwrs yma, deallais. Ond roedd yn sgwrs anochel. Roedd yn rhaid i *rywun* ddweud wrtha i, a phwy gwell na'n 'ffrind gorau', yndê? 'Rydan ni *yn* teimlo drostat ti, Lisa. Pawb ohonon ni.'

'Diolch yn fawr. Dwi'n teimlo'n well yn barod.'

Ochneidiodd Eleri. 'Ti'n gweld? Dyna'n union be...' Ysgydwodd ei phen fel petai hi'n dweud wrthi'i hun nad oedd unrhyw bwynt trio siarad efo rhyw greadures surbwch fel fi. Safodd a gorffen stwffio'i llyfrau i mewn i'w bag cyn sbio arna i eto. Roedd fel petai'r ffaith ei bod yn edrych i lawr arna i wedi rhoi iddi'r hyder i siarad.

'*Roeddan* ni'n teimlo drostat ti, Lisa, ella fod hynny'n nes at y gwir. Ond erbyn hyn rydan ni i gyd wedi laru ar dy glywad di'n lladd ar Gwion a Sharon drw'r amsar. Fel y deudist ti dy hun, doedd o ddim fel tasat ti a Gwion yn mynd allan efo'ch gilydd yn barod, yn nag oedd? Ond rw't ti'n actio fel... dwn i'm... fel tasach chi'n gwpwl priod a bod Gwion wedi dy adal di am Sharon. Ocê, mi gest ti dy siomi, ella, ond blydi hel, Lisa – *get over it*, iawn?'

A chan godi'i bag, aeth Eleri allan o'r llyfrgell a 'ngadael i yno'n rhythu ar weddillion f'ewinedd. Ro'n i wedi bod yn eu cnoi yn o hegar, sylweddolais am y tro cynta, ac edrychai 'nwylo fel dwy bawen dew.

Ddiwedd y bore hwnnw, cerddais allan o'r ysgol ac i mewn i'r dre; yn wir, roedd giatiau'r ysgol y tu ôl i mi bron heb i mi sylweddoli 'mod i wedi mynd trwyddyn nhw. Eto fyth, roedd fy llygid yn llawn dagrau, ac eto fyth, roedd y diolch am hynny i Gwion Harri. Ro'n i wedi sylwi arno'n loetran wrth y drws ar ddiwedd y wers Gymraeg, yn gadael i bawb arall fynd allan o'r ystafell ond yn fy rhwystro i pan geisiais wasgu allan heibio iddo.

'Wnei di roi'r gora i sbio dagyrs ar Sharon drw'r amsar?' meddai.

'Sorri…?'

'Ti'n gwbod yn iawn be dwi'n feddwl, Lisa. Dwi 'di dy weld di'n gneud fy hun.'

Wel, fedrwn i ddim gwadu, a bod yn onest. Ro'n i wedi dechrau cael ychydig o bleser sadistaidd yn rhythu'n ffyrnig ar gefn pen neu ochr wyneb Sharon Lloyd nes iddi 'nheimlo i'n gwneud hynny, a phan fyddai hi'n troi ei phen, dyna lle byddwn i'n gwgu arni fel cath fawr yn llygadu llygoden fach lwyd. Gwyddwn fod hyn yn cael cryn effaith arni; edrychai i 'nghyfeiriad yn aml pan oedden ni'n digwydd bod yn rhannu'r un gwersi. Weithiau byddwn yn troi i ffwrdd pan welwn ei phen yn dechrau symud, weithiau ddim. Droeon eraill byddwn yn ei hanwybyddu'n llwyr, ac yn mwynhau ei gweld o gornel fy llygad yn edrych yn sydyn i 'nghyfeiriad bob hyn a hyn, fel petai hi'n ceisio 'nal i'n rhythu arni.

'Ma'n ei hypsetio hi,' meddai Gwion.

'Ydi o? Bechod…'

Syllais i fyw ei lygad gan gadw fy wyneb yn hollol galed. Gwingodd Gwion.

'Lisa, plis. Does dim angan hyn, yn nag oes? Chwara teg…'

'Dydi Sharon Lloyd ddim yn gwbod be ydi ca'l ei hypsetio,' meddwn wrtho. 'Mi ges i f'ypsetio'n reit ddiweddar…'

Gwylltiodd. 'Be ti'n disgwl i mi'i neud, Lisa? Gorffan efo Sharon a mynd allan efo chdi, ne' rwbath?'

Edrychais i ffwrdd. Do'n i ddim yn gwybod be roeddwn i eisiau iddo fo'i neud, dyna oedd y gwir amdani.

'Wel, dydi hynny ddim yn mynd i ddigwydd,' meddai Gwion. 'Dwi'm *isio* gorffan efo Sharon, diolch yn fawr. Ac yn sicr, dwi ddim isio mynd allan efo *chdi*. Yn enwedig ar ôl ffeindio sut berson w't ti go iawn…'

'Be ti'n feddwl?'

'... felly jest rho'r gora i'r crap 'ma, Lisa – ocê?'

'Be ti'n feddwl – sut berson ydw i go iawn?'

Syllodd arna i, a wyddoch chi be? Unwaith eto, roedd o fel tasa fo'n hogyn hollol ddiarth, fel tasa hwn a fi erioed wedi treulio blynyddoedd yn chwarae o gwmpas cartrefi'n gilydd ac ar ochra'r mynydd.

'Pathetig,' meddai. 'Person pathetig.'

Ymwthiais heibio iddo allan o'r ystafell, drwy'r drysau agosa ac allan o'r ysgol. Lle roeddwn i'n mynd, doedd gen i ddim clem, cyn belled â 'mod i'n ddigon pell oddi wrth Gwion a Sharon ac Eleri a phawb arall yn y blydi lle. Roedd o mor annheg, meddyliais yn blentynnaidd. *Fi* oedd yr un a gafodd gam, yndê? Dylai'r criw i gyd fod yn hel o 'nghwmpas *i*, ond yn lle hynny roedden nhw'n fy nhrin fel taswn i'n wahanglwyf. *Pariah* – dyna be oeddwn i bellach: rhywbeth i'w osgoi ar bob cyfrif.

Cerddais drwy'r dre o un pen i'r llall, nes cyrraedd yr harbwr. Roedd y llanw allan a'r cychod i gyd ar eu hochrau gyda stribynnau hirion o wymon gwyrdd yn hongian fel gwallt gwrachod y môr oddi ar gadwynau eu hangorau. Mae'n rhyfedd sut mae absenoldeb dŵr yn gallu troi harbwr del yn un hyll. Eisteddais ar fainc bren, yn gwylio pioden fôr yn pigo heb fawr o frwdfrydedd yn y mwd.

Roedd geiriau Gwion wedi 'mrifo i'r byw. Fasan nhw wedi 'mrifo cymaint tasan nhw wedi dod o geg rhywun arall? Go brin, meddyliais. Roedd ei glywed *o*, o bawb, yn 'y ngalw i'n 'pathetig' – efo'i wyneb yn bictiwr o ddirmyg – yn waeth o beth myrdd na phetai o wedi rhoi slasan galed i mi reit ar draws fy ngwep.

Ac roedd o'n *iawn*, damia fo! Ro'n i *yn* berson pathetig. Cyfeillgarwch oedd gan Gwion a minna tan yn ddiweddar, a dim byd mwy na hynny: cyfeillgarwch dau blentyn oedd wedi cael eu magu fwy neu lai efo'i gilydd, bron fel brawd a chwaer – ac fel chwaer roedd Gwion wedi meddwl amdana, i bob pwrpas.

Ond eto, fe'm hatgoffais fy hun – yn benderfynol o grafu a phigo'r un hen grachen boenus honno – roedd o wedi aros nes roeddwn i wedi mynd adre nos Sadwrn cyn dechrau gwthio'i hen dafod i lawr corn gwddf Sharon Lloyd. Mae'n rhaid, felly, ei fod o wedi synhwyro *rhywbeth*, rhyw deimlad ym mêr ei esgyrn 'mod i'n teimlo rhywbeth ychydig mwy na dim ond cyfeillgarwch cyffredin tuag ato.

Ond be *o'n* i'n ei deimlo, mewn difri calon? Sylweddolais nad o'n i erioed wedi cael unrhyw ffantasi rywiol amdano. O'n i hyd yn oed wedi breuddwydio amdanon ni'n cusanu? Ro'n i wedi... wel, *derbyn* mewn rhyw ffordd ddigon amwys a ffwrdd â hi y basa Gwion a minnau'n tyfu'n naturiol o fod yn ffrindia i fod yn gariadon ac yna'n ŵr a gwraig mewn rhyw ddyfodol pell, fel ffilm wedi'i saethu mewn ffocws meddal: Cathy a Heathcliff yn prancio'n wyllt dros y rhosydd law yn llaw – a'r ffilm yn mynd i *dissolve* neu *fade* cyn gynted ag roedd yna unrhyw fygythiad o gusan, heb sôn am unrhyw beth pellach. Doeddwn i erioed wedi ceisio dychmygu beth oedd ganddo'n hongian rhwng ei goesa, ac yn sicr doedd yntau erioed wedi dangos unrhyw chwilfrydedd ynglŷn â beth oedd gen i'n llechu o dan fy nillad.

A dyma fi'n gwneud môr a mynydd – yn gwneud Môr Tawel ac Everest, yn wir – o'r ffaith fod Gwion a Sharon Lloyd wedi cymryd ffansi gref tuag at ei gilydd; dyma fi'n cerdded o gwmpas yr ardal yn beichio crio fel Heledd wrth grwydro'r bryniau. Be nesa, Lisa, holais fy hun. Eu dilyn nhw i bob man? Torri i mewn i dŷ Sharon a berwi ei chwningen (os oedd cwningen ganddi) mewn sosban, fel y ffurat wallgo honno yn y ffilm *Fatal Attraction*?

Oedd, meddyliais eto, roedd Gwion yn llygad ei le.

Pathetig – dyna be o'n i. Person pathetig. Ac oherwydd hyn, ro'n i o fewn trwch blewyn o fod yn hollol ynysig hefyd, heb un ffrind yn y byd.

Roedd gen i gryn dipyn o ymddiheuro i'w wneud, penderfynais – i Eleri a gweddill fy ffrindia, yn sicr, ond yn fwy na neb arall, i Gwion a Sharon Lloyd.

A gorau po gynta.

Ond eto, doeddwn i ddim yn hollol barod i wneud hynny ar y foment honno.

Codais oddi ar y fainc, gan sylweddoli ei bod wedi dechrau pigo bwrw. Penderfynais ei bod hi'n rhy hwyr i mi ddychwelyd i'r ysgol a daeth hanner gwên i'm hwyneb wrth feddwl sut byddwn i'n treulio'r prynhawn. Ia – y fi, o bawb. Wythnos yn ôl, mi fuaswn wedi'i heliffantu hi 'nôl am yr ysgol, dim ots faint o'r gloch oedd hi. Ond roedd angen y prynhawn arna i, i orffen hel meddylia a dod yn ôl ata fy hun yn llawn.

Crwydrais dow-dow yn f'ôl i ganol y dre. Doedd hi ddim cyn brysured ag y byddai ymhen dwy awr, pan fyddai'r ysgolion yn cau. Edrychais ar fy wats eto fyth. Roedd y sesiwn cofrestru wedi hen fod – yn wir, roedd hi bron yn amser i'r wers gynta'r prynhawn orffen. Tybed beth oedd ymateb pawb pan welson nhw nad oeddwn i yno efo nhw?

O, Lisa – be ydi'r ots? meddwn wrtha fy hun. Petai rhywun wedi holi be roeddwn i'n ei wneud yn cerdded o gwmpas y dre fel hyn, hoffwn feddwl y buaswn wedi dweud wrtho am feindio'i fusnes, nad oeddwn i'n *teimlo* fel treulio prynhawn diflas arall yn yr ysgol. Gwyddwn fod nifer o 'nghyd-ddisgyblion yn gwneud hynny'n aml (a go brin y byddai neb yn mentro'u holi nhw, beth bynnag), ond dim un o'n ffrindia i. Doedd ein criw ni jest ddim yn gwneud petha fel yna. Roeddan ni'n blant bach da.

Teimlwn yn rêl rebel, felly, wrth grwydro o un ffenest siop i'r llall. Rebel oedd â'i stumog yn chwyrnu arni, bellach, ac yn mynnu sylw. Agorais fy mhwrs a gweld nad oedd cymaint â hynny o arian gen i, dim ond digon am banad a brechdan, efallai, a hynny mewn caffi na fyddai'n codi crocbris. Nid hwnnw roeddwn i'n sefyll y tu allan iddo'n awr, roedd hynny'n sicr. Roeddwn wedi bod yma unwaith neu ddwy efo Mam. Caffi 'Cymraeg', Merched y Wawr-aidd, gyda llieiniau bwrdd gwynion a theisenna cartre, drud. Roedd ei enw – 'Y Parlwr Panad' – yn ddigon i neud i unrhyw un dan ddeugain redeg i ffwrdd dan sgrechian, ac os nad hynny, yna buasai'r gerddoriaeth a sibrydai allan o'r muriau wedi llwyddo: Bryn Terfel, telynau, partïon cerdd-dant, John ac Alun, Iona ac Andy, a Rhys Meirion. Drwy'r ffenest gallwn weld ambell wyneb oedd yn gymharol gyfarwydd ond 'run roeddwn yn ei nabod yn ddigon da i godi llaw arno. Pobol ganol oed oedd mwyafrif y cwsmeriaid, pedwarawdau o ferched ac ambell gwpwl oedd yn amlwg wedi dod i'r dre i wneud eu neges wythnosol; edrychai nifer o'r gwŷr yn anghyfforddus mewn coler a thei, eu dwylo mawrion, piws yn stryffaglu efo'u cwpanau bach bregus, a meddyliais y buasai llun o'r tu mewn i'r caffi hwn yn gwneud hysbyseb wych i ddillad Marks and Spencer.

Penderfynais, felly, fynd i Tesco.

Rebel, go iawn.

'Bob tro y bydda i'n mynd i mewn i'r lle,' clywais Euros Davies, tad Eleri Fôn, yn ei ddweud wrth Dad mewn rhyw noson gaws-a-gwin yn ddiweddar, 'mi fydda i'n teimlo f'enaid yn crebachu.' Nodiodd, yn amlwg yn falch ohono'i hun; roedd o'n amlwg wedi dweud y frawddeg hon droeon ac yn meddwl y byd ohoni.

Sôn am y gangen anferth o Tesco a agorwyd yma tua dwy flynedd yn ôl roedd o. Bu cryn dipyn o brotestio yn erbyn dyfodiad y Lefiathan yma – a chryn dipyn o ffraeo hefyd, rhwng y protestwyr a'r nifer fawr oedd o'i phlaid, gan gynnwys llawer iawn o bobol oedd yn gobeithio cael swyddi yno wedi iddi agor.

Roedd fy rhieni'n flaenllaw iawn yn y protestio ac mae'n bur debyg eu bod nhw'n cytuno â thad Eleri, ond roedd rhywbeth am Euros Davies oedd yn mynd dan groen fy nhad, yn enwedig.

'Pam *fyddi* di'n mynd yno felly, Euros?' gofynnodd iddo. 'Chwara teg, os ydi dy enaid di'n gorfod mwyn drw'r fath boen – y fath *artaith* – yna cadw draw fasa'r peth callaf i'w neud, siawns?'

'Does gynnon ni ddim llawar iawn o ddewis, yn nag oes?' atebodd tad Eleri. Dwy lathan a hanner o hunanbwysigrwydd main ydi hwn – un o'r bobol hynny sy nid yn unig yn gorfod sbio i lawr ar y rhan fwya o bobol, ond un sy hefyd yn mwynhau gwneud hynny. 'Tydi'r diawliaid barus wedi gofalu fod bron pob busnas arall yn yr ardal 'ma wedi gorfod cau o'u herwydd nhw?'

'O? Fyddan ni byth yn tywyllu'r lle, 'yn hunain,' atebodd Mam yn rhagrithiol, braidd. Efallai nad oedden nhw'n mynd ar gyfyl Tesco'r dre, ond roedd sawl Morrisons a Spar ac Asda a Lidl ac Aldi yn y cylch. Fy hun, dwi wedi defnyddio cryn dipyn ar Tesco; wedi'r cwbwl, mae pethau fel CDs a DVDs yn rhatach yno o beth myrdd nag mewn siopau cyffredin. Mae'n hynod gyfleus, dadleuais gartre un tro.

'Ydi, dyna'r drafarth,' meddai Dad. 'Oes fel yna ydi hi.

Ma'n rhaid i bob dim fod yn *gyfleus* y dyddia yma. Dyna pam fod pob un o'r siopa ffiaidd yma'n agor ar y Sul. Ma 'na ormod o lawer o betha'n *diflannu*, ac ma'r hen werthoedd – a dwi ddim jest yn sôn am hen werthoedd Cymreig rŵan – yn diflannu efo nhw. Dydi'r ffaith fod y gymdeithas yma wedi troi'n un fwy cyfleus ddim yn golygu ei bod hi hefyd yn well, Lisa,' meddai. 'Dydi hi ddim o gwbwl.'

'Ma'r hen fusnesa bach, annibynnol wedi mynd, bron i gyd,' oedd cwyn aml Mam. 'Yr holl siopa oedd yn gneud y dre yma'n wahanol. Ac yn eu lle nhw... Ma'r stryd fawr yn union fel pob stryd fawr arall drw'r wlad – yn llawn un ai o'r enwa mawrion, rhyngwladol, ne' hen siopa rhad a choman efo'u ffenestri'n blastar o sticeri oren a phinc llachar.'

'Tra bo'r hen fusnesa bach, teuluol oedd yma ers degawda lawar – ers dros ganrif, rhai ohonyn nhw – wedi gorfod cau,' ategodd Dad.

Ro'n i'n gallu gweld eu pwynt nhw, ond do'n i ddim yn ffieiddio tuag at y siopau cymaint ag roedden nhw. Wedi'r cwbl, ro'n i wedi tyfu efo'r rhan fwyaf o'r newidiadau hyn, felly doedden nhw ddim mor ysgytwol i mi ag roedden nhw i'm rhieni.

Cerddais, felly, heibio i Peacocks, McDonald's, Pizza Hut, Next – a Starbucks; ia, *y* Starbucks, lleoliad y snogio gwallgof rhwng Gwion a Sharon, y cwpwl roeddwn yn benderfynol o ymddiheuro iddyn nhw er gwaetha'r don o gynddaredd a deimlwn yn chwyddo'r tu mewn i mi wrth i mi gerdded heibio i'r lle – Jessops, Currys, Burger King a Game, yn ogystal â siopau elusennol fel Oxfam a Tenovus, nes, o'r diwedd cyrraedd Tesco.

Roedd y pigo bwrw wedi troi'n law mân erbyn hynny, ac roedd hwnnw'n bygwth troi'n law trymach, yn ôl yr olwg dywyll, feichiog oedd ar yr awyr. Yn nrych y tŷ bach, gwelais fod y glaw mân wedi gadael haen denau ar 'y ngwallt fel gwe pryf cop gwlyb. Edrychai'n neis yr eiliad honno, ond gwyddwn na fyddai'n hir cyn y byddai 'ngwallt yn troi'n frown rhydlyd, diolwg. Wrth fynd i fyny i'r llawr nesa ar y grisia symud, troais ac edrych i lawr dros yr holl bobol yn morgrugo o eil i eil, o silff i silff, gan ddiolch nad oedd llond troli o nwydda gen i; er bod oddeutu deg til ar hugain yn y siop, dim ond tua deg ohonyn nhw oedd ar agor, a golygai hyn fod rhesi hir, llwythog a phiwis wrth bob un ohonyn nhw.

Roedd fy mol yn canu grwndi'n uchel iawn erbyn hyn, a waeth i mi fod yn gwbl onest ddim a chyfadde na wnes i betruso rhyw lawer cyn prynu llond plât o sglodion a sleisen o *pizza*. A'u mwynhau. Yna gorffennais fy niod cyn codi a chrwydro o gwmpas y llawr difyr hwn, llawr y dillad, y CDs, y DVDs a'r offer electronig, er bod fy mhwrs bron yn wag bellach.

Rhaid i mi gyfadde, hefyd, fy 'mod i, wrth edrych o gwmpas y silffoedd, yn gallu deall pam fod pobol fel fy rhieni gymaint yn erbyn siopau mawrion fel hyn: yn wir, Tesco oedd y siop roedden nhw'n ei chasáu fwyaf. Tan yn gymharol ddiweddar, roedd gan y dre ei siop recordiau'n arfer bod i lawr wrth yr harbwr – siop a fu yno ers pan oedd pobol fel Glenn Miller a Vera Lynn yn boblogaidd. Pan gyrhaeddodd Tesco, caewyd y siop recordiau. Er bod y siop fechan wedi gwerthu stwff poblogaidd yn ogystal â cherddoriaeth mwy arbenigol, roedd y siopau mawrion, newydd yn gallu gwerthu'r stwff poblogaidd yn *rhatach* o lawer, am hanner y pris neu lai.

Pan ddiflannodd y siop fechan, collwyd pob gobaith o fedru prynu CDs nad oedd yn y siartiau.

'Ac ma'r siartia'n un anialwch mawr o ddiffyg chwaeth,' cwynai Dad hyd syrffed, a oedd â'r wyneb wedyn i wadu iddo ddweud yr un geiriau ag a ddywedwyd gan ei rieni yntau genhedlaeth ynghynt. Ac wrth i'm llygid grwydro dros y CDs poblogaidd y prynhawn hwnnw, fe'm cefais fy hun – gyda pheth braw – yn lled gytuno efo fo. Chwarae teg – Lady Gaga? Ting Tings?

Py-lîs!

Doedd y siartiau llyfrau ddim llawer gwell, hunangofiannau gan 'selébs'...

Penderfynais adael cyn i mi ddechrau cytuno fwyfwy efo'm rhieni: basa hynny'n annaturiol. Ar fy ffordd i lawr y grisiau, gwelais fod mam Lisa Marie, y Goth ffrîci honno o'r ysgol, yn eistedd wrth y til deg eitem ('*Ten Items or LESS? Ten Items or FEWER*, ydi o i fod,' medd Euros Davies, tad Eleri Fôn).

'Dipyn o hen geg ydi hi.' Dyna farn fy rhieni a'u ffrindia am Angela. Neu 'Anji', yn ôl y cerdyn enw a wisgai ar boced ei blows: dynas yn ei deugeiniau cynnar, gyda gwallt golau wedi'i glymu 'nôl yn dynn yn gynffon merlen. Wrth gerdded heibio i'r til, gallwn weld fod gwreiddiau duon i'w gwallt, du fel ei haeliau. Y tro diwetha i mi'i gweld, roedd yn gwisgo jîns gleision tyn, botasau duon, crys-T Whitesnake a siaced ledr ddu ac yn edrych fel tasa hi newydd ddringo oddi ar gefn beic modur Harley-Davidson.

'Dipyn o hen geg...'

· Dwi'n cofio meddwl ar y pryd: Pam? Oherwydd ei bod wedi meiddio dadlau yn erbyn y rheiny oedd yn protestio yn erbyn cynlluniau Tesco i agor yr archfarchnad hon yn y dre? Gallwn ei chofio'n codi ar ei thraed ar ôl i Dad ddweud ei ddweud.

'Dwi'n cytuno,' meddai. Yna cododd ei llais dros y murmur o anghrediniaeth oedd wedi chwyddo o blith y rhai oedd o blaid yr archfarchnad. 'Ne' mi faswn i'n cytuno, yndê – taswn i'n byw mewn tŷ ffarm mawr ar ochor y mynydd. Ond dydw i ddim. Mewn tŷ cownsil, ar stad gownsil, dwi'n byw...'

Cymeradwyaeth frwd.

'Deud ti wrthyn nhw, Anj!' gwaeddodd rhywun.

Ond doedd arni hi ddim angen unrhyw anogaeth i ddeud wrthyn nhw, ac roedd hi'n gwneud yn tshampion.

'Ella 'swn i'n cytuno hefyd taswn i'n ffotograffydd proffesiynol, ne'n athrawas, ac yn gallu fforddio byw mewn tŷ neis yng nghanol y wlad.'

Edrychodd Mam ar Dad, ond roedd llygid Dad, dwi'n cofio, wedi'u hoelio ar 'Anj' wrth iddi fynd yn ei blaen:

'Ond dydw i ddim. Yn londri'r sbyty dwi'n gweithio. Dydi hi ddim yn job neis, ond 'sgin i ddim llawar iawn o ddewis. Dwi ar 'y nhraed drw'r dydd. Ma hi'n boeth yno, ac yn ddrewllyd – withia ma'r gwres a'r twrw ac ogla'r *bleach* a ballu'n ddigon â gneud i chi ffeintio. Ma'r ogla'n aros yn 'ych ffroena chi drw'r amsar: ma hi'n cymryd wsnosa i ga'l gwarad ohono fo. Ma'r dillad 'dan ni'n gorfod eu golchi yn amal yn sglyfaethus, a dydi o ddim yn anghyffredin i ni ga'l ein pigo gin nodwydda sy wedi ca'l eu gada'l yng nghanol y dillad. Do's wbod lle ma'r nodwydda rheiny wedi bod. Dydi o ddim wedi digwydd acw eto, ond ma rhai gweithwyr londri mewn sbytai erill wedi ca'l AIDS cyn heddiw oddi wrth y nodwydda 'ma.'

Roedd y neuadd yn dawal erbyn hyn.

'Wrth ymyl lot o bobol yn y neuadd 'ma heno,' meddai Anji, 'dwi'n ei cha'l hi'n braf. Ocê, 'sgin i ddim gŵr i ddŵad â chydig mwy o bres i mewn, ma gin i ddau o blant yn yr ysgol ac un yn y jêl, ond o leia ma *gin i* job o ryw fath – am ryw hyd, beth bynnag. Wedi deud hynny, dwi'n goro gwatshiad bob ceiniog. 'Swn i wrth 'y modd taswn i'n gallu fforddio iwsio'r busnesa bach rheiny 'dan ni wedi clywad cymint amdanyn nhw heno 'ma. *Ond fedra i ddim*! Ma nhw'n rhy ddrud. Taswn i'n mynd i mewn i un o'r rheiny efo hannar canpunt, mi faswn i'n lwcus i ddŵad allan efo llond basgiad...

'... ond mi ga' i lond troli am yr un pris yn yr archfarchnad. Pwy a ŵyr, ella ga i job yno hefyd. Job fydd yn bendant yn talu'n well na golchi dillad yn y sbyty, ac yn siŵr Dduw o fod yn saffach o beth uffarn. Felly dach chi'n gweld...' meddai, gan edrych ar Dad a Mam a rhai o'm ffrindia i a thadau a mamau fy ffrindia a minna, '... 'swn i wrth 'y modd 'swn i'n gallu cytuno efo chi, ond fedra i ddim. *Fedra i ddim fforddio gwneud*! Trïwch chi ddallt hynny, newch chi, achos ma'n amlwg o'r hyn 'dan ni wedi'i glywad gynnoch chi heno 'ma, 'sgynnoch chi'm clem – dim blydi clem o gwbwl!'

Eisteddodd i lawr i gymeradwyaeth frwd a hir. Roedd yr oedolion o 'nghwmpas un ai'n sbio i lawr ar eu sgidia neu'n sbio ar ei gilydd yn anghyfforddus. Pawb heblaw fy nhad, oedd yn syllu ar Anji gyda rhywbeth tebyg i edmygedd ar ei wyneb.

Roedd yn amlwg i mi ar y pryd fod Anji wedi bod yn paratoi'n ofalus iawn ar gyfer y cyfarfod cyhoeddus hwnnw, wedi bod dros ei haraith drosodd a throsodd. Roedd yn amlwg hefyd nad oedd hi wedi arfer siarad yn gyhoeddus fel hyn, ond deuai pob gair o'r galon: pan ddechreuodd siarad, roedd ei llais yn crynu oherwydd nerfusrwydd – wedi'r cwbwl, roedd yna bobol yn ei herbyn a oedd, mewn ffordd, fel Mam a nifer o'i ffrindiau, yn siaradwyr proffesiynol – ond pan orffennodd Anji, roedd ei llais yn crynu ag emosiwn.

Wedyn, ar ôl y cyfarfod cyhoeddus, cafodd ei galw'n 'dipyn o hen geg' – dim ond am ei bod wedi siarad, yn fy marn i beth bynnag, yn glir, yn eglur ac yn huawdl. Doedd y protestwyr ddim wedi disgwyl hyn. Roedden nhw wedi disgwyl rhegfeydd a bygythiadau a rhibidirês o ystrydebau

– ac mi gawson nhw hynny, do, ond mi gawson nhw Angela Evans, 'Anji', yn ogystal.

Doedd y plebs, y coman jacs, ddim i *fod* i siarad fel hyn.

Edrychodd Anji i fyny, wedi teimlo yn ei hisymwybod, efallai, fod rhywun yn syllu arni, a daliodd ei llygid fy rhai i cyn i mi fedru troi i ffwrdd. Daeth crych bychan rhwng ei haeliau fel petai hi'n meddwl ei bod yn f'adnabod o rywle ond yn methu a cofio'n union ble na sut. Dim ond am eiliad, os hynny, cyn iddi orfod troi'n ôl at ei gwaith, ond roedd hynny'n ddigon i wneud i mi deimlo y byddai'n sicr o 'nghofio i'r tro nesa y byddai'n fy ngweld – hyd yn oed petai hynny dim ond fel rhyw hogan dew efo gwallt coch oedd wedi syllu arni un diwrnod.

Roedd yr awyr wedi troi'n ddu gythreulig erbyn i mi fynd allan o'r archfarchnad, a phan oeddwn hanner ffordd ar draws y maes parcio dechreuodd fwrw fel taswn i'n sefyll dan raeadr. Ymlwybrais tuag at un o'r llefydd hynny sy'n cael eu defnyddio ar gyfer parcio trolis.

Roedd rhywun yno'n barod yn cysgodi, un o'r dynion oedd yn casglu'r trolis at ei gilydd, wedi'i lapio'n dynn mewn côt a throwsus melyn llachar, dal-dŵr a wnâi iddo edrych fel banana anferth. Safai crocodeil hir o drolis wrth ochr y gysgodfa. Ymwthiais yn lletchwith i mewn ato, a symudodd i wneud lle i mi sefyll wrth ei ochr. Doedd yntau ddim yn fach, chwaith, o bell ffordd; efo'r ddau ohonon ni'n sefyll ochr yn ochr fel hyn, roedden ni fel dau gorcyn mawr yng ngheg y gysgodfa. Gobeithio i'r nefoedd na wnaiff hwn drio cynnal sgwrs efo fi, dwi'n cofio meddwl, gan ddisgwyl ei glywed yn gwneud rhyw sylw amlwg ynglŷn â'r tywydd unrhyw funud.

Ond yr hyn a glywais oedd, 'Haia, Lisa.'

Rhythais arno am eiliad neu ddau; o'n i i fod i'w adnabod?

Yna gwthiodd ei hwd melyn yn ôl a gwenu.

'O,' meddwn. 'Haia. Ydi'ch teulu chi'n cymryd y lle 'ma drosodd?'

'Be?'

Nodiais i gyfeiriad yr archfarchnad. 'Newydd weld dy fam.'

'O... reit. Na, 'mond hi a fi sy 'ma. Ti'n ocê?'

'Heblaw am fod yn wlyb, yndw.'

Gwenodd eto, a sbiais arno eilwaith, gyda mwy o ddiddordeb y tro hwn. Roedd ganddo wên fach hyfryd, fel gwên hogyn bach ar fore ei ben-blwydd: gwên oedd yn goleuo'i holl wyneb gan ei drawsnewid. Sylwais fod ei lygaid yn frown ac yn feddal, fel llygid Bambi...

Lisa, fe'm hatgoffais fy hun, Liam Evans ydi hwn. Liam Dew. Mae o'n frawd i'r Goth ryfedd honno, ac mae ei frawd mawr i mewn ac allan o'r carchar.

Llygaid Bambi, o ddiawl.

Ond eto...

Roedd o wedi gadael i'w wallt dyfu ychydig ers iddo adael yr ysgol, a sylwais sut y llwyddai ei gyrls duon i herio'r glaw. Cofiais fel roedden nhw wedi neidio allan o dan ei hwd fel gwlân dur...

'Ti'n dal yn 'rysgol, felly.'

'Gwaetha'r modd.'

Sbiodd ychydig yn gam arna i.

'Be?' gofynnais.

'Dim byd. Jest... ro'n i wastad wedi meddwl dy fod ti'n leicio bod yn yr ysgol. Chdi a dy fêts.'

'O... reit...' oedd y cwbl a ddywedais, ond yn ddistaw bach roedd fy ngwrychyn wedi codi'n amddiffynnol. Do'n i na neb arall o'r criw yn *casáu* bod yn yr ysgol – iawn, o'r gorau, efallai ein bod yn cwyno'n biwis am ryw wers neu athro neu athrawes o bryd i'w gilydd, ond mae'n saff dweud ein bod i gyd yn edrych ymlaen at gael sefyll yr arholiadau TGAU er mwyn cael mynd i'r chweched dosbarth.

Ond doedd hynny ddim yn golygu ein bod yn *caru'r* lle. Fel y dwedodd Shakespeare, '*creeping like snail unwillingly to school*' oedd hi arna i drwy'r wythnos flaenorol – ond do'n i ddim am ddweud wrth Liam Dew, o bawb, pam 'mod i newydd gael un o wythnosa gwaetha 'mywyd yn y blydi lle.

Safodd y ddau ohonon ni yno'n syllu'n llywaeth ar y glaw'n bowndian oddi ar y concrit a thoeau'r ceir. Rŵan oedd yr amser i'r glaw arafu ddigon i mi fedru cerdded i ffwrdd efo dim byd mwy na rhyw 'Wela i di...' Ond daeth y glaw, os rhywbeth, yn drymach – roedd hi'n hen wragedd a ffyn go iawn. Ymbalfalais am rywbeth i'w ddweud, dim ond er mwyn torri'r tawelwch oedd wedi mynnu ymwthio aton ni fel trydydd person tew.

'Y... ydi dy chwaer yn dal i dynnu llunia?' holais.

Trodd Liam ata i mewn syndod. Gwyliais ef yn meddwl ac yna'n sylweddoli pam faswn i'n gofyn y fath gwestiwn.

'O... yndi. Mi ddaru hi dynnu llwyth y diwrnod o'r blaen. O'r boi 'na, a'i fam, a... a lot o bobol. Pawb oedd yno.'

'Sorri?'

'Y *riot* 'na.'

Deallais. O'n, ro'n i wedi clywed am hyn, wrth reswm. Are Our Children Safe? bloeddiodd sawl pennawd mewn sawl papur newydd. Yr un hen ddadl yn codi'i phen unwaith eto, sef, oedd hi'n deg dweud wrth bobol fod yna bedoffils yn byw yn eu canol neu beidio? Aed â dyn canol-oed i'r ddalfa, cofiais ddarllen, gyda'r un papur newydd yn awgrymu fod hynny'n fwy er mwyn ei ddiogelwch o ei hun na dim byd arall. Awgrymwyd hefyd nad oedd o wedi *ymyrryd* â'r un plentyn (ar yr achlysur hwn, beth bynnag, yn ôl y gohebydd), ond fod ganddo gasgliad anferth o luniau anweddus o blant ar ei gyfrifiadur.

'Roedd Lisa Marie yno felly,' meddwn. 'Oeddat ti?'

Ysgydwodd Liam ei ben yn ffyrnig. Rhoddodd ei law ar handlen troli cynta'r crocodeil, fel petai arno ofn iddo gloncian i ffwrdd ar hyd y maes parcio.

'Ro'n i'n gwarchod 'y mrawd,' meddai.

Fy nhro i oedd hi rŵan i sbio'n gam arno *fo*.

''I warchod o?'

Nodiodd, yna deallodd. Dychwelodd y wên fach hyfryd honno i'w wyneb.

''Y mrawd *bach* i, ddim Leon. Dydi o ddim yn ddwy oed eto.'

A... reit... roedd yna fabi yno, felly. Faint oedd oed Anji? Ro'n i wedi cymryd ei bod yn hŷn na Dad a Mam o gryn dipyn, ond os oedd hi fwy neu lai ddim ond newydd gael babi...

Liam, Lisa, Leon – dim llawer o ddychymyg yn fan 'na, Anji, meddyliais. Tybed be oedd enw'r babi? Lyle? Lewis? Luke? Rhyw enw fel 'na, fwy na thebyg. Troais at Liam efo'r bwriad o ofyn iddo, ond roedd o'n gwgu ar y glaw erbyn hyn, ei wên wedi diflannu'n llwyr fel tasa fo wedi gweld rhywbeth yn y maes parcio oedd wedi'i wylltio'n gandryll. Dilynais ei lygaid ond welais i ddim byd ond toeau ceir gwlypion a phobol yn cwmanu drwy'r glaw un ai tuag at eu ceir neu'r archfarchnad.

'Ma hi'n un dda am dynnu llunia, yn dydi?' meddwn. 'Ne' felly roedd Dad yn sôn, beth bynnag...'

'Yli, dwi'n goro mynd, ocê?'

'O...' Rhythais arno. Roedd o wedi siarad mor siarp. 'Ia, ocê...'

Ailgydiodd yn handlen y troli cynta a dechrau gwthio'r crocodeil tuag at yr archfarchnad. Yna arhosodd a throi.

'Lisa, sorri...' meddai. 'Do'n i ddim yn meddwl...'

Ysgydwodd ei ben eto, ond efo'i lygaid wedi'u hoelio ar fy rhai i fel petai'n ceisio cyfleu rhywbeth taer. Yna sylweddolodd fod y glaw yn dal i ddisgyn yn drwm ac yn ormod hyd yn oed i'w gyrls bywiog yntau. Edrychodd i fyny i'r awyr a chau'i lygaid am eiliad cyn troi'n ôl ata i.

'Ydi Lisa ni'n un dda am dynnu llunia? Go iawn?'

'Dyna be ddudodd Dad, yndê. Sbelan yn ôl rŵan, cofia. Tua dwy flynadd...'

Eto, ei wên lydan. Yna trodd gyda'i grocodeil swnllyd. Gwyliais ef yn igam-ogamu tua'r brif fynedfa, yn cymryd dim sylw o'r car oedd yn gorfod crwbanu'r tu ôl iddo.

Cymrodd funud reit dda cyn i mi sylweddoli 'mod innau, hefyd, yn gwenu – am y tro cynta ers bron i wythnos.

Pennod 4

Lisa Marie

Roeddan nhw'n arfar crogi pobol yn fan'ma erstalwm. Dyna be ddeudodd Nathan wrtha i, beth bynnag.

Ma'n tŷ ni ar allt, tua thri chwarter ffordd i fyny ar yr ochor dde, a reit ar ben yr allt ma 'na rowndabowt efo cloc uchal wedi'i sodro yn ei ganol o. Ma'r cloc ei hun yn edrach yn rhy fawr i'r polyn tena sy'n ei ddal o – meddyliwch am giwb Oxo efo pensal wedi'i stwffio i mewn iddo fo – ac yn edrach fel tasa gwynt go gry yn ei chwthu o i lawr, ond mae o wedi aros i fyny yno ers blynyddoedd lawar, ers ymhell cyn i mi ga'l 'y ngeni, beth bynnag.

Ond erstalwm go iawn, cyn bod yna ffasiwn betha â chlocia, yma roeddan nhw'n arfar crogi.

Yn ôl Nathan.

Y tro hwnnw, penderfynes ei goelio fo. Roedd o wedi 'nal i lot o weithia drwy ddeud rhwbath mwya uffernol a finna'n llyncu bob gair a gneud idiot iawn ohona i'n hun wedyn; roedd ganddo fo ffordd arbennig o ddeud y petha 'ma, fel tasan nhw'n ffeithia roedd pawb ond y fi'n eu gwbod ers blynyddoedd.

Ond wnes i mo'i goelio fo'n syth, chwaith, pan ddudodd o wrtha i am y busnas crogi 'ma.

'Ia, ia, Nath...'

Sbiodd arna i am eiliad efo'i geg yn hannar agored, fel

tasa fo ar fin deud rhwbath arall cyn i f'ymatab i ei daflu o. Yna ochneidiodd a throi i ffwrdd yn ddiamynadd.

'Ocê, paid â choelio 'ta, dim ots gin i.'

'O, cym on!'

'Yli, jest deud be dwi'n ei wbod ydw i...'

'Sut?'

'Be?'

'Sut ti'n gwbod?'

Dechreuodd daro'r styd oedd ganddo yn ei wefus isa efo blaen ei ewin hir – *tic-tic-tic*. Roedd hyn wastad wedi mynd ar fy nerfa i. Roedd y styds – dwy ohonyn nhw, un yn ei wefus ucha a'r llall yn yr isa – yn hen ddigon amlwg heb iddo fo drio tynnu sylw atyn nhw. Modrwy fach arian oedd gen i, drwy 'ngwefus isa, ac un styd yn fy nhrwyn, ond do'n i byth bron yn ffidlan efo nhw; roedd Nathan, beth bynnag, wastad wedi ymddwyn fel tasa fo'n deud, Sbïwch arna i, dwi'n Goth, yr unig Goth yn y dre 'ma heblaw am Lisa Marie. Fel tasa'i wallt a'i ddillad o ddim yn sgrechian hynny'n barod, dros y lle.

Cododd ei ysgwydda. 'Dwi'm yn gwbod, nac 'dw? Clywad gin rywun... 'y nhaid i, ella, ne' Mam, dwi'm yn cofio. Ne' darllan amdano fo'n rhwla.'

'Ocê. Ond sut dwi rioed wedi clywad am hyn o'r blaen, 'ta – a minna 'di byw 'ma ar hyd 'y mywyd?'

'Lis, dwi'm yn gwbod – ocê? Ond dwi'n gwbod am y peth ers... o, dwn i'm, erioed, ma'n siŵr.'

'Dw't ti ddim 'di sôn amdano fo cyn rŵan, Nath.'

'Wel, naddo – ro'n i'n cymryd dy fod di'n gwbod yn barod, yn do'n i? Ma pawb yn gwbod.'

Dwi'n cofio sbio arno fo'n gam. Rhowliodd Nathan ei lygaid.

'Yli – ma'n ddigon hawdd tshecio. Dos ar y net. Ne' i'r llyfrgell – ne' gofyn i rywun. Gofyn i Rabies, ma hi'n siŵr o wbod.'

'Rabies' oedd yr athrawes Hanes. Os oedd hi'n siarad am fwy na deng munud, neu'n gwylltio efo rhywun, roedd 'na boer gwyn i'w weld yn sgleinio yng nghorneli ei cheg.

'W't ti wedi tshecio erioed?'

Meddyliodd Nathan am chydig cyn ysgwyd ei ben.

'Naddo. Ma gin i ofn ffeindio dydi o ddim yn wir. Ac mi fasa hynny'n bechod, yn basa?'

O, basa. Wnes inna ddim tshecio chwaith – ro'n i *isio* iddo fo fod yn wir. Ac roedd Nathan, wrth gwrs, yn gwbod hynny'n iawn. Unrhyw beth sbŵci, unrhyw beth oedd i'w neud efo'r nos, yna roeddan ni'n dau isio gwbod amdano fo, ac isio iddo fo fod yn wir.

A byth ers hynny, pan fydda i'n cerddad heibio i'r cloc yn hwyr yn y nos, mi fydda i'n meddwl yn siŵr 'mod i'n gallu clywad sŵn pren tew yn grwgnach wrth i bwysa trwm ga'l ei siglo'n ôl ac ymlaen gan y gwynt. Dyna pryd y bydda i'n cyrradd adra efo 'nghorff yn groen gŵydd drosto i gyd, ac mi fydda i'n sbio'n ôl dros fy ysgwydd chwith i fyny'r allt ac ar y cloc, jest rhag ofn ei fod o wedi troi'n ôl i fod yn grocbren am chydig bach ar noson wyntog, dywyll.

Ro'n i'n meddwl am hyn i gyd wrth fynd drw'r llunia a dynnais i o'r pedoffil hwnnw'n ca'l ei arestio.

Roedd iPod Nathan ymlaen gen i, Cradle of Filth yn llenwi 'mhen wrth i mi drosglwyddo'r llunia o'r camera i'r cyfrifiadur. Crap oedd lot ohonyn nhw. Ond chwara teg, ro'n i wedi goro'u tynnu nhw i gyd yn slei bach, yn do'n i, a dydi'r *zoom* sgin i ar y camera bach 'ma ddim yn un sbeshial. Un diwrnod, dwi am ga'l SLR digidol iawn efo lens delesgopig ac un *wide-angle* yn ogystal ag un normal. Ma hwn s'gin i rŵan yn ocê, a dwi'n meddwl y byd ohono fo (roedd Mam a Liam, a hyd yn oed Leon – a Dennis, chwara teg iddo fo – wedi clybio efo'i gilydd i'w brynu o i mi Dolig dwytha, gan obeithio y basa hynny'n codi rhywfaint ar fy nghalon i), ond dydi o ddim yn gallu gneud hanner y petha dwi isio'u gneud – fel rhewi dŵr nes ei fod o'n edrach fatha llefrith.

Ac yn saff i chi, dydi o ddim yn gamera sy wedi ca'l ei neud ar gyfer tynnu llunia adar. Ma gin i lun mewn ffrâm ar y wal uwchben fy ngwely, ac un diwrnod – dwi'n benderfynol o hyn – dw inna am dynnu llun cystal â fo, os nad gwell. Llun o dderyn ydi o – hebog tramor ne' *peregrine falcon* – ac ma'r ffotograffydd wedi'i ddal o efo'i adenydd yn llydan gorad, yn barod i fflio i ffwrdd, efo swp o blu gwaedlyd rhwng ei grafanga.

Briliant.

Torri'r llun allan o gylchgrawn wnes i, ond ro'n i wedi'i weld o o'r blaen – wedi gweld yr un gwreiddiol, fel ma'n digwydd, pan dda'th Siôn Pennant i siarad efo ni yng nghlwb camera'r dre 'ma tua dwy flynadd yn ôl. Y fo dynnodd y llun – ia, hebog lleol ydi'r un yn y llun, medda fo; maen nhw'n nythu'n reit agos at lle mae o'n byw, ar ochor y mynydd, mewn hen dŷ ffarm wedi'i foderneiddio. Digonadd o bres gynno fo, ma'n amlwg. Ma'i ferch o yn yr un flwyddyn â fi yn yr ysgol, Lisa Angharad, un o'r giang snobi 'na sy'n sbio i lawr eu trwyna ar bawb.

Ond roedd o i'w weld yn ocê: mi ddeudodd betha neis am y llunia es i yno efo fi, beth bynnag, er ei fod o wedi sbio'n od ar Nathan a fi pan gerddon ni i mewn.

'Arglwydd mawr – be ydi'r rhein?' dwi'n cofio un dyn yn ei ddeud, rhyw goc oen canol oed, llawn ohono'i hun – dach chi'n gwbod y teip, un o'r rheiny sy'n meddwl eu bod nhw'n uffarn o gesys jest achos eu bod nhw'n deud amball i reg ddiniwad bob hyn a hyn: ma nhw i'w gweld yn amal yn llywyddu rhyw grap bôring fatha nosweithia llawan a ballu. Roedd o'n sbio o gwmpas y llyfrgell (roedd y clwb camera'n arfar cyfarfod yn llyfrgell yr ysgol) efo gwên lydan ar ei wep, ond mi lithrodd ei wên o fesul tipyn pan drodd Nathan a fi a sbio reit arno fo am sbelan – naethon ni ddim deud dim byd, 'mond syllu arno fo, y ddau ohonon ni yn ein gêr Goth llawn: o gwmpas ein llgada a'n gwalltia'n ddu bitsh a'n hwyneba ni'n wyn fel tasan ni rioed wedi gweld yr un mymryn o olau dydd.

Yna mi eisteddon ni i lawr i wrando ar Siôn Pennant, a dwi ddim yn meddwl 'mod i rioed wedi gweld jest i ddwy awr rhwng walia llyfrgell yr ysgol yn mynd heibio mor gyflym. Roedd o'n grêt, yn dangos llunia a sleidia ac yn llawn straeon a thips ynglŷn â sut i fynd o gwmpas petha.

'Ma'r Lisa Angharad 'na,' sibrydais wrth Nathan ar un pwynt, 'yn blydi lwcus i ga'l tad fatha hwn.'

'Mmmm...' oedd yr unig beth ddeudodd Nathan. Doedd o ddim mor cîn â fi ar dynnu llunia, o bell ffordd, a 'mond wedi dod i'r cyfarfod er mwyn cadw cwmpeini i mi. Ro'n i wedi goro'i bwnio fo dwn i'm faint o weithia achos roedd o'n pendwmpian, os nad oedd o'n cysgu, yna roedd o'n gwingo yn ei gadair ac yn crafu'i goesa a'i freichia fel 'sa fo'n berwi o chwain.

Ar ddiwadd y sesiwn, cafodd pawb gyfla i ddangos llunia roeddan nhw wedi'u tynnu er mwyn ca'l beirniada'th gin Siôn Pennant. Ro'n i'n gallu gweld ar ei wynab o nad oedd o ei hun wedi edrach ymlaen rhyw lawar at hyn, ond mi wnath ei ora i drio ffeindio rhwbath neis i'w ddeud am lunia pawb, ac *os* oedd o'n beirniadu, yna roedd o'n llwyddo i neud hynny mewn ffordd glên. 'Ma'n llun clir, da,' meddai am un roedd y coc oen nosweithia llawan hwnnw wedi'i dynnu o gastall C'narfon, 'ond ma cannoedd ar filoedd o'r rhein i'w ca'l yn barod. Y tro nesa, trïwch feddwl am ffordd newydd o ddangos y castall, rhyw ongl wahanol, wreiddiol.'

'Ty'd,' meddwn wrth Nathan gan ddechrau sleifio tuag at y drws.

'Ond be am dy lunia di?'

'Dim ots. Ty'd, 'nei di.'

'Ond... ro'n i'n meddwl mai dyna pam dda'thon ni yma yn y lle cynta.'

'Ma nhw'n crap, Nath. *Ty'd...*'

Dechreuais dynnu Nathan druan tuag at y drws, ond roedd gynno fo syniada erill.

'Ma gin Lisa lunia y basa hi'n leicio'u dangos i chi,' cyhoeddodd yn uchel.

Erbyn hynny, roedd Siôn Pennant eisoes wedi sbio i'n cyfeiriad. Dydi hi ddim yn hawdd i ddau Goth drio gneud unrhyw beth yn slei bach, ac ma'n siŵr fod Nathan a fi wedi gneud iddo fo feddwl am ddau fampir yn trio brysio'n ôl i'r fynwant cyn i'r haul godi.

'Gwych,' meddai, a dal ei law allan. 'Ydi hi'n bosib i mi ga'l eu gweld nhw?'

'Wel... y...'

Ro'n i ar fin gwrthod, ond yna mi wnes i ddigwydd dal y coc oen noson lawan yn sbio arna i efo rhyw hen wên gam, sbeitlyd ar ei wep; roedd o'n amlwg wedi penderfynu bod fy llunia i'n crap ac yn edrach ymlaen at ga'l clywad Siôn Pennant yn eu rhwygo nhw'n ddarna.

Ond wnath o ddim. Ro'n i wedi mynd â thua hannar dwsin o lunia efo fi, i gyd mewn du a gwyn ac wedi'u tynnu yn y fynwant. Ro'n i wedi gosod y camera – hen SLR Pentax ges i ei fenthyg o'r ysgol – ar *self-timer* i dynnu dau ohonyn nhw: un ohona i wedi gwisgo fel Vampira, y Goth cyntaf un, ac yn hannar gorwadd ar garrag fedd hen, uchal a fflat, mor hen nes bod 'na fwsog yn tyfu arni a'r sgwennu arni wedi hen ddiflannu. Hefyd, un o Nathan a fi efo'n gilydd, a Nathan yn edrach yn cŵl iawn mewn het uchal – *top hat*, felly – a chôt ddu laes, ond efo'i wynab yn wyn a'i wefusau ac o gwmpas ei llygid yn ddu. Roedd o wedi colli lot o bwysa erbyn hynny hefyd, felly roedd o'n edrach yn fwy Gothig nag erioed. Roedd hi'n fis Ionawr, a'r tu ôl i ni roedd yr awyr yn llwyd a briga noeth y coed yn edrach fel bysadd hen bobol filain.

Astudiodd Siôn Pennant nhw am sbelan reit hir, heb ddeud gair, a minna'n doman o chwys yn trio meddwl sut ro'n i am dalu'r pwyth yn ôl i Nathan am greu'r fath embaras i mi. Aeth Siôn Pennant drw'r llunia fesul un – rhai o'r fynwant oedd y pedwar arall, yn benna achos 'mod i wedi leicio siapia rhai o'r cerrig beddi: ro'n i wedi tynnu un yn gorwadd yn fflat ar fy nghefn ar y bedd ei hun, efo'r camera'n pwyntio'n syth i fyny ochor flaen y garrag.

'Arglwydd mawr!' ebychodd fy mêt newydd o'r nosweithia llawan pan welodd o'r llun yma. Dechreuodd droi i ffwrdd efo'r bwriad o ddeud rhwbath sarci wrth un o'i grônis, ond mi sylweddolodd o fod Siôn Pennant wedi codi'i ben ac yn sbio reit arno fo.

'Ia, yn hollol,' medda Siôn Pennant. 'Mi fydda inna'n teimlo fel ebychu'n reit uchal pan fydda i'n digwydd dŵad ar draws llunia sy'n dangos chydig o dalent a gwreiddioldeb. Ond dydi hynny ddim yn digwydd yn amal iawn yn y cyfarfodydd 'ma. Diolch byth, ne' mi faswn i'n poeni am fy mywolia'th. Lisa ydi d'enw di, ia?' medda fo, gan droi ata i a chefnu ar y coc oen, a edrychai erbyn hyn fel tasa fo am ga'l hartan, roedd ei hen wep o mor biws.

Nodiais. Sut roedd o'n gwbod? Yna cofiais fod Nathan

wedi deud f'enw'n uchal yn gynharach.

'Ma nhw'n ocê, felly?' holodd Nathan. ''I llunia hi?'

Edrychodd Siôn Pennant arna i, a gwenu. 'O, ydyn. Ma nhw'n ocê *iawn.*'

Wrth gwrs, ro'n i ar uffarn o *high* ar y ffordd adra o'r ysgol y noson honno. Prin y gwnes i sylwi fod Nathan yn cerddad dros y ffordd i gyd, fel 'sa fo wedi meddwi.

'Dwi'n ocê!' meddai pan sylwais arno fo o'r diwadd, a'i ddeud o'n reit gas hefyd, fel 'swn i 'di bod yn gofyn yr un peth iddo fo drosodd a throsodd drw'r noson.

'Sorri!' dwi'n cofio deud, a sbiodd Nathan arna i am sbelan reit hir, y ddau ohonan ni yng nghysgod cloc y sgwâr, nes i mi ddechra crynu yn y gwynt oer oedd yn chwthu i lawr o gyfeiriad y mynydd. Yna gwenodd arna i.

'Yndw, Lis, dwi'n ocê,' meddai. 'Jest yn hollol nacyrd. Wela i di fory.'

Trodd i fynd.

'Diolch i chdi am heno 'ma, Nath,' medda fi. 'Am ddŵad efo fi. Dwi'n gwbod ei fod o'n bôring i chdi. A diolch am... 'sti, am ddeud wrth y boi 'na fod gin i lunia. 'Swn i ddim 'di agor 'y ngheg, yndê.'

'*Change*, myn uffarn i...'

'Hoi!'

'Nos da, Lis.'

Chwifiodd ei fysadd arna i. Roedd o'n gwisgo'i fenig duon, y rheiny efo esgyrn bysadd a chefn llaw mewn gwyn ar eu cefna nhw nes bod ei law o'n edrach fatha llaw sgerbwd...

Ysgydwais fy mhen: doedd arna i ddim isio meddwl am fusnas y pedoffil, felly triais ganolbwyntio ar y llunia newydd ro'n i wedi'u tynnu.

Allan o dri deg dau, roedd naw ohonyn nhw'n weddol ocê. Ro'n i wedi dal Leon yn lluchio'i fricsan drw ffenest tŷ'r dyn gafodd ei arestio, a'r olwg slei honno ar ei wynab o wrth iddo fo neud hynny, ac un o'i fêts thic o'n sbio arno fo efo'i lygaid yn llydan gorad ond hefyd yn gwenu 'run pryd, wrth ei fodd, fel tasa fo'n methu coelio fod Leon yn ddigon o 'gês' i neud y ffasiwn beth.

Wancars.

Llun o'r pedoffil oedd yr un nesa, ac ro'n i wedi dal yr ofn oedd wedi llenwi'i wynab o wrth iddo fo ddŵad allan o'r tŷ a gweld yr holl bobol hynny'n disgwl amdano fo ac yn udo am ei waed o.

Ac ro'n i wedi dal ei fam o. Dwi'n meddwl 'mod i wedi gneud rhyw sŵn pan welais i'r llun yma, rhyw ebychiad bach diniwad fel tasa rhywun wedi cydio yndda i'n annisgwl, achos roedd hi'n sbio reit i mewn i'r camera a reit i mewn *i mi*, rywsut, wrth i mi wasgu'r botwm a thynnu'r llun...

'Ti'm yn dilitio hwnna?'

Neidiais. Liam, yn sefyll wrth fy ochor ac yn sbio dros fy ysgwydd.

'Blydi hel, Liam!'

'Be?'

'Fy stafall *i* 'di hon, ti'm jest yn...'

'Roedd y drws yn gorad gin ti, Lis.'

Ochneidiais. Y blydi tŷ 'ma, meddyliais. Do'n i ddim wedi gallu gwthio'r gadair dan handlan y drws achos ro'n i'n ista arni, wrth fy nesg, felly roedd y drws – er ei fod wedi edrach a theimlo fel petai o wedi cau'n tshampion ar y pryd – wedi agor ohono'i hun eto fyth, yn ddistaw bach, fel drws mewn rhyw blydi *haunted house*.

'So? Dw't ti'm jest yn cerddad i mewn heb gnocio.'

'Mi *wnes* i! Blydi hel... y chdi wnath ddim clywad, efo'r iPod 'na.'

Ro'n i wedi tynnu'r clustffona pan achosodd Liam i mi neidio fatha llyffant; gallwn glywad Cradle Of Filth yn dŵad drwyddyn nhw ac yn swnio fatha cacwn wedi'u dal mewn pot jam. Diffoddais yr iPod.

'Doedd dim rhaid i chdi...' dechreuodd Liam, ond torrais ar ei draws o.

''Sna'm pwynt os nad ydw i'n gallu'i glywad o, yn nag oes. Be ti isio eniwê?'

'Dim byd.' Nodiodd i gyfeiriad y cyfrifiadur. 'Pam ti'n dilitio hwnna?'

Edrychais ar y sgrin. Heb i mi gofio gneud hynny, ro'n i wedi codi'r bocs bach hwnnw sy'n gofyn:

Are you sure you want to move this file to the Recycle Bin?

Gadewais i'r saeth fechan hofran uwchben y bocs cyn clicio No, a diflannodd y bocs.

'Pwy ydi'r ddynas 'na?' gofynnodd Liam.

''I fam o,' atebais. 'Mam y boi 'na, y pedoffil.'

'Ma hi'n edrach fatha... fatha...'

'Fatha pwy?'

Ysgydwodd Liam ei ben.

'Ddim fatha *pwy* ro'n i'n ei feddwl, Lisa, ond ma hi'n edrach fel tasa hi'n dy nabod *di*.'

'Wel, dydi hi ddim, ocê!' meddwn yn siarp.

'Reit! Ocê... jest deud... edrach *fel tasa* hi'n dy nabod di ddudis i, ddim ei *bod* hi. Sbia arni hi. Ti'n gweld be dwi'n feddwl?'

O'n. Ro'n i'n gwbod yn union be roedd Liam yn ei feddwl: roedd o wedi rhoid ei fys ar yr hyn oedd wedi gneud i mi deimlo'n anghyfforddus wrth i mi edrach ar y llun. Ond triais fod yn cŵl ynglŷn â'r peth.

'Sbio ar y camera ma hi, Liam. Ddim arna i. A ffliwc ydi hynny. Roedd hi'n sbio rownd ar bawb. Yr unig beth wnes i oedd gwitshiad nes iddi hi edrach at ble ro'n i'n digwydd bod yn sefyll.'

Ond trio 'mherswadio'n hun o'n i, dwi'n meddwl. Ro'n i wedi dechra dileu'r llun cyn i mi sylweddoli 'mod i'n gneud hynny, a rŵan dyma fi'n sylweddoli pam – do'n i ddim isio gorfod sbio ar y ddynas yn edrach yn ôl arna i fel tasa hi'n gwbod pob dim amdana i. Dynas dal, dena, efo'i gwallt wedi'i dorri'n gwta, gwta, jest iawn fath â gwallt dyn, ond fasa neb byth yn meddwl mai dyn oedd hi, chwaith, roedd hi'n ormod o *ddynas* i hynny. Gwallt arian oedd o, ond roedd yn hawdd credu'i fod o ar un adeg yn hollol ddu. Roedd ei haeliau'n drwchus ac yn dywyllach o dipyn na'i gwallt, a gwisgai ffrog ddu a chôt ddu dros honno; roedd rhywbeth yn deud wrtha i fod ei sgidia a'i sana hi'n ddu hefyd, ond doedd hynny ddim i'w weld yn y llun, achos roedd yna ormod o bobol yn cuddio'i choesa hi oddi wrth y camera. Roedd hi'n ddynas *smart*, sylweddolais rŵan, dynas fasa'n cipio sylw rhywun yn unrhyw le, ac os oedd arni hi ofn yr holl bobol hyll oedd o'i chwmpas hi, yna roedd hi wedi cuddio hynny'n wych.

'Lle mae *o*, 'ta?'

'Mmmm?' Ro'n i mor brysur yn syllu ar y ddynas, ro'n i wedi anghofio fod Liam wrth fy ochor i. 'Sorri, be?'

'Y fo. 'I mab hi.'

Yn gyndyn, cliciais ymlaen at y llun nesa.

'*Hwnna* ydi o?'

Nodiais. 'Bastad budur.' Yna meddyliais am y ffordd roedd Liam wedi siarad. 'Pam, ti'n ei nabod o?'

'Nac 'dw. Ond dwi wedi'i weld o, o gwmpas. Wastad efo camera'n hongian rownd ei wddw.'

'Wel, 'dan ni'n gwbod rŵan pa lunia roedd o'n eu tynnu, yn tydan.'

'Ydan ni?'

Er mai dim ond blwyddyn yn hŷn na fi oedd Liam, roedd yn sbio arna i rŵan fel tasa 'na beth bynnag ddeng mlynadd rhyngddon ni. Rhoddodd flaen ei fys ar sgrin y cyfrifiadur, reit ar wynab y pedoffil.

'Be'n union wnath o, Lis?'

Troais a sbio i fyny arno.

'Ti'n gwbod yn iawn be wnath o. Pedoffeil ydi o, yndê.'

'Sud ti'n gwbod?'

'*Be?*' Rhythais arno. 'Ti'n gall? Dw't ti ddim wedi gweld y papura newydd? Roedd o ar y rejistyr 'na s'gynnyn nhw cyn iddo fo a'i fam ddŵad i fyw i'r stad 'ma. Ac roedd ei gompiwtar o'n llawn o lunia roedd o wedi'u ca'l o wahanol lefydd ar yr internet.'

Nodiodd Liam. 'Ocê, 'ta – gad i mi ofyn hyn: sud *oeddat* ti'n gwbod hynny?'

'Sorri...?'

'Ar y pryd. Pan est ti a phawb arall o'r stad 'ma, jest iawn, at ei dŷ o y diwrnod o'r blaen. 'Sti – dim ond *wedyn* dda'th yr holl ffeithia 'ma amdano fo allan, yndê? Yr hyn dwi'n ei ofyn ydi, sud oeddat ti'n gwbod *yr adag hynny* ei fod o'n bedoffil?'

'Wel... roedd pawb yn deud ei fod o, yn doeddan?'

'Doeddat ti'm *yn* gwbod, yn nag oeddat ti, be wnath o?' Dechreuodd daro gwahanol wynebau yn y llun efo blaen ei fys. 'Betia i di doedd hon ddim yn gwbod be wnath o chwaith... na hon... na hwn... na'r ddwy 'ma... 'run ohonoch chi. Betia i di doedd dim blydi clem gin Mam, chwaith!'

Eisteddais yn ôl yn fy nghadair a sbio arno fo. Roedd ei lais o'n crynu chydig wrth iddo siarad.

'Liam, pam w't ti'n colli dy dempar? Roedd *rhywun* yn gwbod, yn doedd? Ne' 'sa pawb ddim wedi mynd ar ei ôl o...'

'Ond doedd pawb *ddim* yn gwbod. Dyna be dwi'n ei ddeud! Doeddach chi ddim yn gwbod ar y pryd, yn nag oeddach? Ond mi ddaru chi i gyd fynd yno'n un haid – yn un *mob* mawr, am ei waed o.' Tarodd wyneb y pedoffil eto â blaen ei fys. 'Mewn ffordd, roedd hwn yn lwcus heddiw.'

'Lwcus?'

'Fod 'na gloc ar y sgwâr, Lis. Tasa hyn wedi digwydd ddau gan mlynadd yn ôl...'

Ro'n i 'di sôn wrtho fo am yr hyn ddudodd Nathan am y crogi, ac roedd Liam wedi coelio'n syth. Ac roedd ganddo fo bwynt, yn doedd? Yn y dyddia hynny mi fasa'r pedoffil wedi ca'l ei lusgo i'r sgwâr a'i grogi cyn iddo fo ga'l y cyfla i orffan cachu brics. Mi fasa'r holl wyneba hyll hynny o'i gwmpas o wedi gneud yn saff o hynny.

Crynais yn sydyn.

Dwi ddim yn leicio'r llunia yma, penderfynais. Symudais y saeth i fyny at yr x bach yng nghornel ucha'r sgrin.

Clic.

'O, be ti'n neud yn dy wely? Ty'd i ga'l tshat efo dy fam. 'Dan ni byth jest yn ca'l tshians i siarad, chdi a fi.'

Debyg iawn 'mod i wedi mynd i 'ngwely – roedd hi ymhell wedi hannar nos, ac ro'n i'n hollol nacyrd ar ôl gorffan rhyw draethawd bôring: ma 'na gymint o sŵn yn y tŷ 'ma gan amla, fydda i byth jest yn gallu dechra gneud 'y ngwaith cartra nes bod pawb arall – yn enwedig Carwyn – wedi setlo'n o lew.

Felly'r peth ola roedd arna i ei angan heno oedd i Mam ddŵad adra'n chwil ar ôl gorffan gweithio yn y clwb rygbi. Fel hyn y bydd hi os oedd hi'n 'noson dda' yn y clwb. Tasa hi'n mynd yn syth i'w gwely, mi fasa pob dim yn ocê. Ond na. Ar ôl gneud sioe fawr yn swsio a'n cofleidio ni i gyd, mi fydd hi'n ista efo'i photal fodca ac yn chwara'i hen CDs – y stwff roedd hi'n arfar ei leicio pan oedd hi'n ifanc: Black Sabbath, AC/DC, Scorpions, Saxon, Led Zeppelin, Whitesnake, Def Leppard... ac ymhen rhyw hannar awr bydd y dagra'n dechra llifo a phob sgwrs yn troi'n fonolog chwerw, ac wedyn – os bydd 'na rywun yno efo hi – yn ffraeo'n chwerw a chas. Dim ots faint fydda'r rhywun hwnnw ne' honno'n cytuno efo hi, roedd Mam wastad yn ffeindio ffordd o droi'r sgwrs yn ffrae.

A dechreuai bob tro efo Gari Watkins.

Un o gariadon cynta Mam oedd Gari Watkins – 'fy nghariad *go iawn*,' mynnai. Y fo hefyd oedd tad Leon. Cafodd ei ladd mewn damwain ar ei feic modur rhyw ddeufis ar ôl i Mam ffeindio ei bod hi'n disgwl ei fabi o. Damwain uffernol, hefyd, yn ôl fel dwi'n dallt. Mi dda'th pen Gari Watkins i ffwrdd yn gyfan gwbwl, a rhowlio i ffwrdd gryn bellter cyn iddyn nhw ga'l hyd iddo fo, yn ei helmed yn ddigon taclus, mewn pwll pysgod yng ngardd ffrynt rhywun, yn ymyl lle saethodd Gari ffwl sbîd i mewn i flaen lorri.

Mi fydda i'n meddwl am hyn yn amal, ac am flynyddoedd wedyn ar ôl clywad y stori am y tro cynta mi fydda i'n dychmygu mai Gari sydd yno bob tro y bydda i'n clywad sŵn beic yn rhuo heibio – Gari Watkins, yn gwibio i'r nos fatha'r Headless Horseman hwnnw yn y ffilm *Sleepy Hollow*.

Roedd Gari a Mam am briodi... yn ôl Mam.

'Roedd o ar fin gofyn i mi, dwi'n gwbod,' dywedai'n amal.

'Sut dach chi'n gwbod?'

'O, ma dynas wastad yn gwbod pan fydd rhyw foi yn trio ca'l y gyts i ofyn rhwbath fel 'na iddi hi,' meddai. 'Ro'n i'n gallu deud arno fo.'

Ma hi wastad wedi leicio peintio rhyw ddarlun rhamantus ohoni hi a Gari fel dau rebal gwyllt oedd dros eu penna a'u clustia mewn cariad efo'i gilydd, y ddau ohonyn nhw'n fflio drw'r wlad ar y beic modur fel cwpwl mewn cân gan Meat Loaf, Mam efo'i breichia wedi'u lapio'n dynn am gorff lledar Gari a'i gwallt yn chwthu'n rhydd yn y gwynt.

'Pam dach chi byth yn crio fel hyn ar ôl Dad?' gofynnais un noson, pan o'n i'n ddigon hen i fod wedi hen laru ar y crio a'r nadu yma bob wsnos.

'Ma dy dad yn iach ac yn fyw ac yng Ngha'rdydd efo'r hwran *Linda* honno – dyna pam,' oedd atab Mam – gan brofi ei bod *yn* bosib hisian brawddeg nad yw'n cynnwys yr un 's'.

Na, roedd yn well gan Mam wastio'i dagra dros rhyw iob oedd wedi marw ers blynyddoedd lawar. A'r peth mwya trist am hyn i gyd ydi'r ffaith nad oedd Gari Watkins rioed wedi'i charu. Ffantasi gin Mam oedd o i gyd.

Dwi'm yn siŵr a o'n i wedi dechra ama hyn yn barod, ond un noson mi ges i wbod y gwir pan glywis i Mam a Dad yn ffraeo, chydig cyn i Dad fynd at Linda i fyw.

Roedd AC/DC yn canu 'Highway to Hell' dros y tŷ a dwi'n meddwl mai dyna be ddaru 'neffro i. Cychwynnais i lawr y grisia i ofyn iddyn nhw droi'r sŵn i lawr, ond arhosais hannar ffordd pan glywis i nhw'n ffraeo drw ddrws agorad y gegin.

'Mi fasa rhywun yn meddwl bod y boi'n sant, o wrando arna chdi!' gwaeddodd Dad.

'Mi oedd o, wrth d'ymyl di!'

'O, cym off it, Anji,' clywais Dad yn ochneidio.

'Be?'

'Dim byd, dim byd...'

'Na, ty'd 'laen – be?'

'Anji – *dim byd*, ocê?'

'Na, na – ma'n obfiys fod gin ti rwbath ti isio'i ddeud. Be ydi o?'

'Jyst... Ocê, rw't ti a fi'n gwbod – a phawb arall hefyd – fod Gari Watkins yn bell o fod yn sant.'

'Ca' hi, Breian.'

'Chdi fynnodd ga'l clywad...'

'Paid *ti* â meiddio deud 'run gair yn erbyn Gari. Ddim y chdi. Dw't ti ddim ffit i sychu'i din o.'

'Blydi hel, Angela! Roedd y boi wedi *gorffan* efo chdi ers misoedd cyn iddo fo farw! Ac yn trin do's wbod faint o fodins erill tra oedd o'n mynd allan efo chdi...'

'Breian...'

'Syth glywodd o dy fod ti'n disgwl, welodd neb mo lliw 'i din o!'

'Dydi hynna ddim yn wir!'

'Yndi, mae o! Ti'n gwbod 'i fod o! Dwn i'm pam ti'n mynnu dŵad allan efo'r holl bwlshit 'ma amdano fo – ma pawb yn gwbod mai hen fastad bach milan oedd o. Ac ma'r ffordd rw't ti 'di magu'i gyw o, wedi'i ddifetha fo'n rhacs...'

Tawodd ei thad, ond roedd llais Mam yn beryglus o ddistaw pan siaradodd hi.

'Be ti'n feddwl, Breian?'

'Dim byd, anghofia fo. Yli, ma'r ddau ohonan ni 'di ca'l lysh...'

'Be ti'n trio'i ddeud am Leon?'

'Anj...'

'*Be ti'n ddeud?*'

'Ma hwnna hefyd yn prysur fynd off y rêls gin ti.'

'Byger off.'

'Anj, do's 'na ddim posib gneud dim byd efo fo. Wiw i mi agor 'y ngheg. Dydi o byth yn colli'r cyfla i'n atgoffa i 'mod i ddim yn dad iddo fo, er 'mod i wedi magu'r diawl bach ers jest i ddeuddag mlynadd – a dwi'm yn synnu, y ffordd rw't ti wastad yn mynnu mynd ymlaen am blydi Gari Watkins... '

'Byger off, Breian!'

Dilynwyd hyn gan sŵn cadair yn crafu dros wyneb llawr y gegin a brysiais yn ôl i'r llofft cyn i rywun ddŵad allan i'r cyntedd a 'nal yn gwrando ar y grisia. Wnes i ddim cymryd arna 'mod i 'di clywad y ffrae arbennig hon tan tua blwyddyn ar ôl i Dad adael, ond mi wnes i ddangos yn reit glir i Mam nad o'n i am ei chynnal drwy ista efo hi bob tro y bydda hi'n teimlo fel wylo dagra meddw dros Gari Watkins. Ro'n i'n trio bod yn fy ngwely erbyn i Mam gyrradd adra, ond fwy nag unwaith siglodd i mewn i'm llofft.

Fel heno.

'O, be ti'n neud yn dy wely? Ty'd i ga'l tshat efo dy fam. 'Dan ni byth jest yn ca'l tshians i siarad, chdi a fi.'

'Mam, dwi'n nacyrd. Plis ga i jest...'

'Ty'd, Lisa Marie. Ma'n beth ofnadwy pan fo mam a merch yn colli nabod ar ei gilydd. Dw't ti'm isio i hynny ddigwydd, yn nag oes?'

Aeth allan gan adal y drws yn llydan gorad. Doedd 'na ddim pwynt i mi drio mynd yn ôl i gysgu: fasa hi 'mond yn f'ysgwyd i neffro eto fyth. Dan ochneidio'n flin, codais a mynd trwodd i'r gegin ar ei hôl hi.

Roedd hi'n ista'n barod efo'r botal fodca o'i blaen a Black Sabbath ymlaen ar y radio/CD sgynnon ni ar gowntar y gegin.

'Ti'n leicio hon, medda chdi.'

'Be…?'

'Sabbath, yndê. Chdi oedd yn deud. Ma hi'n Gothic medda chdi.'

'O. Yndw, ma hi'n ocê.'

Tolltais wydriad o cranberi jiws i mi fy hun: ma'r cranberis yn gada'l staenia piws tywyll cŵl ar 'ych tafod a'ch gwefusa. *'What is this that stands before me? Figure in black which points at me…'* canodd Ozzy Osbourne. Steddais i lawr wrth y bwrdd lle roedd Mam wrthi'n tanio ffag.

'Ma Leon allan eto,' meddai. 'Ti'm yn gwbod lle mae o, decini?'

'Sud 'swn *i'n* gwbod?'

Gwgodd arna i drwy fwg ei ffag. 'Jest *gofyn*, Lisa Marie. Pam w't ti mor flin? Jest gofyn wnes i.' Pwyntiodd ata i efo'r sigarét. 'Ti'n flin drw'r amsar, ti'n gwbod hynny?'

Ochneidiais eto. 'Pidiwch â dechra.'

'Fi? *Chdi* sy'n flin.'

'Oh no no, please God help me!' crefodd Ozzy. Yn hollol, meddyliais. Caeais fy llgada am eiliad a dechrau eto.

'Sorri. Nac 'dw, dwi ddim yn gwbod lle ma Leon. Aros efo un o'r ffrindia crîpi 'na s'gynno fo, ma'n siŵr.'

'Hei, ma nhw'n hen hogia iawn. Chdi sy ddim yn eu nabod nhw, Lisa Marie. Hogia'r werin, dyna be 'dyn nhw.'

Ia, yr union deip fasa'n ymuno efo BNP tasan nhw'n Saeson, meddyliais, ond do'n i ddim am ddechra'r ddadl arbennig honno'r adeg yna o'r nos. Roedd Mam wedi mynd ar ôl hen sgwarnog arall, beth bynnag.

'O leia ma *gynno fo* ffrindia,' meddai.

''Ma ni off eto,' meddyliais.

'Nid fatha *rhei* pobol 'swn i'n gallu'u henwi, yndê,' meddai.

'Ma gin i ffrindia, Mam.'

Gwnaeth sioe o sbio o'i chwmpas yn feddw. 'Oes? Lle? Wela i run.'

Gorffennais fy niod.

'Ylwch, ma hi'n hwyr, dwi'n mynd yn ôl i 'ngwely...' Dechreuais godi oddi wrth y bwrdd.

'Dwi'n poeni amdanat ti, 'sti, Lisa Marie.'

''Sdim rhaid i chi, dwi'n ocê.'

'W't ti? W't ti go iawn?'

Cydiodd yn fy mraich a'm hatal rhag symud oddi wrthi.

'*Yndw*, dwi jest wedi blino, ocê?'

Craffodd arna i drwy fwg ei sigarét, fel tasa angan sbectol arni. 'Dwi ddim 'di gweld un ers dwi'm yn cofio pryd, chwaith.'

'Gweld be?'

'Un o dy ffrindia di. 'Sgin ti'm un, yn nag oes?' Cododd fy mraich i fyny ac i lawr wrth siarad, fel tasa 'mraich i'n handlan pwmp dŵr henffasiwn. 'Lisa, Lisa druan, heb ffrindia yn y byd!'

'Ocê, 'na ddigon, dwi'n mynd i 'ngwely.'

Triais dynnu 'mraich yn rhydd ond roedd bysadd Mam erbyn hyn wedi cau'n dynn am fy ngarddwrn. Sbiais i lawr arnyn nhw ond yn hytrach na 'ngollwng, gwasgodd Mam fy ngarddwrn i'n dynnach. Roedd ei gwinadd, sylwais, wedi'u cnoi reit i lawr i'r byw.

'Ga i fynd i 'ngwely, plis, Mam?'

Roedd hi'n craffu arna i efo crych bychan rhwng ei haelia hi fel tasa hi'n trio cofio pwy o'n i, ac roedd ei gwefusa hi'n symud fel tasa gyni gant a mil o betha roedd arni isio'u deud, ond fod pob un gair yn gwrthod â dŵad allan.

O'r diwadd, meddai, 'W't ti'n leicio fi, Lisa Marie?'

'Be? Yndw, siŵr...!'

Ysgydwodd ei phen, 'achos dwi'm yn meddwl dy fod di, 'sti. Ddim go iawn. Dw't ti byth isio *siarad* efo fi, siarad yn iawn dwi'n ei feddwl rŵan, fatha ma mam a merch i fod i siarad efo'i gilydd.'

Cydiais yn ei bysedd gan drio'u llacio oddi ar fy ngarddwrn. Roedd hyn mor uffernol o annheg, meddyliais; doedd *hi* byth jest yn siarad efo fi, 'mond pan oedd hi'n chwil.

'Mam, plis ga i fynd...?'

'... a ti'n mynd o gwmpas y lle 'ma fatha rhwbath allan o ryw horyr ffilm, dim rhyfadd fod gin ti'm ffrindia. Na chariad chwaith. Ma'n hen bryd i chdi gallio rŵan a rhoi'r gora i'r crap Goth 'ma, ne' fydd yna 'run hogyn – 'run hogyn *call*, beth bynnag – isio sbio arnat ti.'

Daeth rhyw olwg slei dros ei hwynab wrth iddi ddeud hyn, a dyma be' roddodd y nerth i mi rwygo 'ngarddwrn yn rhydd o'i chrafanc – er 'mod i wedi pinsio'r croen yn boenus wrth wneud hynny. Rhythodd ar ei llaw fel tasa hi'n methu dallt pam ei bod yn wag mwya sydyn. Rhwbiais fy ngarddwrn gan feddwl, taswn i'n fampir mi faswn i'n gallu troi fy llaw inna'n grafanc hefyd a chydio yn Mam gerfydd ei gwddw a'i chodi reit i fyny'n uchal i'r awyr a'i slamio yn erbyn y wal a hisian arni i beidio â hyd yn oed meddwl am wneud hynna eto...

Yna neidiais wrth i Mam roi waldan i wynab y bwrdd.

''Nei di bidio blydi sbio arna i fel 'na?'

'Fel be?'

'Fel 'swn i'n... .' Cydiodd mewn cudyn o'i gwallt rhwng ei bys a'i bawd a'i dynnu sawl gwaith, rhwbath a wnâi'n amal ar ôl yfed. 'Fel 'swn i'n ddynas bathetig!'

Rydach chi *yn* pathetig, meddyliais, yn ista yma'n chwil gachu, yn drewi o bŵs a ffags a sent rhad ac yn troi'r cudyn gwallt 'na rhwng 'ych bysadd gan feddwl fod hynny'n gneud i chi edrach fel hogan fach giwt.

'Dwi'n gwbod be sy'n mynd drw dy feddwl di. Dim rhyfadd fod Dad wedi gada'l hon am... *Lin-daaa!*' Tynnodd y stumia mwya ofnadwy wrth ddeud yr enw – dim byd newydd wrth iddi sôn am Linda, ond fod y stumia'n fwy grotésg pan oedd hi'n chwil.

'Naci, fel ma'n digwydd.'

'O, jest piss off, Lisa Marie, 'nei di,' meddai. Syllodd Mam ar y mwg yn codi oddi ar flaen ei sigarét, a thrwyddo fo ar ei gwydryn gwag, blaena'i bysedd yn ddim ond modfedd oddi wrth y botel fodca. 'Dos. Dos o 'ngolwg i. Cer i dy wely, wir Dduw.'

Yn fy llofft, sgroliais drwy iPod Nathan nes dŵad o hyd i Christian Death. Llenwais fy myd efo sgrechian a dryms a gitârs.

Fel arall, baswn i wedi gorfod gorwadd yno'n gwrando ar Mam yn crio.

Pennod 5

Lisa Angharad

Dychwelais i'r archfarchnad y prynhawn Llun canlynol. Gweddïais am law trwm unwaith eto, er mwyn cael esgus i ymochel yn y lle gadael trolis gyda'm hwd dros fy mhen ac yn cuddio'n wyneb.

Ni ddaeth yr un diferyn.

Yn hytrach, haul cryf a chynnes ag arogl y gwanwyn ar ei wynt.

Roedd wedi bwrw dros y Sul. Dechreuodd ar y prynhawn Sadwrn, glaw trwm a di-lol a drodd yn drymach, os rhywbeth, yn ystod y Sul. Am y tro cynta ers na fedra i gofio – ers gwyliau'r Nadolig, synnwn i ddim – es i ddim i mewn i'r dre ar y nos Sadwrn.

Wel, doedd hi ddim yn ffit o dywydd, yn nag oedd?

Ar ben hynny, ceisiais fy nhwyllo fy hun mai 'newis i oedd aros gartre'r noson honno. Ro'n i wedi dechrau ailfeddwl ynglŷn ag ymddiheuro: do'n i ddim cweit yn barod i wneud hynny, meddwn wrtha i fy hun. Doedd arna i ddim ffansi wynebu pawb, i gyd efo'i gilydd (a dau ohonynt, dychmygais, yn eistedd law yn llaw), yn syllu arna i fel rhyw Sanhedrin o flaenoriaid yn gwylio plentyn dwl yn straffaglu i ddweud ei hadnod.

Ia, ia…

Y gwir amdani oedd nad oedd neb wedi fy ffonio na'm tecstio i ofyn o'n i am fynd allan. Yr un ohonyn nhw – gan gynnwys fy ffrind gorau, Eleri Fôn.

Disgwyliais drwy'r dydd. Eleri oedd yr un a hoffai drefnu pawb arall, ac fel arfer byddai wedi 'nhecstio ymhell cyn amser cinio. Ond nid heddiw. Arhosodd fy ffôn yn sbeitlyd o fud. Dechreuodd fwrw ychydig wedi dau, a thrwy ffenest fy llofft gwyliais y glaw yn sgubo ar draws y dyffryn.

'Ewch chi ddim allan heno, siawns?' gofynnodd Mam ychydig wedi tri, a cheisiais ymddangos yn ddi-hid.

'Dan do fyddan ni, felly pam lai?'

''Sgin i ddim awydd dŵad i dy nôl di yn y fath dywydd, dyna pam lai.'

'Wel, 'sdim rhaid i chi boeni. Dwi ddim wedi clywad dim byd, felly dwi'n cymryd na fyddan ni'n cyfarfod heno 'ma,' meddwn.

Ffonia fi, Eleri! Ffonia fi!

Ond wnaeth hi ddim. Y cwestiwn amlwg ydi: pam, felly, na faswn i'n ffonio/tecstio Eleri?

Oherwydd bod arna i ofn cael f'anwybyddu ganddi, dyna pam.

Ia, ond Lisa fach, mae Eleri wedi d'anwybyddu di drwy'r dydd yn barod, yn dydi?

Ydi, ond baswn i, drwy anfon tecst allan i'r gofod ac yna aros am ateb nad oedd am ddod, yn cael f'anwybyddu *eilwaith*, yn baswn? Buasai'n cadarnhau a thanlinellu cael f'anwybyddu'r tro cynta.

Haws felly oedd cytuno efo Mam: oedd, roedd hi *yn* ormod o dywydd i neb call feddwl am fentro allan. A dyma ddangos i chi mor druenus o'n i: cododd fy nghalon pan es i ar 'y nghyfrifiadur a gweld mai rwtsh llwyr oedd yn y sinema, heblaw am y ffilmiau roedden ni wedi'u gweld eisoes – sothach ar bob un sgrin.

Basa'n braf fod wedi cael trafod y peth, fodd bynnag, hyd yn oed tasa hynny ond drwy gyfrwng tecst.

Gartref, felly, ar nos Sadwrn.

'Paid ti â meiddio newid dy feddwl rŵan,' siarsiodd Mam fi pan es i i lawr am ychydig wedi chwech. Eisteddai yn ei chadair ger y lle tân a'i choesau wedi'u plethu oddi tani, nofel ar ei glin, sbectol ddarllen am ei thrwyn a photel o win gwyn a gwydryn llawn ar y bwrdd bach wrth ei hochr.

'Wna i ddim bellach.' Wedi mynd i lawr ati er mwyn dweud 'mod i am gael bath o'n i. Deuai cerddoriaeth biano glasurol o'r stereo, ond roedd sŵn y glaw ar y to a'r ffenestri'n bygwth ei foddi.

Cododd Mam ei gwydryn. 'Fydda i ddim yn ca'l trît fel hyn yn amal ar nosweithia Sadwrn, a minna'n gorfod dy nôl di o'r dre.'

'Lle ma Dad?'

'Lle ti'n feddwl?'

Edrychais arni, yna ar y botelaid o win; anodd oedd gweld faint o'r gwin oedd eisoes wedi cael ei yfed. Yna sylweddolodd Mam ei bod wedi siarad ychydig yn rhy siarp efallai. 'Dwi'n ddigon hapus yma fel hyn, Lisa. Wrth 'y modd, a deud y gwir. Yma efo'n llyfr y bydda i gan amla, yn pendwmpian nes ei bod yn amsar dy nôl di. A dwi'n hapusach heno 'ma, wrth gwrs,' meddai, gan godi'i gwydryn unwaith eto.

Gorweddais fel morfil yn y bath, yn gwneud fy ngorau i feddwl am unrhyw beth dan haul heblaw ffrindiau. Y Nhw. Yn brwydro'n galed i beidio'u dychmygu nhw allan fel arfer yn malu awyr wrth yfed *cappuccinos* a *lattes*, yn prynu hufen iâ a phopcorn a diodydd cyn eistedd yng nghadeiriau cyfforddus y sinema, yn dod allan a thrafod y ffilm wrth yfed rhagor o goffi, yn ymlusgo'n gyndyn at y drysau, yn ffarwelio...

Yn siarad amdana i, ambell un efallai â phigiad bychan o euogrwydd ond pawb yn teimlo'n falch gythreulig nad oeddwn i yno'n difetha popeth drwy wgu ar Gwion a Sharon Lloyd ac arthio'n goeglyd, chwerw ar bawb arall.

Fel Jo Brand, ond heb yr hiwmor...

I lawr â mi o dan y dŵr ac aros yno'n rhythu i fyny drwyddo ar y nenfwd yn siglo, cyn codi dan chwythu'n uchel, fy ngwallt yn rhydlyd ei olwg. Sgrialais am y tywel i sychu'n llygid. Fel tasa hynny wedi'u golchi Nhw o'n meddwl.

Canolbwyntiais ar bethau eraill, pethau llai pwysig – fel y syndod yn gynharach o agor y *Radio Times* a sylweddoli mor uffernol yw'r dewis o raglenni ar nos Sadwrn, rhywbeth nad o'n i wedi sylwi rhyw lawer arno o'r blaen, wrth gwrs, a minna yn y dre. Dim rhyfedd fod y teledu'n aros yn fud ac yn dywyll yn ei gornel, dim rhyfedd fod Mam yn eistedd yno gyda nofel, dim rhyfedd fod yn well gan Dad weithio na diodde synau idiotaidd creaduriaid fel Ant a Dec, Graham Norton a Simon Cowell. Mae petha'n o ddrwg os mai ail/trydydd/pedwerydd darllediad o *Cefn Gwlad* yw'r peth gorau ar y teledu, meddyliais.

Ac yna meddyliais am Dad a Mam.

Rhywle, yng nghefn fy meddwl, mae'n siŵr 'mod i wedi cymryd yn ganiataol eu bod nhw'n manteisio ar gael y tŷ iddyn nhw'u hunain ar nosweithiau Sadwrn. Rŵan, does yna 'run ohonon ni'n hoffi meddwl am ein rhieni yn cael rhyw – da-damia'r syniad! – ond ro'n i wedi dychmygu y bydden nhw o leia'n cydlo'i gilydd ar y soffa, yn ymlacio rhywfaint efo'i gilydd ac yn mwynhau cwmni'i gilydd am ychydig oria. Daeth fel dipyn o sioc i mi pan ddeallais fod Mam gan amla'n treulio'r oriau hynny ar ei phen ei hun yn ei chadair efo'i thrwyn mewn llyfr, a Dad yn gweithio yn ei stiwdio. Arferai ddod i mewn i'r tŷ o gwmpas naw o'r gloch, deallais oddi wrth Mam, cyn cael paned a chawod ac yna i'w wely, gan ei fod yn hoffi codi cyn cŵn Caer ar foreau Sul i ddal y golau cynnar. Wrth gwrs, ro'n i, hyd yn oed, wedi sylwi nad oedd o gwmpas y lle pan gyrhaeddwn adre efo Mam ar ôl y pictiwrs, ond ro'n i wedi cymryd mai newydd noswylio oedd o.

Teimlais hen bigyn annifyr yn deffro yng ngwaelodion fy stumog. Cofiais am y tinc o chwerwder a glywais yn llais Mam pan ddwedodd yn swta fod Dad yn ei stiwdio, ac fel y brysiodd wedyn i sicrhau ei bod yn berffaith hapus fel roedd hi efo'i llyfr a'i photelaid win...

Na.

Creu bwganod oeddwn i, dyna'r cwbwl. Efallai'n wir fod Mam ychydig yn flin efo Dad am weithio'n hwyr; erbyn meddwl, roedd hi wastad yn cwyno nad oedden ni'n gwneud digon efo'n gilydd fel teulu. Roedd Dad hefyd yn gythral am ymgolli yn ei waith, am anghofio fod yna ffasiwn beth ag amser; wn i ddim faint o weithia, dros y blynyddoedd, y cefais fy hel i'r stiwdio i'w nôl o oherwydd bod ei fwyd yn oeri ar y bwrdd, er bod Mam wedi galw arno i ddod i mewn fwy nag unwaith cyn hynny.

Oedden, roedden nhw'n tshampion, siŵr.

Roedd yn rhaid i mi ofyn.

Ro'n i wedi'u gweld Nhw i gyd ar wahanol adega yn ystod y bore, pob un yn fy nghyfarch yn frysiog â'i 'Haia!' rhy siriol ac yn sleifio i ffwrdd cyn i mi fedru dweud mwy na 'Haia' yn ôl. Pawb heblaw Gwion. Gwrthododd y brych hwnnw ag edrych arna i o gwbwl pan ddringais i ar y bws yn y bore, ond gallwn deimlo'i lygaid arna i'r holl ffordd i'r ysgol; mae'n siŵr fod yr awyrgylch rhyngon ni'n un annifyr iawn, ac yn ddigon cryf i dawelu rhywfaint ar dwrw boreol y bws. Meddyliwch am Paul McCartney'n gorfod rhannu'r un bws â Heather Mills: dylai hynny roi syniad go lew i chi.

Gyda phawb arall ohonyn Nhw, profais eto'r hen edrych i ffwrdd sydyn hwnnw cyn i'n llygid ni gwrdd, yr hen chwerthin annaturiol o uchel hwnnw. Yr unig un a fu'n ddigon gonest i edrych fel petai'n well ganddi fod yng nghadair y deintydd nag yn fy nghwmni i oedd Sharon Lloyd; edrychodd i bob cyfeiriad â'i hwyneb yn fflamgoch pan gerddais i mewn i'r tŷ bach a'i gweld yno, wrth y sinc, yn brwsio'i gwallt.

'Haia.'

'O! Lisa... y... haia. Ti'n iawn?'

'Fi? Yndw. W't ti?'

'Yndw, yndw... ha ha...'

Yn y drych, gwelais hi'n fy llygadu'n nerfus wrth i mi sefyll o flaen y sinc drws nesa; dwi ddim yn amau ei bod wedi gwelwi ychydig pan dynnais fy mrws gwallt o'r bag, fel tasa hi wedi disgwyl i mi dynnu bwyell ohono.

'Ti'n well, felly?' meddai.

Rhewais ar ganol tynnu'r brws drwy 'ngwallt. Oedd y gloman yn trio bod yn ddigri? Neu ai dyma'i ffordd drwsgl hi o ofyn o'n i wedi dod dros y ffaith ei bod hi a Gwion yn mynd efo'i gilydd?

Troais ati'n araf.

'Yn well?'

Camodd yn ei hôl oddi wrtha i, er nad oeddwn i wedi symud yr un fodfedd yn nes ati hi.

'Dwi ddim wedi bod yn sâl,' meddwn.

'O! Reit... sorri... ro'n i'n meddwl... sorri.'

'Meddwl be?'

'Y...' Taflodd olwg ymbilgar tuag at y drws, fel tasa hi'n disgwl i Bruce Willis ne' rywun ffrwydro i mewn a'i hachub. 'Y... dy fod di'n sâl, yndê.'

'Pam?'

Ond ro'n i wedi dechrau amau pam.

'Ddoist ti ddim allan nos Sadwrn... roeddan ni'n meddwl dy fod di'n sâl, ti'n gweld... dyna ddeudodd... y... pawb.'

'Pawb? Oeddach chi i gyd allan nos Sadwrn, felly? Pawb o'noch chi?'

'Wel, oeddan.'

'Pwy yn union ddeudodd 'mod i'n sâl?'

Edrychai Sharon fel petai hi am feichio crio.

'Dwi'm yn gwbod... dwi'm yn cofio... rhywun...'

'Eleri Fôn, falla?' gofynnais.

'Falla... dwi'm yn siŵr... ond falla mai rhywun arall, Lisa...'

Ymwthiais heibio iddi tuag at y drws. Dechreuodd ddweud rhywbeth i'r perwyl fod pawb yn methu deall lle ro'n i nos Sadwrn a'u bod nhw wedi cymryd 'mod i'n sâl, ond ro'n i wedi hen fynd allan i'r coridor cyn iddi orffen. Sylweddolais 'mod i'n cario 'mrws gwallt yn fy nwrn fel seico mewn ffilm yn cario cyllell, a gwthiais o 'nôl i mewn i'm bag.

Cefais f'atgoffa o ddefaid yn closio at ei gilydd yng nghhornel corlan pan ddes o hyd i Eleri, efo Aled Parri a Mai ac Anna, yn yr ystafell Gymraeg, lle roedd ein gwers nesa. Defaid yn cilio oddi wrth rhyw fleiddes reibus.

'Gawsoch chi amser neis nos Sadwrn?' gofynnais. Daliais y tri arall yn edrych yn euog ar ei gilydd, ond syllodd Eleri i fyw fy llygid gan wenu'n llydan, yr hen ast fach ddauwynebog iddi.

'O, go lew, 'sti. Doedd y ffilm ddim llawar o gop, yndê – ond 'na fo, be arall ma rhywun yn ei ddisgwl oddi wrth Adam Sandler? Sud w't ti, beth bynnag, Lisa? Ti'n well?'

'Dwi ddim wedi bod yn sâl!' atebais.

Diflannodd gwên Eleri a daeth crych bychan rhwng ei haeliau.

'Naddo?'

'Naddo! Fel 'sa chdi wedi dallt ddydd Sadwrn tasat ti wedi trafferthu i fy ffonio, ne' fy nhecstio i.'

'Sorri... ?'

'Trwy'r dydd, Eleri. Ro'n i'n disgwl trwy'r dydd...'

'Sorri, dwi'm yn dallt,' meddai Eleri ar fy nhraws. 'Oeddat ti'n disgwl i mi dy ffonio di?'

'O'n! Trwy'r dydd...'

'Pam na fasat ti wedi fy ffonio i?'

'Y? Wel... y chdi sy'n arfar ffonio ne' decstio pawb arall, yndê...'

'I be? Rw't ti'n gwbod ein bod ni i gyd yn cyfarfod ar nosweithia Sadwrn, 'run lle a'r un pryd bob wsnos,' meddai Eleri. 'Dwi ddim yn meddwl i mi ffonio neb ddydd Sadwrn. A phan wnest ti ddim cyrradd, roeddan ni'n cymryd dy fod ti'n sâl. Yn doeddan?' meddai wrth y lleill.

Nodiodd Anna, Aled a Mai yn ufudd gan wneud synau cytuno.

'Neu...' dechreuodd Eleri, a thewi.

'Neu, be?' gofynnais.

'Dim byd, dim ots...'

'Na – ty'd. Neu, be?'

'Wel, doeddan ni ddim yn siŵr oeddat ti'n cadw draw yn

fwriadol, felly, achos… 'sti… Gwion, a Sharon…'

Ysgydwais fy mhen. '*No way.* Roedd gin i bob bwriad o ddŵad allan. A mi faswn i wedi dŵad hefyd, tasat ti wedi ffonio. Ond dwi'n falch rŵan 'mod i *ddim* wedi dŵad. Ma'n amlwg nad oedd ar yr un ohonoch chi *isio* i mi fod yno.'

Gwgodd Eleri. 'Lisa, ma hynna'n bolocs llwyr.'

'Basa'n uffarn o bechod, yn basa, taswn i wedi landio yno a difetha hwyl pawb.'

'Yli, dydi hynna ddim yn wir!' Safodd Eleri, a'i hwyneb yn goch. 'Nac yn deg, chwaith. Doedd yr un ohonan ni'n meddwl fel 'na, siŵr.'

'Mi fedra i feddwl am o leia ddau ohonoch chi oedd wrth eu bodda nad o'n i yno,' meddwn.

'Be… ?' Deallodd Eleri. 'O… Gwion a Sharon, ti'n feddwl.' Teimlais bigiad bach creulon wrth sylweddoli mor sydyn, mor hawdd, roedd y ddau enw efo'i gilydd fel yna wedi dod i swnio'n hollol naturiol. 'Ia, ocê, falla… Ond doedd neb arall ohonan ni, Lisa. Onest. Yli – tasan ni isio d'osgoi di, fasan ni ddim wedi cyfarfod yn yr un lle ag arfar, yn na fasan? Roeddan ni i gyd yno'n disgwl dy weld di'n cyrradd unrhyw funud.'

'Teimlo fel chwech' – dyna'r hyn a ddywedai fy nain am y teimlad ofnadwy hwnnw pan fyddwch yn crefu ar i'r ddaear eich llyncu. Teimlo'n fach, decini, fel yr hen bishyn chwe cheiniog hwnnw cyn iddo ddiflannu. *Beam me up, Scottie* – dyna i chi ddywediad arall am yr un teimlad, ond un a berthynai i genhedlaeth fy rhieni, dyfyniad o'r gyfres deledu *Star Trek*.

Pam ydw i'n eich mwydro fel hyn? Er mwyn cyfleu sut o'n i'n teimlo ar ddiwedd y sgwrs efo Eleri Fôn a'r tri arall – nid fod yr un o'r rheiny wedi cyfrannu rhyw lawer tuag ati.

Mi gefais fy hun yn coelio Eleri. Bob gair – ar y pryd. Ond oedd hynny oherwydd fod arna i *eisiau* ei choelio, meddyliais wedyn? Efallai. Yn sicr, doedd arna i ddim eisiau credu fod fy ffrindia i gyd wedi troi yn f'erbyn i'r fath raddau. Nid rhai fel yna ydyn nhw, meddwn wrtha i fy hun droeon yn ystod y diwrnod, wrth i'r oriau lusgo heibio; tasan nhw'n bobol fel yna, yna go brin y baswn i'n ffrindia efo nhw yn y lle cynta.

Ond reit yng nghefn fy meddwl roedd y sicrwydd annifyr hwnnw fod Eleri *wastad* yn fy ffonio ar ddydd Sadwrn, dim ots pa mor glyfar oedd ei ffordd o wadu hynny'n gynharach – ac efo'r sicrwydd hwnnw, hen gwestiwn bach mwy annifyr fyth: pam nad oedd hi wedi gwneud hynny echdoe? Cododd y cwestiwn ei lais yn uwch ac yn uwch, nes erbyn diwedd y prynhawn roedd o fwy neu lai'n bloeddio. O, gallwn fod wedi gwthio'r peth i'r eitha, dwi'n gwybod, gan daeru gyda hi – '*W't, Eleri*! Rw't ti'n ffonio bob dydd Sadwn, fel ti'n gwbod yn iawn!' a mynnu cael gwybod pam na chlywais yr un smic oddi wrthi drwy'r dydd, a minna bron iawn â mynd y soldiwr (un arall o ddywediada Nain) gartre, yn syllu drwy'r ffenest ar y glaw.

Ond roedd arna i ofn iddi golli amynedd efo mi unwaith eto a dweud y gwir, rhywbeth fel: 'Ia, *ocê*, Lisa – do'n i ddim isio deud hyn, ond gan dy fod di wedi mynnu ca'l gwbod... do'n i ddim *isio* dy ffonio di, ocê? Ti 'di bod yn mynd ar nerfa pawb ohonan ni'r dyddia dwytha 'ma, ac roeddan ni i gyd yn cytuno mor neis fasa ca'l un noson allan hebddot ti yno'n rhoi dampnar ar bob dim...' ac wrth i mi ddychmygu hyn, mi ddaeth o'n hynod o *real*, bron fel taswn i'n *cofio'r* geiriau'n cael eu dweud, yn hytrach na dim ond eu dychmygu.

Felly, erbyn diwedd y prynhawn, lle roeddwn i? Yn hollol. Yn yr un lle ag roeddwn yn y bore. *Back to square one*, a phawb o'n ffrindiau wedi troi yn f'erbyn.

Dyna pam y dychwelais i faes parcio Tesco ar ôl i'r ysgol orffen.

Faswn i wedi mynd yn ôl yno tasa'r amheuaeth bychan hwnnw ddim wedi blodeuo'n un anferth yn ystod y diwrnod?

Dwi ddim yn gwybod.

Ond mae rhywbeth yn dweud wrtha i y baswn. Roeddwn wedi meddwl am Liam Evans fwy nag unwaith dros y Sul, gan gofio cymaint ro'n i wedi hoffi ei wên sydyn, ei lygaid Bambi brown, meddal.

Liam Dew.

Ond pwy oeddwn i, i alw rhywun yn dew?

'Mi eith o, 'sti, wrth i chdi dyfu'n hŷn,' dwi'n cofio Mam yn ceisio fy sicrhau pan oeddwn yn ddeuddeg neu dair ar ddeg oed. 'Bloneg ydi o. Bloneg glasoed, dyna'r cwbwl. *Puppy fat*. Buan iawn yr eith o, mi gei di weld.'

Ond ches i ddim gweld, oherwydd aeth o ddim. Setlodd amdana i, gwneud ei hun yn gartrefol am fy nghlunia, fy mhen-ôl a 'nghanol, ac yn hytrach na diflannu wrth i mi dyfu, mi dyfodd hefo mi. Roedd yn rhan ohono' i bellach.

Dim rhyfedd fod rhyw linyn trôns fel Gwion wedi troi'i gefn – a'i drwyn – arna i, a dim rhyfedd iddo gymryd ffansi at styllan fel Sharon Lloyd. Keira blydi Knightley.

Gwibiodd hyn i gyd drwy'r meddwl wrth i mi gerdded tuag at yr archfarchnad. Hefyd, melltithiais yr haul am dywynnu a'r glaw am gadw draw: fedrwn i ddim cymryd arna fy mod yn ymochel rhag yr haul yn y lle gadael trolis, yn na fedrwn?

Sylweddolais fod fy nghalon i'n curo'n gyflymach wrth i mi gerdded drwy'r maes parcio, a bod rhyw gosi rhyfedd ac anghyfarwydd yn digwydd yng ngwaelodion fy stumog. Er i mi glywed sŵn llif o drolis yn clatran yn rhywle'n weddol agos ata i, gwrthodais edrych i'w cyfeiriad – rhag ofn i mi edrych fel taswn i'n chwilio amdano fo, mae'n siŵr. Yn hytrach, es i i mewn i'r adeilad a phrynu paced o dri phad sgwennu nad oedd arna i eu hangen o gwbwl.

Nid Angela oedd wrth y til deg eitem; doedd dim golwg ohoni wrth yr un o'r tils eraill, chwaith. Talais am y padiau sgwennu a sefyll wrth yr allanfa, fy llygid yn neidio dros y maes parcio.

Lle roedd o?

Wel, nid yma wrth ei waith, roedd hynny'n amlwg, a diolchais i'r drefn nad oeddwn wedi troi a rhoi gwên lydan pan glywais sŵn y trolis yn gynharach, oherwydd nid Liam oedd yn eu gwthio ond rhyw ddyn bach eiddil yr olwg a edrychai fel petai wedi hen ganu'n iach i oed ymddeol.

Doedd dim amdani, felly, ond dal y bws nesa am adre, ac erbyn i mi gyrraedd a newid a mynd am dro bach i fyny at yr hen chwarel, ro'n i wedi callio rhyw gymaint. Roedd yn eitha peth, meddwn wrtha i fy hun, nad oedd Liam Evans yno: be goblyn faswn i wedi'i wneud? Be faswn i wedi'i *ddweud*? Wedi'r cwbl, doedd y sgwrs a gawson ni'r wythnos cynt ddim wedi rhoi unrhyw awgrym y basa'r hogyn yn hip-hip-hwrêio dros y lle o 'ngweld yno eto heddiw. Y fi oedd wedi cymryd rhyw ffansi wirion tuag ato fo, dyna'r cwbwl – at ei wên fach hyfryd a'i lygaid Bambi – a hynny am 'mod i wedi cael hen sglyfath o wythnos.

Ac er gwaetha f'amheuon (gwirion?) am onestrwydd Eleri a'r lleill, roeddwn i'n dal yn un ohonyn nhw; roeddwn yn dal yn un o'r criw. Nid dyma'r adeg i mi ddechra potshian efo hogia, beth bynnag, nid â minna efo byddin o arholiada TGAU i'w concro – byddin oedd wedi hen ymddangos dros y gorwel ac a fartsiai'n nes ac yn nes bob dydd. Basa gan

Dad a Mam ddigon i'w ddweud taswn i'n esgeuluso 'ngwaith ysgol er mwyn mynd allan efo rhyw hogyn neu'i gilydd.

Yn enwedig, roedd yn rhaid i mi gyfadde, hogyn fel Liam Evans. Yn wir, basa'r ddau ohonyn nhw'n cael ffit binc. Nid yn unig roedd yr hogyn yn gweithio yn Tesco, o bob man (Ffei!), ond roedd o'n perthyn i deulu digon ryff (Ffei! Ffei!) ac roedd ei frawd mawr wedi bod yn y carchar – ac nid yn y carchar dros yr Iaith dwi'n ei feddwl chwaith (Ffei! Ffei! Ffei!!).

Ia, penderfynais wrth gerdded yn ôl i lawr y llwybr am adre, roedd yn fendith nad o'n i wedi dod o hyd i Liam Evans heddiw. Efallai'n wir fod rhyw fwlch bychan wedi bygwth agor rhyngo i ac Eleri, ond roedd popeth yn iawn rŵan, yn doedd? Roeddan ni'n ffrindiau eto.

Ond erbyn diwedd yr wythnos, roedd y bwlch hwn wedi lledu cryn dipyn – ac roedd un arall, anferth wedi agor rhyngo i a'n rhieni.

Diwedd prynhawn dydd Iau oedd hi.

Er gwaetha holl ymdrechion fy rhieni, dwi erioed wedi bod yn un am eisteddfodau. Canu, adrodd, cydadrodd, dawnsio gwerin, canu mewn corau a phartïon cerdd dant – ro'n i'n anobeithiol ym mhob un ohonyn nhw, yn mynd allan o diwn yn rhacs wrth ganu ac yn baglu dros fy ngeiriau wrth geisio adrodd a dros fy nhraed wrth geisio dawnsio.

Ddwy flynedd yn ôl, fodd bynnag, mi enillais y gystadleuaeth llunio cartŵn yn eisteddfod yr ysgol. Ar f'enaid i, basa rhywun yn meddwl 'mod i wedi ennill y gadair yn y Genedlaethol. Cafodd y copi gwreiddiol ei roi mewn ffrâm bren ar wal f'ystafell wely, union gyferbyn â'r gwely ac ychydig i'r chwith o'r ffenest. Gwnaeth fy nhad sawl llungopi o'r cartŵn a'i anfon ledled y wlad at wahanol berthnasa.

Geiriau'r cartŵn oedd yn bwysig, nid y lluniau: dwi ddim yn arlunydd. Yr un llun oedd o, chwe gwaith, yn dangos dwy hogan fach yn gorwedd ochr yn ochr ar laswellt, ar eu cefnau ac efo'u dwylo wedi'u plethu dan eu pennau. Roedd sbectol gan un ferch, ac roedd y ddwy'n syllu i fyny ar yr awyr. Dyma'r geiriau:

MERCH 1: Wyt ti'n gallu gweld siapau yn y cymylau?

MERCH 2: (sef yr un â'r sbectol) *Ydw. Dwi'n gallu gweld siâp penrhyn gorllewinol ynys Elba, manylyn o* The Fairy Feller's Master Stroke *gan Richard Dadd, rhan o'r ffenest ddwyreiniol yn Eglwys y Santes Fair yn Sgwâr St Marc, Fenis – honno sy'n dangos gweledigaeth St Jerome – a'r awgrym lleiaf o glawr y* Book of Kells. *Wyt ti'n gallu gweld rhywbeth?*

MERCH 1: Wel, ro'n i am ddweud fy mod yn gallu gweld mw-mw a me-me, ond dwi ddim yn meddwl y gwna i drafferthu bellach.

Ro'n i'n falch o'r ffaith fod hwn wedi ennill mewn eisteddfod.

Hip-hip-hwrê, a *whoopee!*

Hon oedd fy ffordd i o godi dau fys ar yr ysgol, yr athrawon a'u blydi eisteddfodau – a fy rhieni hefyd.

Oherwydd nid Lisa Angharad oedd awdur y cartŵn go iawn. Fy llaw i dynnodd yr un llun hanner dwsin o weithiau, a fy llaw i sgwennodd y geiriau oedd yn mynd gyda phob un ohonyn nhw. 'Mysedd i aeth drwy'r We yn chwilio am bethau y gallwn eu rhoi ym malŵn ceg yr hogan efo'r sbectol, a 'meddwl i a ddewisodd bob un.

Ond y syniad – wel, *take a bow*, Mr Schultz, awdur cartwnau *Peanuts*. A diolch yn fawr, am fy helpu i dwyllo pawb am dros ddwy flynedd.

(Yr eironi ydi, does neb yn gwybod am yr holl straeon eraill y bydda i *yn* eu sgwennu – a fi sy biau bob un gair o'r rheiny. Straeon tylwyth teg ydyn nhw i gyd. Dwi wastad wedi mopio efo straeon o'r fath, ers pan o'n i'n ddim o beth – ers i Mam ddweud wrtha' i fod modryb iddi wedi taeru'n ddulas hyd ddiwedd ei hoes ei bod wedi gweld rhai'n dawnsio mewn cae ger Nant Gwynant, pan oedd hi, fy modryb, yn ddeuddeg oed. Dwi wedi cuddio'r straeon i gyd mewn ffeil yn fy nesg, efo'r geiriau *Prosiect Mathemateg Blwyddyn 9* ar y clawr. Efallai, un diwrnod, y caiff rhywun eu gweld.

Ond eto, efallai ddim.)

Ar y dydd Iau hwnnw, ro'n i wedi bod am dro i fyny at yr hen chwarel unwaith eto yn y gobaith y byddai awel y mynydd yn clirio'r cur pen oedd gen i – arwydd pendant a chyfarwydd fod fy misglwyf ar fin digwydd. Pan gyrhaeddais adre, roedd Mam yn aros amdana i. Mae drws ffrynt ein tŷ ni yn agor yn syth i mewn i ystafell fyw fawr, hir, ac yno roedd hi'n sefyll â'i chefn ata i'n syllu allan dros y caeau i lawr y dyffryn drwy'r ffenest gefn fawr sydd y tu ôl i'r bwrdd bwyta.

Sylweddolais yn syth fod rhywbeth o'i le; roedd camu i mewn dros y rhiniog fel camu i mewn i ffrij. Roedd fy nghur pen, os rhywbeth, yn waeth nag erioed a'r unig beth roedd arna i ei eisiau oedd llyncu Paracetamol a mynd i orwedd ar y gwely gyda'r llenni ynghau.

Gyda dim ond 'Haia' swta, felly, cychwynnais i fyny'r grisiau.

'Lisa!'

Arhosais ar y grisiau, heb droi. 'Sorri, ond ma gen i gur yn 'y mhen, ocê? Felly...'

'Nac 'di, wir, dydi o ddim yn "ocê" o gwbwl,' meddai Mam yn ei llais athrawes.

Troais. 'Be... ?'

Cododd Mam y cartŵn, yn ei ffrâm o hyd, oddi ar wyneb y bwrdd.

Shit...

'Be sy?' gofynnais, a'r plentyn y tu mewn i mi'n barod i wadu popeth yn styfnig er bod y dystiolaeth yn ei herbyn yn aruthrol.

Ochneidiodd Mam.

'Paid,' meddai. 'Rw't ti'n gwbod yn iawn, felly paid, ôl-reit?'

Pe na bai 'mhen yn bowndian fel wn i ddim be, mae'n siŵr y baswn wedi teimlo 'nghalon yn suddo a rhywbeth annifyr yng ngwaelodion fy stumog yn deffro gyda sgrech.

Ond fel roedd hi, yr unig beth a ddywedais oedd, 'Ocê.'

'Rw't ti wedi gneud i'r ddau ohonan ni edrach yn rêl ffyliaid,' meddai Mam. 'Ac wedi dangos pa mor anonast w't ti mewn gwirionedd.'

Ochneidiais.

'Dim ond jôc oedd o.'

'Jôc?'

'Jôc a'th yn rhy bell, ocê? Ylwch, ro'n i am ddeud wrthoch chi, ond pan wna'thoch chi gymaint o ffys ynglŷn â'r ffaith 'mod i wedi ennill, wel...' Codais f'ysgwyddau. 'Roedd yn haws peidio â deud dim.'

'A gadael i ni dy frolio di wrth bawb.'

'Dydyn nhw ddim callach, yn nac 'dyn? Sut wna'thoch chi ffeindio allan, beth bynnag?'

Plygodd Mam a thynnu llyfr clawr meddal o'i bag. Taflodd o ata i.

'Tudalan wyth.'

Detholiad o gartwnau gorau *Peanuts* oedd y llyfr, hen gopi oedd bron â syrthio'n ddarnau. Ac ia, yno roedd y cartŵn ar yr wythfed dudalen.

'Dwi wedi ca'l fy siomi ynot ti, Lisa. Fel tasa gen i ddim digon ar fy meddwl fel ma hi... '

Clywais gryndod annisgwyl yn ei llais. Edrychais i fyny. Roedd Mam wedi troi'n ôl at y ffenest ac roedd ei hysgwyddau'n crynu.

'Sorri... ylwch, dydi o ddim yn *big deal*. Do'n i ddim wedi disgwyl y baswn i'n ennill yn y lle cynta. Ro'n i'n meddwl y basa un o'r athrawon... Chi sy wastad yn deud fod beirniaid steddfoda'n gallu bod yn ddwl ar brydia, yndê?' plediais.

'Be... ?' meddai, heb droi.

'Chi oedd yn sôn am ryw gerdd enillodd y gadair ne'r goron ne' rwbath – fel roedd darna ohoni wedi'i dwyn o ryw gân gan Elton John.'

'A mi w't ti'n meddwl fod hynny'n cyfiawnhau hyn?' meddai Mam. 'Mi wnest ti'n twyllo *ni* hefyd, Lisa – gada'l i ni ddeud wrth bawb mor falch roeddan ni ohonat ti.'

'Blydi hel, 'mond *steddfod ysgol* oedd hi!'

'Nid dyna'r pwynt... O, jest cer i dy stafall, Lisa, 'nei di?'

Roedd hi'n crio go iawn erbyn hyn, ac yn sgrialu yn ei bag am hances bapur.

'Sorri...'

Daeth o hyd i hances a throi yn ei hôl at y ffenest gan chwythu'i thrwyn.

'Dach chi wedi deud wrth Dad?'

Rhewodd am eiliad, yna ysgydwodd ei phen cyn i'w hysgwyddau ddechrau crynu eto.

'Sorri, ocê?' meddwn eto, ond ches i ddim ymateb y tro hwn. Roedd tawelwch y tŷ'n llethol; gallwn glywed dafad yn brefu yn y pellter, a deuai sŵn y ffrij yn uchel o'r gegin fel tasa rhywun newydd danio beic modur yno. O, plis wnewch chi roi'r gora i'r hen grio di-sŵn yma, *plis*? meddyliais. Ond daliai ysgwyddau Mam i grynu. Yn y golau gwan a ddeuai drwy'r ffenest, gallwn weld fod yna linynnau pendant o arian yn britho'i chyrls duon. Baswn wedi rhoi'r byd am fedru estyn fy llaw a'i chyffwrdd a'i chofleidio, ond, rywsut, gwyddwn nad oedd arni eisiau i mi ei chyffwrdd.

Yn dawel, troais a mynd i fyny'r grisiau i'r llofft.

Pennod 6

Lisa Marie

Roedd Nathan wedi galw i 'ngweld un noson yng nghanol yr wsnos. Am unwaith, roedd y tŷ'n dawal. Ond tawelwch blinedig oedd o, fatha'r llonyddwch sy'n dŵad ar ôl storm. Roeddan ni wedi ffraeo eto, Mam a fi. Wedyn, es i i'r gawod ac eistedd yno ar y llawr yn crio nes oedd fy llygid yn goch efo dagra, dŵr a sebon a shampŵ.

Roedd Nathan yn fy stafall yn disgwl amdana i. 'O, Nath...' ochneidiais. Doedd gin i ddim llawar o fynadd efo fo, a bod yn onast; ro'n i jest isio mynd i 'ngwely a chysgu. Triais gymryd arna nad oedd o yno, ond doedd hynny byth yn gweithio efo Nathan, roedd o fel tasa fo'n gneud ati i beidio â chymryd hint. 'Mond tywel oedd gin i amdana, a steddais o flaen y drych i frwsio 'ngwallt. Dechreuodd Nathan rwbio blaenau'i fysadd ar dopia 'mreichia, bysadd oerion ar 'y nghnawd cynnas.

'Paid.'

Symudodd oddi wrtha i. *Tic-tic-tic...* clywais, wrth iddo daro'i ewin yn erbyn y styd yn ei wefus isa. Roedd y glaw mân yn erbyn y ffenest yn swnio fel gwinadd rhywun hefyd, rhyw ysbryd unig oedd yn crefu am ga'l dŵad i mewn. Codais a rhoi Nick Cave ymlaen yn dawal ar y stereo. Tynnais y brws drwy fy ngwallt a theimlo'i waelodion yn gorwadd yn wlyb ar fy sgwydda.

'Dwi *yn* ei leicio fo, 'sti, Nath,' meddwn yn y diwadd. 'Dwi jest ddim yn gallu gneud efo babis yn dda iawn. Dydi o ddim yndda i. Dydi'r ffaith 'mod i'n hogan ddim yn golygu bod yn *rhaid* i mi allu gneud efo plant, yn nac 'di?'

Troais. Roedd o'n ista wrth droed y gwely, yn syllu ar yr hen boster Siouxsie and the Banshees ges i gin Doug, y boi oedd bia'r siop recordia wrth ymyl yr harbwr, dros ddwy flynadd yn ôl, jest cyn i'r siop orfod cau. Roedd Nathan wastad wedi ffansïo'r poster yma'i hun, a dw inna wastad wedi difaru peidio â gada'l iddo fo'i ga'l o.

'Babi bach ydi o, 'mond todlar. Babi bach diniwad. Dydi o rioed wedi gneud dim byd i mi, yn nac 'di?'

Ysgydwodd Nathan ei ben, a golwg hollol bôrd arno fo.

'Ia, ocê!' meddwn yn flin. 'Dwi'n gwbod dy fod ti wedi clywad hyn droeon. Wel, tyff!'

Troais yn ôl at y drych. Un da ydi'r drych yma, un Gothig, yr un siâp â ffenest eglwys, ac efo'r ffrâm a'r stand wedi'u gneud allan o haearn du. Mae o'n sefyll ar fy nghist, ac ma gin i gannwyll goch mewn canhwyllbren ddu o'i flaen. Dŵad ar ei draws o mewn siop ail-law ym Mangor wnes i, ac mi gafodd Nathan a finna goblyn o job ei gludo fo'n ôl adra ar y bws. Mae o'n cymryd ei le'n grêt yn y stafall yma, yn enwedig ar ôl i mi beintio'r walia'n ddu pan oedd Mam yn y sbyty'n ca'l Carwyn.

'Ma bob dim amdano fo'n mynd ar 'y nhits i, Nath,' meddwn. 'Ei holl syna dwi-isio-sylw-a-thendans-RŴAN o, y ffordd ma pawb yn goro gollwng bob dim er mwyn tendiad arno fo, ei wahanol ogleuon o – ia, hyd yn oed y rhai neis fel powdwr a sebon babi. A'r ffordd mae o 'di denu pob matha o bobol i'r tŷ 'ma i gwtshi-cwtshi-cŵio uwch ei ben o ers y diwrnod landiodd o yma. Naci – ers *cyn* iddo fo landio yma, a deud y gwir,' ychwanegais, wrth gofio fel roedd Carina Drws

Nesa wedi defnyddio'r ffaith fod Mam yn disgwl yn esgus i alw bob awr o'r dydd, y hi a'i hepil.

O fod yn ddim mwy na lwmp go anghynnas ym mol Mam, roedd Carwyn, o'r diwrnod y cafodd o ei eni fwy ne' lai, yn rheoli'r tŷ, fel teirant bach pinc a gwichlyd. Doedd wiw i mi wedyn chwara 'ngherddoria'th fel ro'n i'i isio: roedd yn rhaid i mi wrando ar bob dim drw glustffona os o'n i isio unrhyw foliwm gwerth ei ga'l. Ac roeddan ni i gyd yn goro sleifio o gwmpas y lle os oedd o'n cysgu – nid ei fod o'n gneud llawar o hynny yn ystod y nos yn y misoedd cynta, dim ond yn ystod y dydd pan o'n i allan.

Ac wrth restru'r holl betha yma wrth Nathan ac wrtha i fy hun, dyma fi'n sylweddoli fod yr hyn a ddeudodd Mam yn gynharach – a'r rheswm pam ffraeon ni – yn iawn: ro'n i'n swnio fel hen fitsh fach hunanol. Fi-fi-fi oedd o i gyd – fel roedd Carwyn wedi effeithio ar 'y mywyd *i*.

'Ond mae o'n gneud i mi *deimlo* fel hen fitsh hunanol, Nath, ac yn gneud i mi holi fy hun, tybad ai dyna be ydw i, go iawn? Ac wedi bod felly erioed?'

Troais eto. Oedd, roedd Nathan yn dal yno, yn ista ar y gwely o hyd ond efo'i gefn rŵan yn pwyso yn erbyn y wal.

'Dwi *wedi* trio gneud efo fo, 'sti, Nath. Ond dydi gneud rhyw ffýs mawr o fabis ddim yn dŵad yn naturiol i mi. Dwi'n teimlo fel 'swn i'n actio drw'r amsar.'

Ochneidiais a rhoi'r brws i lawr.

'Cau dy llgada, 'nei di?' meddwn wrth Nathan. Rhowliodd ei lygaid cyn eu cau nhw, a thynnais inna'r tywel oddi amdana ac estyn 'y nghoban o dan y gobennydd – crys-T llaes du, efo llun o Abaty Whitby arno fo, presant arall gin Nath o'r Goth Shop grêt honno sydd yno. Dringais i mewn i'r gwely, a blaena 'nhraed yn twtshiad ei glun o dan y dwfe.

'Dwi'n deud wrthat ti, Nath,' meddwn, 'fedra i ddim gwitshiad i fynd o'ma, o'r blydi tŷ 'ma, o'r dre 'ma.'

Trodd Nathan a sbio arna i, ac roedd yn rhaid i mi edrach i ffwrdd oddi wrtho fo.

'Dw't ti ddim am fynd o'ma, Lisa, yn nag w't?' meddai.

'O, Nath... paid, ddim rŵan, dwi'n nacyrd.'

'W't,' meddai. 'Rw't ti am fynd, yn dw't ti. A 'ngada'l i yma.'

Swniai mor uffernol o ddigalon. Pwniais ei glun efo bawd 'y nhroed a chanu'n ddistaw efo Nick Cave:

And I don't believe in the existence of angels,

But looking at you I wonder if that's true...

Ro'n i wedi gobeithio y basa Nathan wedi gwenu. Ond wnath o ddim, 'mond dal i syllu arna i.

Ochneidiais.

'Fedra i ddim aros yma am byth, Nath. Ti'n gwbod hynny.'

Oedd, roedd Nathan *yn* gwbod hynny'n iawn; ro'n i wastad wedi deud 'mod i'n bwriadu sticio ati hi'n o lew yn yr ysgol er mwyn ca'l mynd i ffwrdd i ryw goleg yn rhwla wedyn, a dilyn cwrs ffotograffiaeth.

Nodiodd yn araf ac yn ddigalon, braidd, yna trodd yn ei ôl i syllu ar y poster. Distawrwydd wedyn, heblaw am y gerddoriaeth a'r glaw. Dwi ddim yn gwbod pryd a'th o; ro'n i wedi mynd i gysgu ond ma gin i go' o deimlo sws fach oer, un ysgafn fel blewyn, ar 'y nhalcan.

Dwi'n meddwl.

Pan agorais fy llgada, roedd y CD wedi hen orffan a Nathan wedi gadael.

Noson boeth a stici reit yn niwadd mis Awst oedd hi pan ddeudodd Mam wrthan ni ei bod hi'n disgwl babi. Roedd pobol y tywydd ar y teli wedi bod yn bygwth storm ers dyddia, ond roeddan ni eto i weld un er bod pawb yn crefu am un erbyn hynny. Amball daran yn y pelltar, a dyna'r cwbwl.

'Ma hyn fatha clywad rhywun sy ddim yn gallu cachu yn gollwng rhech,' dwi'n cofio Leon yn deud. Edrychodd o un wynab i'r llall gan wenu fel giât, ond chymrodd neb fawr o sylw ohono fo: roeddan ni i gyd yn rhy nacyrd ar ddiwadd diwrnod poeth arall, ar ôl sawl noson o fethu cysgu'n iawn, dim ond gorwadd ar ben y dillad gwely efo'r gwres yn gneud i ni gosi drw'r amsar.

Allan yn yr ardd gefn roeddan ni, Mam, Leon, Liam a fi, ar y patio, er ei bod hi'n dywyll erbyn hynny, y pedwar ohonan ni mewn siorts a Leon heb grys, chwaith, y pôsyr. Roedd yna lot o bobol allan yn eu gerddi, efo'u ffenestri a'u drysa'n llydan gorad a phob math o fiwsig yn bytheirio allan ohonyn nhw. Roedd ein stryd ni'r wsnos honno yn edrach fel un o'r strydoedd hynny yn Efrog Newydd sydd i'w gweld mewn ffilmia, efo pawb allan ar eu stepia yn eu festia yn yfad cwrw ac yn gwrando ar eu stereos: yr unig beth ar goll oedd plant yn neidio i mewn ac allan o ddŵr a hwnnw'n saethu o un o'r pileri haearn, isal hynny ma'r gwasanaeth tân yn eu defnyddio yn ninasoedd America. Dwi'n cofio hefyd fod rhywun yn chwara 'Babylon' chydig o ddrysa oddi wrthan ni.

'Pwy ydi'r rhein?' gofynnodd Mam.

Cododd Leon ei sgwydda. Ro'n i'n nabod y gân ond doedd gin i ddim syniad pwy oedd yn ei chanu – plentyn bach o'n i pan oedd hi yn y siartia.

'David Gray,' meddai Liam.

'Sud *ti'n* gwbod?' holodd Leon.

'Dwi jest *yn*, ocê?' meddai Liam.

Sbiodd Leon arno fo'n gam cyn troi i ffwrdd a hannar chwerthin, fel tasa Liam wedi deud rhwbath hollol wirion. Fel 'na roedd Leon erbyn hynny: doedd wiw i Liam na finna agor ein cega heb iddo fo un ai droi'i drwyn ar be bynnag roeddan ni'n ei ddeud, ne' neidio i lawr ein gyddfa ni.

'Dwi'n eitha leicio hi,' meddai Mam am y gân.

'Dydi hi ddim yn *heavy metal*,' dwi'n cofio deud.

'Nac 'di, wn i, ond ma 'na rwbath amdani.' Hymiodd Mam efo'r gân am ychydig eiliada, yna meddai: "Mond i chi i gyd ga'l gwbod. Dwi'n disgwl.'

Roedd ganddi wên fach sopi ar ei hwynab pan ddeudodd hi hyn, fel tasa hi'n disgwl i'r tri ohonan ni neidio ar 'yn traed a'i swsio a gneud rhyw ffys mawr ohoni. Sbio arni hi'n hurt a wnes i, yn gwitshiad iddi hi ddeud *am be* roedd hi'n disgwl, nes i mi ddallt be oedd ganddi hi.

'Wel?' meddai Mam.

Edrychodd Liam a fi ar ein gilydd. Syllodd Leon ar y can o Stella Artois roedd gynno fo yn ei ddwrn.

'Deudwch rhwbath, wir Dduw!' meddai Mam.

'Fath â be?' meddai Leon, heb edrych arni.

Sbiodd Mam ar wyneba'r tri ohonan ni fesul un.

'Dydach chi ddim yn falch?'

Cododd Leon ei sgwydda eto. 'Ddim felly, nac 'dw.'

Edrychodd Mam ar Liam a fi.

'Be amdanoch chi'ch dau? Dach chi am ga'l brawd bach. Ne' chwaer fach.'

Edrychodd Leon yn syth ati.

'Ti'm yn mynd i'w ga'l o?' meddai. 'A'i gadw fo?'

'Wel yndw, siŵr Dduw!' meddai Mam.

'I be?'

'*I be*? Achos dwi'i isio fo, dyna pam!'

'O…' meddai Leon. '*Whoopee.*'

Yfodd ragor o'i lagyr a thorri gwynt yn uchal.

Roeddan ni i gyd yn ddistaw wedyn am sbelan go lew, efo Mam yn edrach arnon ni fesul un ond 'run ohonan ni'n gallu sbio 'nôl. Roedd David Gray wedi gorffan, a da'th Franz Ferdinand yn ei le.

Yna cododd Mam yn sydyn.

'Bygro chi, 'ta!' meddai.

Roedd hi'n crio.

'Bygro'r tri o'noch chi!'

Aeth i mewn i'r tŷ.

Doedd o ddim yn ddechra addawol, yn nag oedd? Dim llawar o groeso i Carwyn bach. Ond basa Mam wedi crio mwy tasa hi wedi clywad y sgwrs gawson ni ar ôl iddi fynd i mewn i'r tŷ.

Ddeudodd neb air am sbelan, dwi'n cofio. Eisteddai Leon yno yn yfad ac yn smocio, ei lygada fo ar yr hen swing oedd yn rhydu'n braf yn y tywyllwch yng ngwaelod yr ardd. Ddeudodd o ddim byd, hyd yn oed pan helpais i fy hun i un o'i ffags o a'i thanio.

O'r diwadd, meddai Liam: 'Ocê. Pwy 'di'r tad?'

Ysgydwodd Leon ei ben fel tasa gynno fo ddim amynadd o gwbwl efo'r cwestiwn. Do'n i ddim wedi meddwl am hynny: ro'n i'n rhy brysur yn meddwl fod 'bomshel' yn air grêt am newyddion Mam, achos roedd y babi 'ma am landio arnon ni fel bom.

'Dydi hi ddim yn mynd allan efo neb, yn nac 'di?' meddai Liam. 'Ddim ers misoedd. Ers y boi 'na… Jonathan rhwbath.'

'Blydi hel, Liam, ma dros flwyddyn ers iddi orffan efo hwnnw!' atgoffais o. 'Jest ar ôl Pasg, ti'n cofio?'

'Mmmm...' Nodiodd Liam. 'Dydi hi ddim wedi bod efo neb arall ers hynny, yn naddo?'

'Ma'n *rhaid* ei bod hi,' meddwn.

'Be?'

'Meddylia am y peth, Liam.'

'O! Ia... Do.'

Sbiodd y ddau ohonan ni ar ein gilydd gan droi'n trwyna. Roedd y syniad o Mam yn ca'l cwici efo rhywun y tu ôl i'r clwb rygbi ne' rwla'n codi pwys arnon ni.

'Ond be dwi'n ei ddeud ydi, dydi hi ddim 'di bod yn *mynd allan* efo neb,' meddai Liam, ond torrodd Leon ar ei draws.

'Blydi hel, newch chi'ch dau roi'r gora iddi!'

Edrychodd Liam a finna arno fo.

'Dim ots, yn nac di?' meddai. 'Pwy sy 'di'i hadu hi.'

'Wel... mi fasa'n neis ca'l gwbod,' meddai Liam.

Ysgydwodd Leon ei ben arnon ni, fel tasan ni'n ddau o betha hollol thic.

'Dydi hi'm yn gwbod yn iawn ei hun, yn nac 'di,' meddai.

'Be ti'n feddwl?'

Roedd wynab Liam wedi troi'n wyn a rhythodd ar Leon, a'i gorff o i gyd yn dynn fel teit-rôp.

'Liam...' dechreuais.

'Be ti'n feddwl?' meddai eto.

'Ma dwn i'm faint wedi bod drwyddi hi, yn do? Tasa chi'ch dau'n gallu'i gweld hi withia, yn y clwb 'na...'

Cododd Liam a rhuthro amdano. Wnath Leon ddim hyd yn oed codi o'i gada'r, 'mond dal ei ddwrn allan. Diflannodd y dwrn i mewn i fol Liam wrth i hwnnw redag i mewn iddo fo.

'Wwwwffffffff!' meddai Liam.

Yn ôl â fo, wysg ei gefn, ar ei sodla, yn ei ddybla, a'i ddwylo wedi'u plethu dros ei fol. Rhoddais fy llaw ar waelod ei gefn ne' mi fasa fo wedi bagio i mewn i'r bwrdd. Steddodd i lawr yn ei ôl i ga'l ei wynt ato. Trodd Leon oddi wrtho yn dal i smocio ac yfad ei lagyr fel tasa bygyr-ôl wedi digwydd.

'Bastad,' chwythodd Liam. 'Bastad…'

Roedd rhwbath yn deud wrtha i nad rhegi Leon am iddo'i frifo roedd o, ond am ddeud yr hyn ddeudodd o am Mam. Ar ôl munud ne' ddau o chwthu a thuchan, cododd a mynd i mewn i'r tŷ.

'*Hard man*,' meddwn wrth Leon.

'Be oeddat ti'n disgwl i mi'i neud, Lisa Marie? Gada'l iddo jarjio i mewn i fi fel 'na? 'Sa fo fatha ca'l hipopotamys yn landio arna chdi.'

'Doedd dim rhaid i chdi ddeud hynna am Mam, chwaith,' medda fi. ''I galw hi'n slag fel 'na.'

'Ddeudis i mo hynny.'

'Do, i bob pwrpas.'

Arhosodd yn dawal am chydig. Yna gorffennodd ei lagyr a sefyll.

''Mond deud y gwir o'n i, Lisa Marie.'

Roedd ei lais o'n swnio'n reit ddigalon.

'Be ti'n feddwl, ta?' gofynnodd. 'O'r syniad 'ma o ga'l brawd ne' chwaer fach newydd?'

'Crap,' atebais yn syth. 'Dwi'm isio rhyw blydi babi o gwmpas y lle. A ti'n gwbod pwy fydd yn ca'l ei landio efo edrach ar 'i ôl o ne' hi drw'r amsar, yn dw't?'

'Diawl o bwys gin i,' meddai Leon. 'Fydd o ddim yn fi, mi ddeuda i gymint â hynny wrthat ti.'

Ydach chi'n gweld? Ro'n i wedi cymryd yn erbyn Carwyn fisoedd cyn iddo fo gyrradd y byd 'ma. Ro'n i wedi brifo Mam hefyd, ro'n i'n gwbod hynny, ond fedrwn i ddim mynd ati ar ôl y noson honno a chymryd arna 'mod i wrth fy modd; dydi Mam ddim yn thic, mi fasa hi wedi gweld trwy hynny'n syth bìn.

Stori arall oedd Liam. Roedd yn amlwg ei fod o'n eitha edrach ymlaen at ga'l brawd (ne' chwaer) newydd, achos roedd o'n ecseitio mwy a mwy wrth i fol Mam chwyddo.

'Gwranda, Lisa Marie,' meddai Mam wrtha i un noson, ar ôl tua wsnos o beidio siarad efo ni. 'Dwi isio'r babi bach 'ma, ocê?' Rhwbiodd ei bol wrth ddeud hyn, er nad oedd hi wedi dechra dangos go iawn. 'Mi fyddwch chi'ch tri wedi mynd i Duw a ŵyr lle ymhen chydig o flynyddoedd. Os nad ydach chi'n leicio'r syniad o ga'l brawd ne' chwaer arall, yna tyff! Does 'na ddim byd yn 'ych rhwystro chi rhag mynd o'ma rŵan, os leiciwch chi. Fasa uffarn o bwys gin i, a bod yn gwbwl onast efo chi.'

'Ocê,' medda fi, gan feddwl ei bod hi wedi gorffan ei phregath. Ond doedd hi ddim.

'Wel?' meddai.

'Wel, be?'

'Be w't ti am neud, Lisa Marie? Dy ddewis di ydi o. Aros, 'ta mynd?'

'Mynd? Lle?' gofynnais.

'At dy dad, yndê, a'r hwran 'na sy gynno fo. Ti 'di bygwth mynd atyn nhw ddigonadd o weithia, dros y blynyddoedd. Dyma fo dy gyfla di.'

Roedd hi'n ei feddwl o hefyd, ro'n i'n gallu deud wrth sbio arni hi.

'Dwi'm isio mynd atyn nhw,' atebais.

'Siŵr?'

'Yndw!'

Erbyn hynny, roedd Dad a Linda yn byw yng Ngha'rdydd ac er 'mod inna hefyd wedi hen ddechra breuddwydio am ga'l gadael cartre, ro'n i wastad wedi gweld fy hun un ai yn Llunda'n ne' mewn dinas mewn gwlad arall. Paris, Sydney, Los Angeles... Saff i chi, do'n i rioed wedi breuddwydio am ga'l mynd i blydi Ca'rdydd.

Doedd arna i ddim isio gwbod am Dad, chwaith, a bod yn gwbwl onast. Mi adawodd o Mam pan o'n i'n dal yn yr ysgol gynradd, a phan ddois i adra'r diwrnod hwnnw a dallt ei fod o wedi'i sgidadlu hi, y peth cynta a dda'th i 'meddwl, dwi'n cofio'n iawn, oedd: Ffiw! O leia rŵan fydd dim rhaid i mi wrando arnyn nhw'n ffraeo a chwffio drw'r amsar.

Ma'n siŵr y dylwn i fod wedi gweld ei golli o fwy nag y gwnes i. Ond doedd o byth jest o gwmpas, hyd yn oed pan oedd o a Mam efo'i gilydd. Gyrrwr lorïa ydi o, ac yn amal iawn roedd o i ffwrdd am wsnosa yn gyrru dros y Cyfandir. Ar ôl iddo fo gyrradd adra, doedd o ddim yn ymddwyn fel un o'r tada hynny sy i'w gweld mewn ffilmia weithia – yn ista yn ei gada'r tra bydd ei blant o'n ista ar y llawr wrth ei draed mewn hannar cylch, yn gwrando efo llygid crynion arno fo'n adrodd storïa am y rhyfeddoda a welodd o ar ei drafyls. Na, diflannu i'r pyb a wnâi Dad, a dim ond dŵad adra i fyta a chysgu.

Wnath o ddim llawar efo ni pan oeddan ni'n blant, dyna be dwi'n trio'i ddeud, a dim rhyfadd felly na fu'n hir iawn cyn i mi ddechra anghofio sut roedd o'n edrach. Wedi'r cwbwl, un o'r petha cynta a wnath Mam ar ôl iddo fo fynd oedd rhwygo bron pob un llun ohono fo o gwmpas y tŷ, felly doedd ei wynab o ddim yn serennu arna i o wahanol lefydd ac felly yn ei gadw o'n fyw yn fy meddwl. Mae 'na ryw hannar dwsin o lunia ohono fo mewn albwm gin Mam yng ngwaelod ei wardrob, ond dyna'r cwbwl sydd ar ôl ohono fo.

'Dwi'm isio'r un geiniog gin y sglyfath,' mynnodd Mam ar y pryd, gan fynd allan yn syth a dŵad yn ei hôl efo job arall, yn ychwanegol at yr un oedd gyni hi'n barod yn londri'r ysbyty – sef syrfio'r tu ôl i'r bar yn y clwb rygbi. Os ddaru Dad drio rhoi pres iddi hi ar gyfar Leon, Liam a fi, yna thriodd o ddim yn galad iawn, yn ôl Mam (ond ma hi wedi'i gwrth-ddeud ei hun fwy nag unwaith ynglŷn â hyn, yn enwedig ar ôl iddi fod yn yfad, a dwi'n gwbod ei fod o wedi trio'n galetach na hynny, ond 'mond ar gyfar Liam a fi, ei blant o: roedd Leon ac ynta'n elynion mawr ymhell cyn i Dad adal).

Diforsî oedd Linda pan gwrddodd Dad â hi, ac yn gweithio i'r Bwrdd Twristiaeth: sut ddaru nhw gyfarfod, 'sgin i ddim syniad – rhwbath arall nad oes arna i isio'i wbod, diolch yn fawr. Doedd gyni hi ddim plant, ac yn hyn o beth dwi ddim yn ama y basa hi a finna wedi tynnu mlaen yn o lew, tasa Dad ddim yn rhan o'r peth, achos doedd hi rioed wedi teimlo unrhyw awydd i ga'l plant; yn ddigon naturiol, felly, doedd hi ddim yn rhy awyddus i gymryd plant rhywun arall. Dyma un rheswm, dwi'n siŵr, pam y llusgodd hi Dad i lawr i Ga'rdydd, *pronto*, rhag ofn i Liam a fi landio ar garrag ei drws un diwrnod. Ac roedd yr hyn a ddeudodd Mam yn hollol wir: ro'n i wedi bygwth mynd yno atyn nhw droeon, ond dim ond yn fy nhempar, gan amla ar ôl ffrae arall efo Mam.

Do'n i ddim yn ei feddwl o, wrth gwrs; doedd arna i ddim awydd mynd i Ga'rdydd, heb sôn am y ffaith na fasa llawar iawn o groeso i mi yno.

Felly, o'n, ro'n i'n hollol siŵr pan ofynnodd Mam i mi lle ro'n i am fyw.

'Ocê 'ta,' meddai, 'os w't ti'n aros yma, yna dwi ddim isio mwy o'r lol 'ma ynglŷn â'r babi. Dallt?'

O'n, ro'n i'n dallt. Ond ar yr un pryd, dwi'n meddwl fod Mam wedi dallt, hefyd, mai wastio'i hamsar roedd hi; do'n i ddim yn edrach ymlaen at weld y babi yma'n cyrradd, a fedrwn i ddim cymryd arna mod i.

Digwyddodd dau beth yn o fuan wedyn a wnath petha'n waeth: a'th Leon i'r jêl, a dechreuodd Carina drws nesa fod yn boen yn y tin go iawn.

Dwi rioed wedi leicio Carina. Ocê, dydi hi ddim wedi ca'l bywyd hawdd, ond ma'r rhan fwya o'r bai am hynny arni hi'i hun. Ma hi'n un o'r bobol 'ma sy'n gneud un peth stiwpid ar ôl y llall ac wedyn yn disgwl i bawb arall ei helpu hi, fel tasa fo'n ddyletswydd ar y wlad i edrach ei hôl hi. Yn geg i gyd ynglŷn â'i 'hawlia', dydi hi rioed wedi gweithio ond ma hi'n gwbod i'r dim sut ma ca'l bob ceiniog allan o'r wlad.

Nid y hi ydi'r unig un sy fel hyn, o bell ffordd, a basa rhywun yn gallu madda hyn i gyd iddi tasa hi ddim yn... wel, yn Carina. Ma ganddi hen ffordd annifyr, ac wrth ei bodd yn clywed am betha anlwcus yn digwydd i bobol eraill; 'sgyni hi'r un owns o gydymdeimlad at neb arall ond eto ma hi'n disgwl i'r byd i gyd gydymdeimlo efo hi.

'Be oedd y *peth* 'na welis i efo chdi ddoe?' gofynnodd i mi un dydd Sul, tua dwy flynadd yn ôl, a minna newydd ddechra mynd allan efo Nathan.

Gwgais arni. Roedd yr hen wên sbeitlyd honno ar ei hwynab wrth droi at Mam.

'Roedd y ddau ohonyn nhw fel 'sa nhw'n perthyn i ryw horyr ffilm, Anj. Cownt a Cowntes Draciwla. Dydi fampeirs ddim i fod yn cerddad o gwmpas y lle yng ngola dydd, Lisa – dw't ti'm yn gwbod hynny?'

'Dwi'n gwbod mwy na chdi o beth uffarn.'

Doedd hi ddim wedi leicio hynny. Trodd ei llygid bach mochyn hi'n ddau hollt cul.

'Be ti'n feddwl?'

'Lisa…' meddai Mam, ond chymrais ddim sylw ohoni, roedd y fuwch Carina 'na wedi 'ngwylltio i eto.

'Blydi hel, lle dwi'n cychwyn? Ocê – Goths ydan ni i ddechra, reit? Ddim fampeirs – Goths. Yn ail, doedd gin Draciwla, fel rw't ti'n meddwl amdano fo, ddim gwraig. Pan sgwennodd Bram Stoker y llyfr, nath o seilio Dracula ar Vlad Drakul, a hogan ifanc, normal oedd gwraig hwnnw. Ma ffilm gin Hammer o'r enw *Countess Dracula*, ond ffilm am Elizabeth Bathory oedd honno – dynas oedd yn meddwl y basa hi'n gallu'i chadw'i hun yn ifanc drw ga'l bath mewn gwaed genod ifainc o'r ardal. Ingrid Pitt oedd yn ei hactio hi yn y ffilm, a doedd hi ddim byd tebyg i'r un Goth, ocê?'

Roedd hi 'di rhythu arna i drw gydol hyn i gyd, ei gwefusa bach tewion hi'n symud fel tasa hi'n trio torri ar 'y nhraws i, ond yn methu ca'l hyd i'r geiria. Roeddan nhw'n dal i symud am eiliad ne' ddau ar ôl i mi orffan: meddyliais mor debyg oedd hi i un o'r pysgod tropical 'na sy'n chwyddo'n grwn fatha balŵn – *puffer fish* ydyn nhw, dudwch?

'Ti'n meddwl dy fod ti mor blydi clyfar, yn dw't?' meddai Carina o'r diwadd.

'Ddim felly, nac 'dw. Ond wrth d'ymyl di, dwi'n jiniys.'

Chwarddodd Liam ar hyn a daliais Mam, hyd yn oed, yn troi i ffwrdd i guddio gwên. A'th Carina'n goch fel tomato – gan edrach rŵan fel *puffer fish* oedd yn diodda o bwysedd gwaed uchal – a dwi'n meddwl mai ers y diwrnod hwnnw rydan ni wedi bod yn elynion go iawn, yn hytrach na 'mond dwy hogan oedd ddim yn eu leicio'i gilydd rhyw lawar.

Ond ddaru hynny mo'i rhwystro hi rhag galw acw bob

tro roedd hi'n teimlo fel gneud. Ers iddi ddallt fod Mam yn disgwl, roedd hi acw'n amlach nag roedd hi gartra, dwi'n siŵr, y hi a'i phlant: tri ohonyn nhw, tad gwahanol gin bob un. ('Wel, ia, ma hynny'n naturiol,' meddai Nathan un tro. 'Fasa hyd yn oed y dyn mwya despret ddim yn mynd i'r afa'l efo'r monstyr 'na fwy nag unwaith.' *Nice one*, Nath.) Bob tro ro'n i'n cyrradd adra o'r ysgol, yno roedd hi, yn ffysian ac yn clwcian dros Mam fel rhyw iâr dew.

Fflipio wnes i yn y diwadd, wrth gwrs, tua mis cyn i Carwyn ga'l ei eni. Cyrhaeddais adra o'r ysgol i weld Carina yn ein cegin eto fyth, efo un o'i phlant – ia, 'mond un, am unwaith – yn ista wrth y bwrdd yn stwffio bisgedi *digestive* siocled i mewn i'w geg.

Bisgedi o'n cwpwrdd ni.

'Lisa, cer drws nesa i gadw golwg ar Chantale a Josh, 'nei di? Jest tra dwi'n sortio hwn allan i dy fam.'

Bîns ar dôst oedd yr 'hwn' pwysig. Edrychais arni'n troi'r bîns efo llwy bren, yna ar ei phlentyn hi'n ei helpu'i hun i'n bisgedi ni, a sylweddolais 'mod i wedi ca'l digon.

'Piss off, Carina.'

Rhythodd arna i fel tasa 'mhen i wedi dechra troi rownd ar fy ngwddw, fatha pen yr hogan honno yn *The Exorcist*.

'Be!'

'Dy blant di ydyn nhw. Dos di i edrach ar eu hola nhw. A dos â'r slyg tew yma efo chdi tra ti wrthi,' meddwn, gan gipio'r pacad bisgedi oddi ar y plentyn. Roedd y pacad yn wag heblaw am ryw lond dwrn babi o friwsion yn ei waelod.

'Hei…' dechreuodd hwnnw.

'Cau hi!' arthais arno, a thawodd, gan edrach ar ei fam yn bwdlyd. Troais 'y nghefn ar y ddau ohonyn nhw a thollti panad i mi fy hun. Ro'n i'n gallu teimlo'i llgada bach sbeitlyd hi'n procio yn erbyn fy nghefn, rhwng fy sgwydda, fel dau fys penderfynol. Steddais wrth y bwrdd efo 'mhanad a thanio fy ffag gynta ar ôl dŵad adra o'r ysgol.

'Lisa!' meddai Carina o'r diwadd.

'Ti'n dal yma?'

'Dwi... dwi ar ganol gneud bwyd i dy fam...'

'O, jest piss off, 'nei di?' meddwn eto. 'Ma Mam yn gallu côpio'n tshampion. 'Dan ni i gyd yn hollol ffed yp o dy weld di'n cerddad i mewn ac allan o'r tŷ 'ma fatha mai chdi sy bia'r lle. Ac wedi ca'l llond bol ar orfod mynd yn ôl ac ymlaen i'r siop drw'r amsar. Am fod dy blydi cids di wedi mynd trwy'r bisgits ne'r llefrith ne' rwbath. A ti'n dal heb dalu i mi am y tships 'na brynis i iddyn nhw'r tro dwytha ges i'n landio efo nhw.'

Y diwrnod hwnnw, trodd y *puffer fish* yn darw. Dyna be sy'n sbio arna i rŵan, dwi'n cofio meddwl – tarw. Roedd hi'n sbio arna i fel tasa hi'n chwara efo'r syniad o ruthro amdana i. Disgwyliais weld mwg yn saethu allan o'i ffroena hi wrth iddi bawennu'r llawr efo'i throed.

Rhythais yn ôl arni.

'Ty'd 'ta'r bitsh hyll,' meddwn. 'Jest tria hi.'

Edrychodd i ffwrdd yn sydyn. Ro'n i wedi penderfynu, tasa hi *wedi* cychwyn amdana i, y baswn i'n lluchio 'nhe poeth reit i ganol ei hen wep hi, ac ella'i bod hi wedi synhwyro rhwbath. Trodd a mynd trwodd i'r parlwr, lle roedd Mam yn gorweddian ar y soffa fatha *queen bee*. Clywais eu lleisia nhw, ond nid y geiria.

Roedd llygid ei phlentyn hi wedi'u hoelio arna i. Ma'i phlant hi i gyd wedi cymryd ar ei hôl hi, y creaduriaid – pob un ohonyn nhw efo rhwbath buwchaidd o'u cwmpas nhw. Roedd gin hwn gylch mawr o siocled o gwmpas ei geg, efo briwsion yn sownd yn'o fo.

'Ti isio llun?' dwedais wrtho fo.

'Oes, plis!' atebodd yn syth.

Thic, 'ta be? Roedd o'n amlwg yn meddwl 'mod i'n cynnig llun iddo fo, go iawn. Ne', yn hytrach, synnwn i ddim fod eu mam nhw wedi'u dysgu nhw i gyd i ddeud 'ia' yn syth os oedd rhywun yn cynnig rhwbath iddyn nhw am ddim.

'Anghofia fo,' ochneidiais.

'Llun be, Lisa?'

'Blydi hel, dymbo, jest anghofia fo!'

Daeth Mam trwodd. 'Be ti'n feddwl ti'n neud, Lisa Marie?'

'Ista. Ca'l panad. Ca'l ffag. Mi faswn i'n ca'l bisgit hefyd, tasa 'na rai ar ôl.'

'Ti'n gweld, Anj?' meddai Carina, oedd wedi dŵad i mewn i'r gegin ar ôl Mam.

Sbiodd Mam arna i, yna trodd at Carina.

'Well i chdi fynd, Carina, os nad w't ti'n meindio.'

'Y?'

O, doedd hi ddim wedi disgwl hyn, ac roedd hi'n amlwg *yn* meindio, ac wedi edrach ymlaen at 'y ngweld i'n ca'l bolocing. Ond doedd hi ddim am ddadla yn erbyn Mam.

'Ia, cweit!' meddai. 'Dwi ddim am aros yma i ga'l 'yn insyltio gin hon! Ty'd, Dorian.'

Wedi iddyn nhw fynd, tynnodd Mam y sosban fîns oddi ar y tân; roedd y tôst eisoes wedi sboncio allan o'r tostiwr ac yn oeri'n braf. Steddodd Mam wrth y bwrdd a diffoddais inna'r sigarét.

''Swn i'n lladd am un o'r rheina.'

Doeddan ni ddim yn ca'l smocio ers cwpwl o fisoedd bellach os oedd Mam yn yr un stafall â ni.

'Dwi ddim yn mynd i ddeud sorri wrthi,' dwedais. 'Felly peidiwch â gofyn i mi neud, ocê?'

''Mond trio helpu ma hi, Lisa.'

'Dach chi'm angan ei help hi, yn nac dach?'

Cododd Mam ei sgwydda.

'Wel, pam na ddudwch chi hynny wrthi, 'ta?'

Ochneidiodd Mam. 'Dydi o ddim mor hawdd â hynny.'

'Pam? 'Mond deud sy isio.'

'Wn i, wn i. Ond ma hi'n ffrind i mi, Lisa Marie.'

'Ylwch, 'dan ni i gyd yn hollol *pissed off* efo hi. Ma hi yma drw'r amsar ac yn disgwl i Liam ne' fi edrach ar ôl ei chids hi, a ma'r rheiny'n helpu'u hunain i be bynnag ma nhw isio.'

''Mond tua mis arall s'gin i i fynd.'

'Ond dwi – a Liam hefyd – wedi ca'l 'y mosio o gwmpas gyni hi ers dros chwe mis rŵan. A ma hi'n dŵad â'r blydi cids 'na yma efo hi bob tro.'

Do'n i ddim wedi diffodd fy ffag yn iawn ac roedd yna linyn tena o fwg glas yn codi'n hollol syth tua'r to. Tolltais chydig o de i mewn i'r sosar lwch a diflannodd y llinyn glas gan hisian fatha neidar flin.

Yna sbiais yn iawn ar Mam.

Ma rhai merchad, dwi 'di darllan yn rhwla, fel tasan nhw'n 'blodeuo' pan fyddan nhw'n disgwl: ar eu hardda pan fyddan nhw'n feichiog. Dydi Mam ddim yn un o'r rheiny. Edrychai'n hollol nacyrd, ac yn ffed yp o orfod cludo'r bol anfarth hwnnw efo hi i bob man. Roedd angan lliwio'i gwallt unwaith eto: roedd y gwreiddia duon i'w gweld yn glir, a hongiai gweddill ei gwallt yn stragla melynfrown, llipa. Roedd hyd yn oed y tatŵ bychan oedd gyni hi ar ei hysgwydd chwith (sgorpion: Sgorpio ydi'i harwydd hi) yn edrach fel tasa fo'n pylu.

'Ocê 'ta,' meddai hi, 'mi gei di edrach ar 'yn ôl i, gan dy fod di wedi pechu yn erbyn Carina.'

Ddudis i ddim byd a gwenodd Mam yn ddihiwmor.

'Ia, yn hollol. Dydi hynny ddim yn apelio, Lisa Marie, yn nac 'di?'

'Ond dach chi'm *angan* neb i edrach ar 'ych ôl chi, dyna dwi'n ei ddeud,' dadleuais. 'Ma Carina'n iwsio hynny fel esgus i ddŵad yma, i ddympio'r plant uffernol 'na ar bobol erill a sbario gorfod prynu bwyd iddyn nhw'i hun.'

'Ond ma hi'n fêt i mi!' torrodd Mam ar 'y nhraws yn siarp. 'Yli, mi ga' i air efo hi ynglŷn â'r busnas bwyd 'ma, ond jest ddim yn *meddwl* ma hi, Lisa Marie – ddim yn cysidro. Iawn?'

'*No way* dwi am ddeud sorri wrthi hi,' dwedais eto, gan swnio fel hogan fach bwdlyd.

Syllodd Mam arna i am chydig, nes roedd yn rhaid i mi edrach i ffwrdd.

'Nag w't, mwn,' meddai. 'Wnei byth ddeud sori wrth neb, yn na wnei? Chdi sy'n iawn bob amsar, yndê.'

'Naci! Ond y tro 'ma...'

'Pam w't ti wastad wedi meddwl dy fod ti'n well na ni i gyd, Lisa – y? Be sy 'di digwydd erioed, i neud i chdi feddwl hynny?'

'O God, 'ma ni off eto...'

Codais oddi wrth y bwrdd a mynd am y drws.

'Dwi *yn* gneud y peth iawn, 'sti,' meddai Mam, 'yn ca'l y babi bach 'ma. Dwi'i *isio* fo.'

Ond dwi ddim, meddyliais wrth fynd i fyny'r grisia. Ella'ch bod chi a rhyw thico fatha Carina'n ddigon bodlon gneud coc-yp o'ch bywyda a landio'ch hunain efo llond tŷ o blant, a mynd yn hen yn gwatshiad nhw'n sugno blynyddoedd gora'ch bywyda chi.

Ond dwi ddim.

Cyrhaeddodd Carwyn – yr unig un ohonan ni i ga'l enw Cymraeg iawn – yn brydlon. A'th Mam i mewn i'r sbyty ddiwadd pnawn Llun, ond collodd lot o waed wrth eni'r babi ac mi gafodd ei chadw i mewn tan ddiwadd yr wsnos. Daeth adra efo'r cari-cot ar y dydd Gwenar, yn wan, yn dendar ac yn llipa.

'Ti'm isio'i ddal o?' gofynnodd imi.

Ysgydwais fy mhen. Ond daliodd Liam o yn ei freichia a gwenu'n sopi wrth i'r dwrn bychan, eiddil gau am ei fys bach o.

'Dy frawd bach di ydi o, Lisa,' meddai Mam.

Naci, meddyliais. Hannar brawd – hannar brawd arall.

'Wn i hynny,' meddwn. 'Dwi jest ddim isio'i ddal o, ocê?'

Ysgydwodd Mam ei phen, ddim yn fy nallt o gwbwl. Gwgodd Carina arna i (oedd, roedd honno acw, yn ffysian ac yn croesawu Mam ac yn rhoid yr argraff mai ei thŷ hi oedd o a bod Mam wedi dŵad i aros efo hi am chydig ddyddia), a syllais yn ôl arni nes iddi orfod sbio i ffwrdd.

Treuliais lot o amser yn fy stafall y dyddia hynny. Y peth cynta wnes i ar ôl i Mam fynd i mewn oedd anghofio'r ffaith 'mod i i fod yn yr ysgol a pheintio'r stafall yn ddu – y nenfwd, y drws a'r walia – a hongian cyrtans coch tywyll, trwchus, *faux suede* (rhai felfad oedd arna i eu hisio, ond do'n i ddim yn gallu eu fforddio nhw) yn lle'r rhai cotwm, tena oedd yno'n barod: byddai'r gola oren o'r stryd yn dŵad i mewn trwy'r rheiny, ond rŵan roedd fy stafall yn hollol dywyll pan o'n i'n diffodd y gola bob nos.

Cŵl.

Cysgais yn stafall Mam tra oedd y paent yn sychu, a manteisio ar y cyfla i chwilio drw'i droria hi am unrhyw gliw a fasa'n deud wrtha i pwy oedd tad y babi. Ffeindis i ddim byd o gwbwl, 'mond hen ddillad oedd gin i pan o'n i'n blentyn, dillad nad o'n i wedi hyd yn oed meddwl amdanyn nhw tan i mi eu gweld nhw yno yng ngwaelod y drôr ac yng nghefn y wardrob.

Pam oedd hi'n dal i gadw'r rhein?

Am ryw reswm, wrth i mi sbio arnyn nhw a thwtshiad ynddyn nhw a gwthio 'nhrwyn i mewn iddyn nhw, llanwodd fy llygid efo dagra a tasa Mam yno ar y pryd, yna mi faswn i wedi rhoid hymdingar o hyg iddi hi – heb fod yn siŵr iawn pam. Ond wedyn, tasa hi yno, yna 'swn i ddim wedi mynd ar gyfyl ei phetha hi yn y lle cynta, yn na faswn?

'Eith hi'n bananas,' meddai Leon, pan welodd o fy stafall i. 'Efo chdi, ac efo fi. *Thanks a bunch*, Lisa Marie.'

'Pam eith hi'n bananas efo chdi?' gofynnais.

'Dwi i fod i gadw golwg arna chdi, yn dydw. Chdi a Liam.'

'*Chdi?*'

'Ia,' meddai Leon. 'Fi.'

'Mr Cyfrifol... mi fasan ni mewn trwbwl tasan ni'n goro dibynnu arna chdi i edrach ar 'yn hola ni. Dwi'm angan neb i gadw golwg arna i, Leon. Neb.'

Sbiodd o'i gwmpas ar fy stafall i, yna arna i'n ista yno ar ymyl y gwely efo 'nghefn yn hollol syth a 'nwylo wedi'u plethu ar 'y nglin, colur gwyn a minlliw du a dillad duon, Apocalyptica ymlaen gin i yn y cefndir efo grŵp o bedwar yn chwara un o ganeuon Metallica ffwl sbîd.

Ac ysgydwodd Liam ei ben.

'Dw't ti ddim 'di bod yn edrach amdani eto,' meddai.

Steddais yno'n llonydd yn disgwl iddo fynd o 'no.

'Ma Liam a finna am fynd heno 'ma.'

'O?'

'Titha'n dŵad hefyd?'

'Nac 'dw.'

'Lisa...'

'Fedra i ddim heno 'ma. Nos fory, ella. Gawn ni weld, nos fory – os fyddi di'n mynd.' Leon oedd yr unig un ohonan ni oedd yn gallu dreifio. Doedd gynno fo ddim car ei hun, ond llwyddai i ga'l benthyg un gwahanol gan rywun ne'i gilydd bob tro.

Nodiodd. 'Ocê. Ond gwisga'n gallach, 'nei di? A dim o'r mêc-yp 'na chwaith. I'r hosbitol 'dan ni'n mynd, cofia – 'dan ni ddim isio i neb feddwl fod y blydi Grim Reaper wedi dŵad yno i'w nôl nhw.'

Doedd gin i ddim byd ymlaen y noson honno, wrth gwrs, ond ro'n *i* isio dewis pryd o'n i am fynd i'r sbyty. Nid fod arna i isio mynd ar gyfyl y lle o gwbwl; yn wir, do'n i ddim wedi bwriadu mynd yno, ond roedd gweld fy nillad i'n blentyn yng ngwaelod drôr Mam y diwrnod hwnnw wedi gneud rhwbath rhyfadd i mi.

'Be 'di hyn am dy lofft di?' oedd cwestiwn cynta Mam y noson wedyn.

'Dwi 'di deud ers blynyddoedd 'mod isio'i pheintio hi'n ddu,' atebais.

'A dwi inna wedi deud "na" bob tro,' meddai Mam. 'Yn dydw?'

Roedd hi'n hannar gorwadd, hannar ista yn ei gwely, a'r babi mewn cot wrth ei hochor. Roedd gwely Mam rhyngtha i a'r cot: doedd arna i ddim isio bod yn rhy agos ato fo, ond eto roedd fy llygid fel tasan nhw'n ca'l eu tynnu ato fo gin rhyw fagned.

Dwi wedi dysgu oddi wrth Nathan, os ydw i'n ista'n hollol lonydd efo 'nghefn yn syth fel procar, fy nwylo ar fy nglin a f'wynab yn dangos dim, yna ma pwy bynnag sy'n siarad efo fi yn dechra teimlo'n anghyfforddus ac yn sbio i ffwrdd. Ista felly ro'n i rŵan, ar y gada'r wrth ochor gwely Mam. Ro'n i wedi hannar ufuddhau i Leon, ac yn gwisgo legins duon yn hytrach na ffrog laes, ac efo dim ond mymryn o fasgara ac un styd yn 'y nhrwyn.

Edrychodd Mam i ffwrdd.

"Sgin i mo'r nerth i ffraeo efo chdi rŵan, Lisa,' meddai. 'Ond mi gawn ni air am hyn ar ôl i mi ddŵad adra.' Steddais yno'n deud dim, fy llygid ar ei hwynab hi fel taswn i'n gwatshiad ffilm, a throdd Mam at Leon a Liam.

'Be dach chi'n feddwl o Carwyn?'

Sbiodd y ddau lo ar ei gilydd.

'Y... dwi'm yn ei nabod o,' meddai Leon.

Caeodd Mam ei llgada am eiliad.

'Fel *enw*,' meddai.

'O! Reit...' Cododd Leon ei sgwydda. 'Ma'n ocê... dydi o'm dipyn bach yn hen ffash?'

'Liam?' meddai Mam.

'Yndw, dwi'n 'i leicio fo,' atebodd Liam, oedd wedi sefyll uwchben y cot yn gwenu fel giât ers i ni gyrradd. A deud y gwir, tasa Mam wedi cynnig Osama Bin Laden fel enw, basa Liam wedi deud ei fod o'n ei leicio fo, roedd o wedi mopio cymaint.

'Pam Carwyn?' gofynnais, yn trio meddwl ffwl sbîd oedd yna Garwyn yn byw'n lleol, ne' oedd yna unrhyw sôn wedi bod am un o'r clwb rygbi.

Gwenodd Mam wên fechan, yn amlwg wedi dallt be oedd yn gwibio drw fy meddwl.

'Pam lai? Ma'n hen bryd i un ohonoch chi ga'l enw Cymraeg.'

Fel tasa fo'n ymateb i'w enw'n barod, dechreuodd y babi

gadw sŵn. Allan â fo o'r cot, Liam yn ei godi'n ofalus efo'i law o dan ei ben, fel tasa fo wedi gneud hynny ganwaith. Roedd hyd yn oed Leon yn gwenu. Edrychodd Liam arna i am eiliad fel tasa fo am ofyn oedd arna i isio'i ddal o ne' rwbath, ond roedd f'wynab, dwi'n meddwl, yn deud y cwbwl, a rhoddodd y babi ym mreichia Mam.

Edrychodd y ddau hogyn i ffwrdd wrth i Mam dynnu'i thitsan dde allan a dechra bwydo Carwyn, eu llgada nhw'n neidio i bob man ond y gwely.

Gwenodd Mam. 'Pam nad ewch chi'ch dau am banad? A dowch ag un yn ôl i Lisa Marie, i weld ddaw hynny â gwên i'w hwynab hi.'

'Coffi du, Liam,' meddwn a'm llygid ar y sugnwr bach prysur, pinc oedd yn sownd yn Mam, a brysiodd y ddau hogyn allan o'r ward yn ddiolchgar.

'Lisa, ti'n ocê?' gofynnodd Mam.

Y fi oedd i fod i ofyn hynny iddi hi, yndê? Nid y fi oedd mewn gwely yn y sbyty. Sylweddolais nad o'n i wedi gofyn sut oedd hi, hyd yn oed, 'mond ista ar y gadar efo 'nwylo wedi'u plethu ar fy nglin ac yn edrach, ma'n siŵr gin i, fel taswn i ar binna isio mynd o'no.

'W't ti'n hapus rŵan, ar ôl gneud y stafall 'na fel roeddat ti isio?'

Atebais hi efo fy llygid ar Carwyn yn sugno ffwl sbîd. Fel fampir, meddyliais, yn barod yn sugno'r nerth allan o gorff ac enaid Mam.

'Mi faswn i'n gallu gneud efo cyrtans felfat iawn, ond ma be s'gin i'n iawn am rŵan.'

Ochneidiodd. 'Pryd w't ti'n mynd i dyfu allan o'r lol 'ma, Lisa Marie?'

'Lol?'

'Ti'n gwbod be dwi'n feddwl. Y... petha 'ma rw't ti a Nathan Edwards yn eu leicio.'

'Goth.'

'Ma pobol yn chwerthin ar 'ych penna chi, ti'n gwbod hynny? Y ddau o'noch chi... yn mynd o gwmpas y lle fel Mr a Mrs Draciwla. Pam na fedri di fod fel genod erill?'

'Achos dwi'm *isio* bod fel genod erill, yn nag oes? Ma nhw'n bôring. Nid fy mai i ydi o does gynnyn nhw ddim diddordab yn y petha dwi'n leicio. A dydi o ddim yn rhwbath dach chi'n tyfu allan ohono fo. Dwi'n digwydd bod yn leicio'r miwsig, yn fawr iawn. Sbïwch arnoch chi...'

'Fi?'

'Dach chi'n dal i wrando ar y stwff roeddach chi'n gwrando arno fo pan oeddach chi'n dînejyr, yn dydach? AC/DC, Black Sabbath...'

'Yndw, decini.' Tynnodd Mam ei theth o geg Carwyn a sodro hwnnw ar y fron arall. 'Ond...'

'Be?'

'O, dwn i'm, Duw. Jest... tria beidio bod mor surbwch drw'r amsar, 'nei di? Yn enwedig efo Carina druan.'

Agorais fy ngheg i ddeud be yn union ro'n i'n ei feddwl o 'Carina druan', ond ches i mo'r cyfla. Da'th rhyw gomoshiwn o gyfeiriad y drysa a baglodd Liam i mewn i'r ward efo'i wynab yn wyn fel blawd a'r newyddion fod Leon wedi ca'l ei arestio.

Pennod 7

Lisa Marie

Un tro, roedd dau Goth yn byw yn y dre hon.

Dau oedd yn wahanol i bawb arall, ond doedd dim ots am hynny. Roedd y ddau'n debyg i'w gilydd, ac roedd hynny'n ddigon da.

Y fi oedd un, a Nathan oedd y llall.

Ddaethon ni ddim i nabod ein gilydd yn iawn nes roedden ni'n dair ar ddeg oed ac wedi hen setlo yn yr ysgol uwchradd: aethon ni ddim i'r un ysgol gynradd gan fod Nathan yn byw'r tu allan i'r dre, yn Llandreflys.

Ma'n anodd gen i gredu hyn rŵan, ond roedd yna adag pan na sylwais i ryw lawar arno fo yn yr ysgol. Falla oherwydd doedd neb wedi tynnu fy sylw ato fo. Roedd yna gryn dipyn o 'Ti 'di gweld hwn-a-hwn? Mae o'n lysh/cŵl/hync...' a.y.y.b. yn digwydd, ond chlywais i rioed mo enw Nathan yn ca'l ei ddeud, er ei fod o jest i ddwy flynadd yn hŷn na fi ac felly'n darged posib i'r genod erill yn fy mlwyddyn.

Mi ddois i ddallt wedyn fod dau reswm dros hyn. Un ohonyn nhw oedd y ffaith nad oedd Nathan na fi'n leicio bod mewn criw. Wrth i mi dyfu'n hŷn, ro'n i'n ca'l llai a llai o fwynhad o fynd o gwmpas y lle mewn gang. Creadur tebyg oedd Nathan, a chan fod gangiau o genod yn denu gangia o hogia ar eu hola, dydi o ddim yn syndod na welson ni lawar ar ein gilydd y tu allan i oriau'r ysgol.

Rheswm arall oedd y ffaith fod Nathan yn absennol o'r ysgol yn reit amal, weithia am gyfnoda go hir, ond gan ei fod o'n hŷn na fi, sylwais i ddim ar hyn nes i mi ddechra dŵad i'w nabod o, i'w leicio fo, ac i chwilio amdano fo.

Digwyddodd y cyfarfod cynta yn siop recordiau Doug, y siop fach honno oedd yn arfar bod wrth yr harbwr cyn i'r siopau mawr ddŵad yma fel dau T. Rex anfarth o *Jurassic Park* a'i sathru hi – a Doug – i ebargofiant. Ro'n i wedi mynd yno i glywed CD newydd Apocalyptica (a'i phrynu, os oedd hi'n dda): roedd Doug yn un da am adael i mi wrando ar ambell drac drw'r clustffona pan fydda 'na rwbath newydd allan gan un o'r bandia Goth.

'Ydi, ma hi yma,' meddai am y CD, 'ond ma rhywun yn gwrando arni hi'n barod.'

Nodiodd i gyfeiriad cefn y siop, lle roedd y clustffona, a dyna lle roedd yr hogyn yma ro'n i'n ei led nabod o'r ysgol. Roedd o'n dal ac yn dena ac wedi'i wisgo – fel fi – mewn dillad duon. Sylwais hefyd fod ei wallt o'n ddu, ddu – yn annaturiol felly.

Gwenais.

Edrychodd Nathan i fyny.

A gwenodd 'nôl arna i.

Dyna sut y dechreuon ni, Nathan a fi.

Ond ro'n i'n ddall, mor uffernol o ddall a dwl.

Mi ffeindion ni'n dau fod byd y Goths wedi apelio aton ni cyn ein bod ni'n ddigon hen i wbod be *oedd* Goth – dechra efo straeon am fampirod a hen ffilmia Hammer ar y teledu, lle roedd y fampirod i gyd yn perthyn i deuluoedd y crach efo'u dillad duon – clogau hirion y genod a'r hogia efo'r leinin coch a hwd du.

A'r gerddoriaeth, wrth gwrs. Siouxsie and the Banshees, Sisters of Mercy, Birthday Party. Ro'n i'n ymgolli yn y rhain bob tro roedd Mam a Dad yn ffraeo, yn fwy felly ar ôl i Dad fynd i ffwrdd efo Linda. Llyfra Bram Stoker ac Anne Rice, cerddi Edgar Allen Poe. Soniodd Nathan wrtha i am Lord Byron a Shelley, ac fel roedd criw ohonyn nhw wedi treulio gwylia yn y Villa Diodati ar lanna Llyn Genefa. Yno, meddai Nathan, y sgwennodd Mary Shelley *Frankenstein*, ac yno hefyd y sgwennwyd y stori fampir gynta, *The Vampyre*, gan John Polidori – efo'r fampir wedi'i seilio ar Lord Byron ei hun, a oedd, eto yn ôl Nathan, yn 'mad, bad and dangerous to know'.

'Cŵl, yndê, Lis?' Rhowliodd y geiriau'r tu mewn i'w geg, fel tasan nhw'n ddarna blasus o siocled – 'Mad, bad and dangerous to know'.

Un diwrnod, medden ni wrth ein gilydd droeon, roeddan ni am fynd i fyny i Whitby efo'n gilydd. Roedd Nathan wedi bod yno flwyddyn ynghynt, efo'i rieni. Yno, meddai, y cafodd darna o *Dracula* ei sgwennu, ac mae'r lleoliada a ddefnyddiodd Bram Stoker yn ei nofel yno o hyd – yr abaty, yr harbwr, y fynwent a'r fainc lle'r eisteddai Lucy Westenra heb sylweddoli fod yna ffigwr tywyll, sinistr yn plygu tuag ati o'r tu ôl iddi. Bob blwyddyn, mae gŵyl Goth yn ca'l ei chynnal yn Whitby – 'Meddylia, Lis! Llond y dre o bobol 'run fatha ni, a neb yn poeri arnon ni na'n haslo ni am fod yn wahanol i bob *moron* arall!'

Ond aethon ni ddim i Whitby, Nathan a fi. Cefais grys-T llaes ganddo, hwnnw fydda i'n ei ddefnyddio fel coban a mỳg coffi efo llun o Draciwla a'r abaty arno; roedd o wedi prynu tri ohonyn nhw pan aeth o yno efo'i dad a'i fam, meddai: 'Un i fi, un sbâr rhag ofn i f'un i falu, a'r trydydd... wel...'

'Be...?' gofynnais.

Sbiodd i ffwrdd, chydig yn swil.

'Y trydydd jest rhag ofn y baswn i, un diwrnod, yn...'

'Yn be, Nath?'

'Yn cyfarfod rhywun fatha chdi,' meddai. 'Rhywun... sbeshial, Lis.'

Dyna pryd y cusanon ni gynta. Roeddan ni'n fwy na ffrindia rŵan. O hynny ymlaen, roeddan ni'n ffrindia *ac* yn gariadon.

Dau Goth efo'i gilydd.

Yr unig ddau yn y dre.

Doedd hi ddim yn hawdd, bod yn Goths. Un peth oedd ca'l pobol yn sbio arnon ni'n od, a chwerthin am ein penna ni, a galw enwa ar ein hola ni.

Peth arall oedd ca'l pobol yn poeri arnon ni, ac yn ymosod arnon ni. Neu, yn hytrach, ar Nathan; mi ges i lonydd go lew, ar y cyfan, am 'mod i'n chwaer i Leon. Mi ges i fy haslo gan griw o genod o'r stad yma, fwy nag unwaith, ond wnaethon nhw ddim ymosod arna i. Cafodd Nathan ei guro gan gang o iobs meddw wrth witshiad am y bŷs adra i Landreflys un noson.

Pur anamal yr âi allan yn Goth o'i gorun i'w sawdl ar ôl hynny. Gwrthododd adal i mi ofyn i Leon 'ga'l gair' efo'r criw oedd wedi'i guro.

'Jest gad o, Lis, ocê?'

'Be, rw't ti jest am adal iddyn nhw ga'l get-awê efo fo, w't ti?'

'Yndw.'

'Pam?'

'Dydi o ddim werth o, Lis. Dydyn *nhw* ddim werth o.'

Yn sgil hynny, dechreuais i neud ati i wisgo'n Gothig, nes

ro'n *i* hyd yn oed yn dechra meddwl 'mod i wedi mynd dros ben llestri, braidd, efo'r colur a'r dillad.

Ond nid felly Nathan.

'W't ti'n Goth, 'ta be?' meddwn wrtho un noson.

Edrychodd arna i'n glwyfus.

'Ti'n gwbod 'mod i.'

'Be sy 'ta, Nath – y?'

Meddyliodd am ychydig.

'Mam a Dad,' meddai. 'Ma nhw'n poeni pan fydda i'n mynd allan yn y *full Goth*, o gwmpas y dre 'ma.'

'Rhag ofn i chdi ga'l stid arall?'

'Ia.'

Ond roedd rhwbath ynglŷn â'r ffordd roedd o wedi atab a wnath i mi feddwl bod mwy i'r peth na hynny.

Ac ro'n i'n iawn.

Ond blydi hel, ro'n i mor ddall! Mor ddall ac mor ddwl!

Ro'n i'n meddwl fod rhieni Nathan – Gwyn ac Elsbeth – yn eitha cŵl, o ystyried eu bod nhw'u dau yn reit hen – yn eu pedwardega cynnar, o leia.

'Dy dad a dy fam...' dwedais wrtho un noson.

'Be amdanyn nhw?'

'Doeddan nhw ddim yn arfar bod yn hipis, yn nag oeddan?'

Chwarddodd Nathan.

'Paid â deud hynna wrthyn nhw, wir Dduw! Faint w't ti'n meddwl ydi'u hoed nhw?'

''Sgin i'm syniad.' Roedd hynny'n atab saff: ma'n gas gin i pan fydd rhywun yn gofyn i mi gesio be ydi'u hoed nhw, achos mi fydda i un ai'n chwara'n rhy saff a deud rhyw oed sy'n wirion o ifanc, neu yn eu pechu drw'u cyhuddo nhw o fod yn hŷn nag ydyn nhw mewn gwirionedd.

'Ma Mam yn bedwar deg dau a Dad flwyddyn yn hŷn na hi. Oes aur yr hipis oedd rhwng canol a diwadd y chwedega – chwe deg chwech i chwe deg naw, Lis. Gwna dy syms rŵan, 'na hogan dda…'

Meddyliais.

'Hmmm… ia, ocê. Sorri. Yn chwe deg chwech y cafodd dy dad ei *eni*, yndê?'

'Pam w't ti'n gofyn?'

'Jest… wel, ma nhw'n cŵl. Ac yn leicio lot o'r hen stwff, fatha sgin Doug ymlaen yn ei siop drw'r amsar. A ma nhw'n leicio miwsig Goth hefyd.'

Nodiodd Nathan. 'Ne' o leia ma nhw'n *deud* eu bod nhw'n ei leicio fo.'

Daeth rhyw dywyllwch anghyfforddus i'w lygid o wrth iddo fo ddeud hyn – tywyllwch oedd yn anghyfforddus *i mi*, dwi'n ei feddwl. Ro'n i wedi dechra sylwi ar hyn yn digwydd yn fwy a mwy amal.

'Pam fasan nhw'n neud hynny? Er mwyn trio bod yn cŵl, ia?' gofynnais.

Arhosodd yn ddistaw am rai eiliada, yn amlwg yn meddwl am rwbath.

'Ia, 'na chdi…' Yna gwenodd yn sydyn. 'Ond, dwi'n meddwl y basan nhw wedi *leicio* bod yn hipis, yndê,' meddai.

Tad Nathan oedd wedi sbarduno'r sgwrs yma, dwi'n cofio, drw ddeud wrthan ni mai'r gân Goth gynta rioed oedd 'Lady D'Arbanville' gin ryw foi o'r enw Cat Stevens.

'Yndê, Nathan?' meddai.

Rhowliodd Nathan ei lygid. 'Ia, Dad, os dach chi'n deud.'

'Wel, ma'r gân gin ti ar dy iPod, felly ma'n rhaid dy fod yn cytuno efo fi.'

Mynnodd Gwyn chwara'r gân i mi, ac ma'n rhaid i mi gyfadda, ro'n i'n ei leicio hi'n fawr. Roedd yn swnio i mi fel tasa'r canwr wedi syrthio mewn cariad efo fampir:

My Lady d'Arbanville, you look so cold tonight.
Your lips feel like winter,
Your skin has turned to white, your skin has turned to white.

Ac yna, gyda chôr a swniai'n iasol o debyg i gôr merched fampirod:

I loved you, my lady, though in your grave you lie,
I'll always be with you,
This rose will never die, this rose will never die.

Daeth y gân i ben.

'Cŵl!' oedd f'ymatab, ond erbyn hynny roedd tad Nathan ar ei ffordd allan o'r stafall, a dim ond wedyn y sylweddolais nad dychmygu petha o'n i, a bod ei lygid o'n sgleinio wrth iddo fo frysio allan.

Wedyn, dychmygais Nathan a'i rieni yn ca'l sgwrs debyg i hon.

'Dylat ti adael i ni ddeud wrthi hi, Nathan.'
'Na!'
'Dw't ti ddim yn meddwl fod ganddi hawl i ga'l gwbod? Wedi'r cwbwl, dach chi'n ffrindia rŵan ers... faint? Dros flwyddyn, ymhell.'
'A mi fasat ti'n teimlo'n ofnadwy tasa hi'n digwydd clywad oddi wrth rywun arall.'

'Dw't ti ddim yn bod yn deg iawn efo hi... '

'Ocê!'

'Be?'

'Jest... mi ddeuda i wrth Lisa, ocê? Pidiwch chi â deud dim byd, mi wna i.'

'Pryd?'

'Dwi'm yn gwbod eto, yn nac 'dw? Pan... pan fydda i'n gallu. Ond mi wna i ddeud wrthi. Dach chi'n iawn, ma'n rhaid iddi ga'l gwbod. Dydi o ond yn deg... Ac ella'i bod hi'n ama rhwbath yn barod. Dydi Lisa ddim yn ddwl...'

Ond nag o'n, do'n i ddim yn ama unrhyw beth, ac o'n, felly, ro'n i *yn* ddwl. Ma'n rhaid 'mod i.

Digwyddodd wrth yr harbwr, yn o fuan ar ôl y noson honno yn y clwb camera. Noson glir yn niwadd mis Hydref – nos Sul reit ar ddiwadd gwylia'r hannar tymor, efo'r dre'n weddol ddistaw'r tu ôl i ni a'r llanw i mewn yn yr harbwr o'n blaena a'r cychod yn pori'n dawal ar wynab y dŵr. Roedd braich Nathan am f'ysgwydda a gallwn deimlo'i gorff o'n dynn, dynn yn f'erbyn. Roedd y lleuad yn llawn, a dwi'n cofio fel ro'n i'n meddwl i ddechra fod hynny'n neis, y ffordd roedd ei gola hi'n edrach fel tasa fo'n dawnsio ar y dŵr, ond yna dechreuodd Nathan ei grafu'i hun eto fyth, gan wingo ar y fainc.

'Rho'r gora iddi, 'nei di?' Duw a'm helpo, ond ro'n i'n flin efo fo am ddifetha'r holl 'neisrwydd' ro'n i'n ei fwynhau. ''Sgin ti chwain, ne' rwbath?'

Ddywedodd Nathan ddim, a chodais fy mhen efo'r bwriad o gega arno fo ymhellach. Roedd ei wynab o'n wlyb a'i lygid o'n sgleinio fel roedd llygid ei dad o wedi sgleinio ar ôl gwrando ar 'Lady d'Arbanville'.

'Nath...?'

'Dwi...' Anadlodd yn ddwfn fel tasa fo'n sefyll ar flaen deifing bôrd ac ar fin neidio i mewn i bwll dwfn, a cheisio gwenu. 'Nag oes, 'sgin i ddim chwain.'

'Be sy, 'ta?'

Ysgydwodd ei ben a throi i ffwrdd.

'*Nathan*...'

Siaradodd heb fod yn edrach arna i, ac er 'mod i'n gorfod gneud ymdrach i glywad ei eiria fo, mi glywis i bob un ohonyn nhw, damia nhw, bob un wan jac yn glir fel cloch.

'Dwi 'di bod yn sâl, Lis, ocê? Ond dwi'n well rŵan...'

'Yn sâl? Be ti'n feddwl?'

'*Off and on* ers blynyddoedd, ers pan o'n i'n naw oed. Ro'n i'n ocê pan o'n i'n fach. Wedyn... wel... 'sti...'

Dechreuais i deimlo'n sâl pan wnes i sylweddoli nad sôn am ryw annwyd ne'r frech goch ne' rwbath felly roedd o.

Sâl roedd o'n ei feddwl – sâl go iawn.

'Nath...?' a gallwn glywad y braw yn llenwi fy llais. Troais nes 'mod i'n ista wysg f'ochor ar y fainc, er mwyn gallu sbio arno fo'n well, ond roedd hynny'n waeth achos wedyn ro'n i'n gallu'i weld o'n crio.

'Nath, plis deud wrtha i be ti'n *feddwl*!'

Ro'n i'n gweiddi, fwy ne' lai. Dwedodd lond ceg o eiria oedd yn swnio i ddechra fel gobyldi-gŵc llwyr ond dyna oedd enw be bynnag oedd yn bod efo fo.

'A be ddiawl ma hynna'n ei feddwl?'

'Lisa, plis – dwi'n trio deud wrtha chdi.'

Codais oddi ar y fainc.

'Lis!'

Dyna be dda'th â'r dagra i fy llygid, y ffordd y gwaeddodd o 'Lis!' fel 'na, yn union fel taswn i'n mynd i'w adal o mewn lle diarth a thywyll ar ei ben ei hun bach.

Sgrialais am ffag a'i thanio. Roedd fy nwylo i'n crynu, yn crynu fel dwy ddeilan. Yna troais yn ôl ato i'w wynebu, gan bwffian fel cythral ar fy sigarét.

'Be,' meddwn mewn llais oedd mor fflat, nes ei fod o bron yn oeraidd.

'Rhwbath yn bod ar yr iau ydi o, Lis. Dyna pam dwi wedi colli cymint o'r ysgol ers... pan o'n i'n naw. Ma'r flwyddyn ddwytha 'ma 'di bod yn well, a... wel, ma nhw'n gobithio ca'l hyd i un arall i mi unrhyw ddwrnod rŵan. Felly, pan ddigwyddith hynny, mi fydda i'n goro mynd i mewn, i ga'l y transblant. Ocê? Dyna pam dwi'n deud wrthat ti rŵan... mi allith o ddigwydd unrhyw ddwrnod, a... wel, do'n i'm isio i chdi banicio.'

'Panicio.'

Chwarddais yn ddihiwmor. Ond Duw a ŵyr pam, chwaith.

'Be – ma nhw am roid iau newydd y tu mewn i chdi?'

Hanner gwenodd Nathan.

'Wel, ddim un *newydd*, yndê. Un ail-law. Cyn gyntad ag y cawn nhw hyd i'r *donor* iawn.'

'Pwy, felly?'

Blydi hel, Lisa, dwi'n cofio meddwl, rw't ti'n llawn o gwestiyna dwl! Cododd Nathan ei sgwydda.

'Pwy a ŵyr, yndê? Pwy bynnag fydd...'

'Hang on, hang on.' Tynnais ar fy sigarét, yn meddwl ffwl sbîd. 'Be amdana i?'

'Sorri, chdi... ?'

'Fedra i ddim bod yn ddonor i chdi?'

Brathodd Nathan ei wefus a throi i ffwrdd. Ond nid trio peidio chwerthin roedd o. Mi welis i'r dagra'n sgleinio yn ei lygid o eto.

'Na fedri,' meddai, braidd yn gryg. Cliriodd ei wddw. 'Na fedri, Lis. Diolch, eniwê, yndê, ond... Dydi o ddim fatha cidnis, 'sti. Ma gin ti ddwy o'r rheiny. 'Mond un iau s'gin bawb.'

'Heb dy iau, felly, fedri di ddim byw?'

Ysgydwodd ei ben.

'Felly, ma'r iau newydd 'ma... sorri, ail-law ond newydd i chdi – ma hwnnw'n mynd i ddŵad allan o rywun sy... sy 'di marw?'

'Yndi. Rhywun sy 'di marw mewn damwain, gan amla, ddim rhywun sy'n hen uffernol.' Gwenodd, ond roedd ei geg o'n dal yn gam. 'Cŵl, yndê? Cerddad o gwmpas y lle efo pishyn o rywun sy 'di marw y tu mewn i mi...'

'Blydi hel, Nathan!'

Troais oddi wrtho eto a cherddad y tro hwn reit at ochor yr harbwr. Taflais stwmp fy sigarét i mewn i'r dŵr. Ro'n i'n casáu pob dim oedd o flaen fy llygid rŵan – y cychod ciwt, y môr llonydd, yr awyr glir, y sêr a'r lleuad. Yn enwedig y lleuad, y *blydi* lleuad. Oni bai am honno, ella na faswn i wedi gweld y dagra cynta hynny ar wynab Nathan, a ddim wedi bod mor ddiniwad â gofyn iddo fo be oedd yn bod.

A rŵan, roedd gin i gwestiwn arall. Y cwestiwn ola yn y byd i gyd yn grwn roedd arna i isio'i ofyn.

Ond doedd gin i ddim dewis, roedd yn *rhaid* i mi'i ofyn o.

Troais a rhythu ar Nathan.

'Gwranda,' meddwn. 'Yr iau arall 'ma... be ddigwyddith os na ddown nhw o hyd i un? Os na neith rywun arall farw?'

Edrychodd Nathan i ffwrdd.

'Neith hynny ddim digwydd, Lis.'

'Sud ti'n gwbod?'

Cododd oddi ar y fainc.

'Dwi jest *yn*, ocê? Neith hynny ddim digwydd. Ma nhw'n bownd o ffeindio un. Ac wedyn, mi fydda i'n tshampion. Gei di weld.'

Primary sclerosing cholangitis.

Treuliais oria ar y We nes dŵad o hyd i enw oedd yn swnio fel y gobyldi-gŵc a glywais gan Nathan wrth yr harbwr.

Ac yna'n difaru'n syth 'mod i wedi gneud y ffasiwn beth. Es i i fy ngwely'r noson honno'n beichio crio. O'r holl leisia oedd yn gweiddi ffeithia erchyll y tu mewn i 'mhen, roedd un llais yn uwch na nhw i gyd.

A'r unig beth oedd gan hwnnw i'w ddeud oedd, 'Ma Nathan yn sâl'.

Welais i mohono fo wedyn am dros wsnos. Es i ddim ar gyfyl yr ysgol, gan gymryd arna 'mod *i'n* sâl. Ffoniodd Nathan fi droeon, a tecstio'n ddiddiwadd.

'Dwi jest ddim isio siarad, Nath, ocê?' dwedais wrtho. 'Ddim rŵan.'

Ond ro'n i jest â drysu. Roedd geiria hollol ddiarth bellach wedi dŵad yn rhan o 'mywyd. *Platelet count. Gamma GT enzymes. Encephalopathy.* Geiria y baswn i wedi ca'l uffarn o job i'w dysgu ar gyfar prawf ne' arholiad bywydeg, ond dyna lle ro'n i, yn eu cofio nhw i gyd ar ôl eu gweld nhw ddim ond unwaith.

Ac ro'n i'n fy nghasáu fy hun, yn casáu'r hogan hunanol a rythai arna i o'r drych, efo'i gwallt yn llipa ac yn fudur, a'i llygid hi'n goch ac wedi chwyddo ar ôl crio a chrio.

'Mae o'n sâl,' sibrydais, 'a be w't ti'n neud? Troi dy gefn arno fo. Arno *fo*. Ar Nathan. Ar Nath...'

'*Nath*...' meddwn yn uchel, a gwrando ar fy llais yn torri

a gwylio corneli 'ngheg yn troi i lawr a'r dagra'n powlio eto fyth.

Do'n i ddim wedi deud 'run gair wrth neb adra. Cymrais arna i 'mod i'n diodde o'r ffliw, ac roeddan nhw i gyd yn coelio hynny am chydig. Ond daliais Mam yn sbio'n rhyfadd arna i fwy nag unwaith at ddiwadd yr wsnos.

Da'th i fy stafall un noson. Roedd Carina acw, ac ar ôl pum munud yng nghwmni honno, dihangais i'r llofft, wedi gwasgu 'ngwinadd i mewn i 'nghledra, neu fel arall mi faswn i wedi'u plannu nhw yn ei hwynab hi. Annhegwch yr holl beth oedd wedi 'ngwylltio i'n afresymol; pam oedd honno'n ca'l bod mor gyfoglyd o iach, a Nathan mor sâl?

Ro'n i'n ista o flaen y drych. Ynddo fo, gwelais y drws yn agor a Mam yn dŵad i mewn a'i gau ar ei hôl.

'Ocê,' meddai, 'be sy?'

Caeais fy llygid, yn y gobaith y basa hi wedi mynd erbyn i mi eu hagor nhw eto. Ond pan wnes i hynny, dyna lle roedd hi'n ista ar y gwely.

'Dwi'm yn mynd o'ma nes i chdi ddeud wrtha i be ydi'r matar efo chdi,' meddai.

Ysgydwais fy mhen.

'Dim byd. Y ffliw 'ma...'

'O, bygyr off, Lisa Marie, 'nei di? Dwi'm yn hollol thic, 'sti, er dy fod di'n amlwg yn meddwl 'mod i. Deud wrtha i'n onast rŵan. Ti'n disgwl babi?'

Rhythais arni.

'Nac 'dw!'

Syllodd arna i am chydig, cyn nodio.

'Ocê. Wel, ma hynny'n rwbath, o leia. Be sy, felly?'

Unwaith eto, ysgydwais fy mhen.

'Yr hogyn 'ma, ia?' meddai Mam, a rhythais arni go iawn

y tro hwn. Gwelodd hynny a dallt ei bod, os nad wedi taro'r hoelan ar ei phen, yna wedi dŵad yn reit agos at ei waldio. 'Ydi o wedi dy ddympio di?' gofynnodd.

Mi ddois i'n agos iawn at ddeud clwydda, gan feddwl ella y basa hynny'n haws, y baswn i o leia'n ca'l rhywfaint o lonydd wedyn taswn i'n deud, 'Yndi'.

Ond fedrwn i ddim. Fedrwn i ddim hyd yn oed nodio. Yn lle hynny, teimlais fy mhen yn ysgwyd a'r dagra'n rhuthro i'n llygid ac i lawr dros fy ngruddia.

Roedd Mam yn sbio arna i mewn braw rŵan. Cychwynnodd godi efo'r bwriad, dwi'n meddwl, o afa'l yndda i, ond gan nad oedd hi wedi gneud hynny ers pan o'n i'n fach, a minna ddim wedi gada'l iddi neud, roedd fel tasa hi wedi anghofio *sut* oedd gneud hynny ac eisteddodd yn ei hôl ar y gwely efo'i breichia'n hongian yn llac rhwng ei chlunia.

'Be sy, 'ta, pwtan, y?' meddai – a dwi'n gwbod mai *hwnnw*, y gair bach stiwpid, plentynnaidd hwnnw, y blydi 'pwtan', gair nad o'n i wedi'i glywad ers pan o'n i'n hogan fach, oedd y sbardun. Dechreuais grio go iawn, beichio crio, ac yna, heb i mi sylweddoli, roedd Mam *wedi* codi ac wedi rhuthro amdana i ac roedd f'wynab i wedi'i wthio'n erbyn ei chrys-T Black Sabbath hi. Teimlais ei breichia hi'n cau amdana i'n dynn, a dwi'n cofio meddwl, blydi hel – ma ei breichia hi'n teimlo'n dena, doeddan nhw ddim yn arfar teimlo mor dena â hyn pan o'n i'n fach.

'Ma Nath… ma Nath yn… yn sâl…' clywn fy hun yn deud, ond teimlais nad oedd Mam wedi dallt y geiria'n iawn felly mi ddeudis i nhw eto ac eto nes o'r diwadd do'n i ddim yn gallu deud 'run gair o gwbwl, 'mond crio a gada'l dagra a phoer a sneips ar wddw a gwallt a chrys-T Mam.

Mi stopiodd y crio yn y diwadd, wrth gwrs, er 'mod i wedi teimlo ar y pryd mai crio faswn i am byth.

'Sorri… ' meddwn. Stiwpid, wn i, ond erbyn hynny ro'n i'n teimlo'n hollol embaras oherwydd yr holl grio a nadu.

Nodiodd Mam a churo pocedi'i jîns, yn chwilio am ei sigaréts.

'Yndwch… '

Cymrodd un o'm rhai i. Doedd yna ddim smocio i fod yn y llofftydd – roedd hyd yn oed Leon, a hwnnw'n brysur ar ei ffordd i fod yn sgymbag proffesiynol, yn ufuddhau i'r reol hon – ond roedd Mam yn amlwg wedi penderfynu bod heddiw'n eithriad.

'Reit 'ta, Lisa Marie,' meddai ar ôl i ni'n dwy danio. 'Deud wrtha i.'

Ac mi wnes i. Bob dim roedd Nathan wedi'i ddeud wrtha i, a bob dim ro'n i wedi'i ddarllan ar y We; pob dim ro'n i'n ei wbod, a phob dim ro'n i'n ei ofni.

Ac ar ôl i mi orffan, meddai Mam: 'Dyna pam dw't ti ddim wedi bod ar ei gyfyl o ers dros wsnos? Doedd gin ti ddim ffliw nac annwyd na dim byd fel 'na?'

Nodiais. Yng nghefn fy meddwl, roedd y gobaith y basa Mam wedi deud ei bod hi'n dallt i'r dim ac yn gweld dim bai arna i; fod yr holl beth wedi bod yn uffarn o sioc i mi a dim rhyfadd 'mod i wedi teimlo fod arna i angan wsnos ne' ddwy i ddŵad dros y peth.

Ond yr hyn a ddeudodd hi oedd, 'Y blydi babi.'

Rhythais arni.

'Mam?'

'Dyna be w't ti, Lisa Marie. Yn cuddiad yma'n meddwl am dy deimlada bach di dy hun. Sud w't ti'n meddwl mae *o'n* teimlo?'

Edrychais i ffwrdd oddi wrthi, gan deimlo corneli 'ngheg yn troi i lawr unwaith eto.

'Ia, 'na chdi, didyms – aros di yma'n crio. Dim ots am Nathan...'

'Yndi, siŵr Dduw!' gwaeddais arni.

'Wel, tria ymddwyn felly 'ta, 'nei di!'

Cododd oddi ar y gwely gan ei helpu'i hun i sigarét arall o'r paced. Trodd ei chefn a'i thanio, cyn troi'n ôl ata i.

'Yli,' meddai, ac roedd ei llais wedi meirioli lot rŵan, diolch byth. 'Mae o wedi bod yn hen sioc i chdi, ma hynny'n amlwg. A ma Nathan yn sâl... *ond sâl ydi o*, Lisa. Ac os eith bob dim yn ocê, yna mi neith o fendio. Ond rw't ti'n ymddwyn fel tasa'r hogyn wedi marw'n barod.'

Do'n i ddim!

Yn nag o'n?

'Ddim dyna be ydi o,' protestiais. '*Ofn* ydi o. Ma arna i ofn na fydda i'n gallu hyd yn oed sbio arno fo – siarad efo fo dros y ffôn, hyd yn oed – heb grio.'

'Ia, yn hollol,' meddai Mam. 'A sud w't ti'n meddwl y basa hynny'n edrach i Nathan? Dy weld di'n mynd i ryw sterics mawr bob tro ti'n taro llygad arno fo?'

Roedd hi'n iawn. Ac wrth gwrs, ro'n inna'n gwbod hynny. Cydiodd yn ysgafn a throi f'wynab i fyny nes doedd gen i ddim dewis ond sbio arni hi.

'Dyna ydi'r peth diwetha sy ar Nathan ei angan, ti'm yn meddwl? Os oes gin ti rywfaint o feddwl o'r hogyn – a dwi'n meddwl *bod* gin ti – yna mi wnei di dy ora i fod yn bositif, i fod yno iddo fo. Fedri di neud hynny, Lisa Marie?'

Nodiais.

'Ches i mo'r cyfla i fod yno efo Gari,' meddai Mam. 'Ond ma gin ti'r cyfla i fod yno efo Nathan.'

Duw a ŵyr, mi wnes i 'ngora glas.

Ia, ocê – dwi'n gwbod 'mod i wedi treulio dros wsnos gartra'n troi a throsi mewn hunandosturi fel swp o ddillad g'lyb mewn peiriant golchi, ac yn crio a nadu'n fwy drosta i fy hun na dros Nathan druan. Dwi'n gwbod hynny.

Ond hyd yn oed wedyn, ro'n i wedi meddwl y basa'r noson honno a gawson ni efo'n gilydd wrth ochor yr harbwr wedi'n tynnu ni'n nes at ein gilydd. Wrth edrych yn ôl arni hi, ma'n hawdd gin i feddwl mai dim ond Nathan a fi – am ryw hannar awr ne' fwy – oedd ar ôl yn y byd i gyd, fel petai pob dim a phob man a phawb arall wedi ca'l eu sugno i mewn i ryw niwl anfarth, fel rhwbath allan o un o lyfra Stephen King ne' James Herbert.

Oeddan, roeddan ni wedi rhannu lot cyn hynny, wrth gwrs – petha fel miwsig Goth a llyfra a hyd yn oed ddillad a mêc-yp, heb sôn am y profiada a gawson ni efo'n gilydd, ni ein dau yn erbyn y byd, weithia, yr unig Goths yn y dre. Ond doedd y rheiny'n ddim o'u cymharu efo'r noson ola leuad honno ger yr harbwr, yn nag oeddan? Petha bach, pitw a dibwys oeddan nhw wrth ymyl yr hyn a rannodd Nathan efo fi'r noson honno.

Efo'r sicrwydd yma'n fy nghynnal, felly, dychwelais i'r ysgol ar y dydd Llun efo'r bwriad o ffeindio Nath a deud wrtho'r hyn ro'n i wedi'i sibrwd drosodd a throsodd yn fy meddwl drw'r dydd Sul. Rhwbath fel, 'Nath, dwi'n sorri, ocê? Dwi 'di bod yn hollol hunanol ac wedi meddwl am neb heblaw fi fy hun – ond ar y llaw arall, dwi ddim 'di gneud dim byd drw'r wsnos ond meddwl amdanat ti. Mi ges i sioc pan ddeudist ti be' ddeudist ti'r noson o'r blaen, dyna'r unig esgus s'gin i am fod mor fi-fi-fi...' ac yn y blaen.

Ond hyd yn oed yn fy meddwl, do'n i ddim yn gneud llawar iawn mwy na pharablu. Gwell, ma'n siŵr, fasa jest mynd ato fo, sibrwd 'Sorri, Nath' yn ei glust o, a rhoi hymdingar o hyg iddo fo.

Basa hynny'n ddigon. Roedd hynny wastad wedi bod yn ddigon rhwng Nath a fi.

Ond ches i mo'r cyfla i neud hyd yn oed hynny bach.

Roedd o'n absennol o'r ysgol y dydd Llun hwnnw. *Lle w't ti? Ti'n OK?* meddai fy nhecst ato, ond er i'r sgrin ddweud Message sent ches i ddim atab yn ôl. Amser cinio, dyma drio'i ffonio, dim ond i gael rhyw lais undonog a dideimlad yn deud wrtha i fod ei ffôn wedi cael ei ddiffodd.

Oedd o wedi llyncu mul efo fi?

Dyna be dwi'n ei haeddu, ma'n siŵr, dwi'n cofio meddwl, wrth i bob tecst a galwad ffôn ga'l eu hanwybyddu. Erbyn i mi gyrraedd adra ro'n i'n myllio ac yn ei regi am iddo feiddio â dewis peidio siarad efo fi.

Ond eto...

Er gwaetha fy holl felltithio, er gwaetha'r holl weithia y dwedais i wrtha i fy hun 'mod i'n haeddu hyn ar ôl y ffordd y gwnes i drin Nathan yr wsnos gynt, roedd gin i ryw hen bigyn bach oer ac annifyr yng ngwaelod fy stumog oedd yn trio deud rhwbath wrtha i.

Rhwbath tywyll.

Penderfynais, felly, fynd draw i dŷ Nathan ar ôl te. Pan gyrhaeddis i yno – hen ficerdy, yn ôl Nath, wedi'i adeiladu o frics coch Rhiwabon, ac a edrychai'n cŵl bob hydref efo'r eiddew coch ac aur a dyfai dros y walia – roedd y tŷ mewn tywyllwch. Ddaeth yna neb at y drws ar ôl i mi ganu'r gloch deirgwaith. Ond tra o'n i'n tindroi'r tu allan i'r drws, daeth car rhieni Nath i fyny'r dreif tuag ata i a gallwn weld mai dim ond dau ben oedd y tu mewn iddo fo.

Gwenais yn ddigon llipa, dwi'n siŵr, gan hannar godi fy llaw, ond os o'n i'n disgwl clywad corn y car yn canu'n siriol a lleisia croesawgar yn bloeddio f'enw'n hapus drw'r ffenestri, yna ro'n i am ga'l fy siomi. Os rhwbath, roedd y ffordd yr arhosodd y ddau'r tu mewn i'r car am gryn dipyn ar ôl i'r injan ga'l ei diffodd wedi gneud i mi eu dychmygu nhw'n ochneidio'n llawn syrffad ac yn deud rhwbath fel, 'Be ma *hon* isio yma rŵan?' o dan eu gwynt.

O'r diwadd da'th rhieni Nath allan o'r car.

'Lisa...' meddai ei fam. Ceisiodd wenu, ond roedd yn amlwg mai gwenu oedd y peth dwytha roedd hi'n teimlo fel ei neud. Roedd ei hwynab yn wyn a'i llygid hi'n goch. Golwg felly oedd ar ei gŵr hi, hefyd, ond ei fod o, os rhwbath, yn edrach yn fwy nacyrd na hi.

Er 'mod i'n gwbod mai dim ond y nhw oedd yno, ro'n i'n dal i obeithio gweld tad Nathan yn agor un o'r drysa ôl a choesa hirion Nathan yn dŵad allan fesul dipyn.

Ond 'nath o mo hynny, 'mond cerddad heibio i fonat y car tuag at y drws ffrynt, a theimlais inna fy stumog yn troi a'm coesa'n bygwth rhoi oddi tana i.

'Nathan...?' crawciais.

Ochneidiodd Elsbeth.

'Ty'd i mewn, Lisa, 'nei di?' meddai. Trodd Gwyn a gwgu arni; yna edrychodd arna i. Triais inna edrach arno fo'n ôl ond roedd yn rhaid i minna droi i ffwrdd fwy ne' lai'n syth bìn: roedd y boen yn ei lygid o'n ormod i mi.

Yna llithrodd ei sgwydda fo, a nodiodd.

'Ia, ôl-reit,' meddai. 'Ma'n eitha peth, ma'n siŵr.'

Teimlai'r tŷ yn oer, ac yn wag, rhywsut, heblaw am ryw hen ddistawrwydd trwm a gaeodd amdana i wrth i mi gamu i mewn ar eu hola nhw dros y rhiniog. Dilynais Elsbeth a Gwyn i'r gegin, ac eisteddodd y tri ohonon ni heb dynnu ein cotia. Edrychai eu hwyneba'n waeth o lawar yng ngoleuni creulon y gegin – yn hŷn o beth myrdd, a dwi'n cofio i'r syniad gwirion ruthro drw fy meddwl eu bod nhw rŵan yn edrach yn ddigon hen i fod *wedi bod* yn hipis yn ystod y 1960au.

'Diolch i ti am alw yma, Lisa,' meddai Elsbeth. 'Ond ma Nathan...'

Edrychodd ar ei gŵr a dechreuais inna ysgwyd fy mhen yn ara: doedd arna i ddim isio clywad ei dad na'i fam yn methu'n lân â deud wrtha i fod Nath wedi marw.

Ond yr hyn a ddeudodd ei dad o'r diwadd oedd, 'Dydi o ddim yn dda, Lisa. Dydi o ddim yn dda o gwbwl. Mae o wedi... wedi deud wrthat ti be ydi'r matar efo fo, yn tydi?'

Nodiais, ond doedd yr un o'r ddau'n edrych arna i. Roedd Elsbeth wedi troi'i phen ac yn syllu allan drw'r ffenest i fyny ar yr awyr oedd yn prysur droi'n ddu erbyn hynny, ac roedd Gwyn yn rhythu ar wynab y bwrdd.

Cliriais fy ngwddw cyn siarad.

'Yndi. A dwi inna 'di bod yn... yn darllan amdano fo, ar yr internet.'

Trodd Elsbeth a sbio arna i. Gwenodd efo'i llygid yn sgleinio'n wlyb.

'Rw't ti'n gwbod, felly, os na chân nhw afa'l ar iau rhywun arall...'

Nodiais. Fedrwn i ddim siarad y tro hwn, na gneud sŵn o unrhyw fath.

'Y peth ydi,' meddai. 'Y peth ydi... ma'n rhaid iddyn nhw ga'l un yn o fuan...' Tra bydda i byw, tydw i ddim isio cael y profiad o weld yr hyn a ddigwyddodd wedyn byth eto. Byrlymodd y dagra o'i llygid gan redag fel dwy afon i lawr ei hwynab. Symudodd hi 'run fodfadd am eiliada hirion, 'mond ista yno'n sbio arna i, reit arna i, dros wynab y bwrdd, efo'r dagra diddiwadd hynny'n powlio ohoni a'i llygid yn troi'n goch ac yn gochach nes bod arna i ofn ei gweld hi'n crio dagra o waed. Yn y diwadd safodd yn ddirybudd yn igian crio a rhuthro allan o'r gegin ac i fyny'r grisia.

Drwy hyn i gyd, doedd Gwyn ddim wedi symud o gwbwl – dwi'n ama'n gry a oedd o hyd yn oed wedi codi'i lygid, dim ond am eiliad, a gweld ei wraig yn crio. Eisteddai yno'n syllu ar ei ddwylo, prin yn anadlu, yn llonydd fel delw.

Sefais inna, ond bu'n rhaid i mi bwyso ar y bwrdd am chydig: teimlai 'nghoesa fel tasan nhw wedi'u gneud o glai meddal.

'Well i mi'i throi hi.'

Daliodd tad Nathan i rythu ar ei ddwylo. Roedd ei winadd o, sylwais, wedi'u cnoi at y byw, ac roedd ei wats o'n edrach yn llac ar ei arddwrn, fel tasa hi'n rhy fawr iddo fo.

Chlywodd o mohona i, dwi ddim yn meddwl.

'Plis, Gwyn... Mr Edwards... os oes 'na rwbath fedra i 'i neud, ga' i 'i neud o, plis?'

Na. Dim ymatab. Do'n i ddim yno iddo fo erbyn hynny.

Does gin i ddim co' gadael y tŷ. Caeodd y drws ffrynt ar f'ôl efo clep uchal, a dyna pryd y gwnes i sylweddoli 'mod i'r tu allan i'r tŷ ac yn crenshian i lawr y dreif tuag at y lôn gan adal y tŷ llonydd a thywyll hwnnw'r tu ôl i mi.

Welis i mo Nathan wedyn. Es i draw i'r ysbyty, ond doedd neb yn ca'l ei weld o, heblaw ei rieni, er i mi weiddi a rhegi'r nyrsys druan.

A thra o'n i adra'n myllio ac yn galw pawb yn bob enw dan haul, rhoddodd Nathan y gora i'r hen grafu a gwingo hwnnw a mynd i gysgu.

Does arna i ddim isio meddwl am y cnebrwng. Chydig iawn ohono fo dwi'n ei gofio. Da'th Mam efo fi, a Liam, ac mi ddeudon nhw wrtha i wedyn fod y capal dan ei sang; roedd llwyth o'r ysgol yno hefyd, meddan nhw, a dwi'n cofio teimlo'n flin uffernol pan glywais i hyn a meddwl, *pa hawl* oedd gin y rheiny i fod yno? Doedd ar yr un ohonyn nhw isio nabod Nath pan oedd o'n fyw, 'mond gneud hwyl am ei ben o am iddo fo feiddio bod chydig yn wahanol.

Wsnos ar ôl hynny, da'th Gwyn, tad Nathan, draw.

'Roedd o isio i chdi ga'l hwn,' meddai.

Gwthiodd iPod Nathan i'm llaw.

Welis i mohono fo'n mynd. Dwi ddim yn siŵr a ddwedais i unrhyw beth wrtho fo. Ro'n i'n rhy brysur yn rhythu ar yr iPod a'r clustffona a'r tsharjiwr a'r holl geriach, ac yn cofio'r adag pan fu'n rhaid rhoid Nel, sbanial oedd gynnon ni pan o'n i yn yr ysgol gynradd, i gysgu. Mi aethon ni i gyd i syrjeri'r fet, ond erbyn i ni gyrradd roedd Liam a fi'n torri'n calonna, ac roedd Mam, hefyd, dan ormod o deimlad i neud dim mwy na chladdu'i dagrau yng ngwddw Nel druan. Leon a'th â hi i mewn i'r syrjeri, a phan dda'th o 'nôl allan, roedd ynta'n crio hefyd. Yn ei law roedd colar a thennyn yr hen Nel fach. Gwthiodd nhw i 'nwylo i a cherddad i ffwrdd, gan fy ngada'l i yno efo'r golar a'r tennyn yn dal yn gynnas yn fy nwylo.

A dyna i chi'n union sut o'n i'n teimlo, flynyddoedd yn ddiweddarach, pan roddodd Gwyn Edwards iPod Nathan i mi.

Pennod 8

Lisa Angharad

'Jest cer i wisgo amdanat, Lisa,' meddai Mam yn flinedig.

Ro'n i wedi cael cawod ac yn sefyll wrth waelod y grisiau wedi fy lapio mewn tywel. Des i lawr i'r ystafell fyw fel hyn er mwyn gofyn unwaith eto, ac am y tro olaf, o'n i am gael lifft i lawr i'r dre; do'n i ddim am drafferthu i ymbincio a gwisgo 'nillad smart os 'na' fyddai'r ateb.

'A bod yn gwbwl onast efo chdi, dwi ddim yn meddwl y bydd dy dad mewn unrhyw hwylia i adael i chdi fynd i lawr i'r dre heno 'ma.'

'Dwi *wedi* ymddiheuro am yr hyn 'nes i yn yr eisteddfod, yn do? Dach chi ddim yn meddwl ei fod o'n gorymatab?'

'... ac yn sicr *dwi* ddim, efo'r holl farcio sy gen i i'w neud.'

A'r holl yfad dach chi'n ei wneud, ac yn bwriadu'i wneud, meddyliais yn sbeitlyd efo'n llygid ar y gwydryn o win gwyn oedd ganddi yn ymyl ei llaw dde. Eisteddai Mam wrth ei desg o flaen ffenest gefn y stafell, gyda phentwr o lyfrau ysgol o'i blaen; eisteddai a'i chefn at yr olygfa – nid bod yr olygfa heno'n un odidog: glaw mân eto fyth, a'r bryniau a'r mynyddoedd wedi'u cuddio gan niwl.

'Ro'n i i mewn nos Sadwrn dwytha,' meddwn yn bwdlyd.

Anwybyddodd Mam fi.

'Roeddach chi wedi penderfynu'n barod, yn doeddach?

'Mod i ddim am ga'l mynd allan. Cyn i mi ofyn i chi, hyd yn oed. A dach chi 'di dechra yfad, er mwyn gneud yn saff na fedrwch chi roi lifft i mi.'

Caeodd Mam y llyfr ysgol â chlep bapurol, denau (Duw a ŵyr pa farc a gafodd y creadur neu'r greadures ganddi). Mi sodrodd o ar ben y pentwr cyn gwthio'r cyfan i mewn i fag Jessops. Gwnaeth hyn i gyd efo'i gwefusau'n fain, arwydd pendant ei bod wedi cael mwy na llond bol ar y sgwrs.

''Sgynnoch chi ddim hawl i neud hyn, 'chi. 'Y nhrin i fel plentyn. Dwi'n un ar bymthag...'

Aw! Am ystrydebol! Mi faswn i wedi chwerthin yn ddilornus tawn i wedi clywed cymeriad mewn drama deledu neu ffilm yn siarad fel hyn, ond llithrodd y geiriau allan o 'ngheg cyn i mi fedru eu mygu. A hynny mewn rhyw hen lais bach cwynfanllyd a phlentynnaidd. Doedd Mam ddim yn meddwl rhyw lawer ohonyn nhw chwaith. Heb hyd yn oed edrych arna i, symudodd y bag Jessops a'i roi ar y llawr yn y gornel efo'i bag ysgol, yn barod ar gyfer bore Llun. Bodlonais ar ebychu'n uchel cyn troi a fflownsio – os ydi hi'n bosib fflownsio pan nad ydych yn gwisgo dim ond tywel gwlyb – i fyny'r grisiau.

Ro'n i wedi gweld fy hun yn mynd allan heno, yn y car, mewn dillad ro'n i wedi treulio wn i ddim faint o amser yn eu dewis yn ofalus: sgert laes, ddu, top aur efo gwddw gweddol isel sy'n dangos jest digon o glifej i fod yn ddiddorol, siaced *blazer* efo llewys wedi'u fflerio, breichled aur tshynci, cadwyn aur am fy ngwddw a chlustdlysau cylch aur efo swyndlysau bach y Saethydd yn hongian oddi arnyn nhw. Ond gan mod i rŵan yn gorfod cerdded i'r dre, o leia nes byddai bws yn dŵad heibio wedi imi gyrraedd y ffordd fawr, a chan fod y tywydd yn oer – yn ogystal â bod yn wlyb ac yn annifyr – a hen awel fach finiog yn treiddio drwy bopeth, rhoddais y rheiny yn eu holau a setlo am jîns, crys-T, blows, siwmper a sgidiau 'call' yn eu lle. Yna rhoddais CD ddiweddara The Kooks ymlaen yn uchel, ac eistedd ar droed y gwely'n sychu 'ngwallt yn bwdlyd.

Na, yn fwy na phwdlyd. Ro'n i'n gandryll, ac yn ffieiddio at y dagrau poethion o gynddaredd a fynnai lenwi fy llygid. Dan dwrw'r Kooks a'r sychwr gwallt, poerais bob rheg y medrwn feddwl amdani i gyfeiriad y patshyn moel ar y mur, lle gynt y teyrnasai fy nghartŵn buddugol mewn ffrâm fach bren.

Ro'n i *am* fynd allan, a dyna fo: ro'n i'n benderfynol o fynd, a hynny oherwydd y sgwrs ro'n i wedi'i chael efo Liam ddiwedd prynhawn Gwener. Doedd hi ddim yn sgwrs ysbrydoledig iawn, ond dyma hi:

FI: Dwi'n dŵad i'r dre nos fory.

FO: O... grêt...

FI: Fyddi di o gwmpas?

FO: Ella... dwi'm yn gwbod. Bydda, ma'n siŵr... am wn i, yndê...

FI: Sut fydda i'n gwbod?

FO: Gwbod be?

FI: Os byddi di o gwmpas ne' beidio.

FO: A... ia... .

FI: Achos dwi ddim yn mynd i gerddad o gwmpas y lle drw'r noson.

FO: Nag w't...

FI: Ti'm yn meddwl y dylwn ga'l rhif dy fobeil di, felly?

FO: O... ia, ocê...

(Ac wedi i mi'i gael...)

FI: Ella wela i di nos fory, felly.

FO: Ia... grêt...

Dach chi'n gweld be dwi'n ei feddwl? Dydan ni ddim yn sôn yma am araith fawr Olivier neu Branagh yn *Henry V*, yn nac ydan? Ac mae'n edrych yn waeth o beth myrdd wedi i mi ei sgwennu mewn du a gwyn. Dim math o faint o'r gloch na lle gwela i di – dim byd pendant o bell ffordd.

Fel maen nhw'n deud, *you had to be there*.

Ond petaech chi wedi bod yno, basech wedi gweld Liam yn gwenu'n llydan pan ddwedodd yr 'Ia, grêt,' olaf hwnnw, ei wyneb cyn goched â mefusen. A basech wedi 'ngweld i'n brwydro'n galed rhag neidio amdano a'i wasgu'n dynn, dynn pan wenodd o fel yna.

Am y tro cyntaf yn fy mywyd, felly, roedd gen i ddêt.

Wel, o ryw fath. Ond er mor llipa oedd ein trefniant – 'Ella wela i di' ar y gorau – roedd yn fwy na digon i lenwi fy stumog â gloÿnnod byw, ac roedd y rheiny wedi rhuglo'u hadenydd y tu mewn i mi'n ddi-baid ers diwedd prynhawn Gwener.

Ond wnes i erioed freuddwydio y basai fy rhieni yn *gwrthod* gadael i mi fynd allan.

'Aaarrrgh!' chwyrnais yn uchel, gan deimlo fel malu rhywbeth yn deilchion ond gan wybod yr un pryd mai dim ond fy mhethau i oedd o fewn cyrraedd ac y baswn i'n difaru wedyn – ac wrth gwrs, roedd hynny'n ychwanegu at fy rhwystredigaeth. Dwi wedi sylwi, wrth dyfu'n hŷn, fod rhywbeth fel hyn yn tueddu i ddigwydd i mi'n fwy a mwy aml; bob tro y bydda i'n cymryd yn ganiataol fod rhywbeth da a chyffrous am ddigwydd, bob tro y bydda i'n gweld fy hun – yn fy meddwl – yn cael y profiad, yna mae rhywbeth hollol annisgwyl yn sicr o ddod a'i chwalu'n yfflon rhacs.

Diffoddais y sychwr gwallt ac aros lle ro'n i, yn eistedd ar droed y gwely efo'r botel *serum* yn un llaw a'r sythwr gwallt yn y llaw arall. Roedd fy meddwl ar garlam. Amhosib fyddai sleifio allan o'r tŷ tra oedd Mam i lawr y grisiau: hen dŷ fferm wedi'i foderneiddio ydi o, ac un ystafell fawr, cynllun agored sy gynnon ni yn hytrach nag ystafell fyw, pasej a pharlwr (mae'r gegin ar wahân). Rydych yn camu oddi ar y grisiau i ganol yr ystafell hon, gyda'r drws ffrynt ychydig droedfeddi i'r chwith, y lle tân carreg yn syth o'ch blaen, a silffoedd llyfrau llawn bob ochr i'r lle tân, a'r soffa a chadeiriau wedi'u gosod rhwng y grisiau a'r grât. Mae desg Mam i'r dde, o flaen y ffenest fawr sy'n edrych allan dros gaeau a chloddiau cerrig a'r hen lôn fferm sydd yn arwain i lawr at y ffordd fawr.

Yna sylweddolais nad oedd gen i obaith o hyd yn oed sbecian allan drwy ddrws fy llofft, oherwydd clywn sŵn traed Mam yn cerdded yn ôl a blaen ar hyd y landin. Dyna pryd y des yn agos at roi'r ffidil yn y to, codi'r ffôn a galw/tecstio Liam i ddweud 'mod i, fel Rapunzel, yn gaeth yn y tŵr; dwi ddim yn amau i mi gael fflach sydyn ohona i'n gollwng fy ngwallt i lawr drwy'r ffenest er mwyn i Liam fedru'i ddefnyddio i ddringo i fyny ataf, a 'mod i wedi giglan wrth feddwl am hogyn mawr a thrwm fel fo'n gallu gwneud hynny heb dorri 'ngwddw na fy llusgo drwy'r ffenest mor sydyn â phetawn wedi cael fy sugno allan drwy ffenest awyren.

Dechreuodd cân arall gan y Kooks, ond gyda drymiau anghyfarwydd – neu felly ro'n i'n tybio nes i mi wrando go iawn a sylweddoli mai sŵn y dŵr poeth yn waldio'r peipiau oedd y 'drymiau'. Ac yn wir, ro'n i mor llawn o hunandosturi a dicter erbyn hynny, wnes i ddim sylweddoli am funud neu ddau beth oedd arwyddocâd y synau hyn: roedd Mam yn llenwi'r bath.

Gwisgais amdanaf yn sydyn a thynnu brws brysiog drwy 'ngwallt. Brathais fy mhen allan drwy ddrws fy llofft ac aros nes i mi glywed yr ochenaid ddofn o bleser wrth i Mam setlo yn y dŵr. Ymhen llai na munud – ar ôl gofalu gadael y CD ymlaen er mwyn twyllo Mam i feddwl 'mod i'n dal yn fy stafell – ro'n i'n cau'r drws ffrynt ar f'ôl ac yna'n cychwyn i lawr yr hen lôn fferm.

Brysiais.

Er bod wythnos ers iddyn nhw droi'r clociau awr ymlaen, deuai'r tywyllwch i'r mynydd yn reit sydyn a theimlais mai cael a chael wnes i adael y tŷ cyn i Dad gyrraedd adre o ble bynnag roedd o. Gwnes i'n siŵr 'mod i'n cerdded ar hyd y stribyn o laswellt a chwyn yng nghanol y lôn rhag ofn i Mam ddigwydd clywed sŵn fy nhraed ar y cerrig mân, er i bob rheswm ddweud wrtha i fod hynny'n amhosib, fod y peipiau dŵr poeth yn ochneidio'n uchel am hydoedd ar ôl i'r tapiau gael eu diffodd. Ond dyna fo – mae yna hen ddihareb, yn does, am yr euog yn ffoi pan fo neb yn eu herlid, ac ymlaciais i ddim nes 'mod i heibio'r tro hanner ffordd i lawr y lôn, a'r ffaith fod y rhan fwya o'r tŷ o'r golwg yn fy helpu'n seicolegol i deimlo 'mod i wedi llwyddo i ddianc.

Er hynny, pan symudais oddi ar y stribyn glaswellt yn y canol a gadael i 'nhraed grenshian dros wyneb y lôn, swniai 'nghamau brysiog yn annaturiol o uchel a bu bron i mi weiddi pan sgrechiodd llwynoges rywle yn y creigiau'r tu ôl i mi. Cefais y teimlad gwirion fod düwch y nos ar y mynydd yn rhuthro i lawr y llethrau ar f'ôl i ac y byddai bysedd duon, cryfion yn cydio ynof unrhyw funud gan fy llusgo bob cam yn ôl adre.

Ro'n i'n falch, felly, o gyrraedd y giât yng ngheg y lôn a dringo dros y gamfa at ochr y ffordd fawr. Edrychais yn ôl dros f'ysgwydd i fyny'r mynydd: gallwn weld llygedyn o olau lle roedd tŷ ni ond doedd dim golwg, diolch byth, o oleuadau car yn dod i lawr ar f'ôl fel cannwyll y gors.

Erbyn hyn, ro'n i'n falch hefyd o'r dillad 'call' roeddwn

wedi'u gwisgo, yn enwedig y sgidiau: buasai trio cerdded yn gyflym i lawr y lôn dyllog honno yn f'esgidiau gorau yn beth cwbwl wallgof. Roedd yr awel yr un mor fain yma ar y ffordd fawr ag roedd hi ar y llethrau a thynnais sip fy siaced reit i fyny at fy nghorn gwddw, yna dechreuodd yr awel grafu'i dannedd bach miniog ar groen fy nghlustiau, yn benderfynol o 'mhoenydio mewn rhyw ffordd neu'i gilydd.

Do'n i ddim yn difaru 'mod i wedi cychwyn er gwaetha'r oerni, er gwaetha'r pedair milltir arall oedd gen i i'w cerdded cyn cyrraedd canol y dre, er gwaetha'r ffaith nad o'n i wedi meddwl (tan rŵan, a hen bigyn bach annifyr yng ngwaelod fy stumog) sut byddwn i'n mynd adre, er gwaetha'r halabalŵ fyddai'n aros yno amdana i...

'Blydi hel, be sy mor ffantastig ynglŷn â Liam, beth bynnag?' ebychais yn uchel. Dechreuais siarad â mi fy hun; roedd yn ffordd o gadw'n gynnes ac anwybyddu'r teimlad annifyr fod goleuadau'r dre – fel Rhiannon a'i cheffyl pan oedd Pwyll yn gwneud ei orau glas i'w dal – yn edrych fel tasan nhw'n symud ymhellach ac yn bellach oddi wrtha i â phob cam ro'n i'n ei gymryd tuag atyn nhw.

'Ocê, Lisa – ty'd rŵan. Pam w't ti'n *gneud* hyn? Prin wnest ti hyd yn oed sylwi ar yr hogyn pan oedd o yn yr ysgol. Os rhwbath, roedd o'n dipyn o jôc gennyt ti a'th griw – ond tybed a deimlaist ryw hen bigyn bach annifyr o gydymdeimlad tuag ato fo bob tro y clywaist ti rywun yn ei alw fo'n 'Liam Dew'? Naddo, wnest ti ddim, yn naddo – er dy fod ymhell o fod yn Kate Moss ne' Keira blydi Knightley dy hun.

'Ta waeth – dyma lle rw't ti heno yn despret am ei gwmpeini fo. Dydi o ddim wedi newid 'run gronyn ers iddo fo ymada'l â'r ysgol – dydi o ddim wedi colli pwysa na newid steil ei wallt na'r ffordd mae o'n gwisgo. Dydi o ddim chwaith wedi magu rhyw hunanhyder newydd fasa'n dileu ei swildod o'n gyfan gwbwl, na chwaith wedi troi'n hogyn darllengar, diwylliedig a hip.'

Os o'n i'n trio 'mherswadio fy hun i droi a mynd adre yn f'ôl, yna do'n i ddim yn gneud joban dda iawn ohoni. O'n i newydd ddweud wrth ddôl a chlawdd a llechwedd pam 'mod *i* mor awyddus i weld Liam?

Yn hollol. Oherwydd *nad oedd o'n* hogyn 'hip a hyderus'. Hoffwn feddwl nad oedd gen i unrhyw amynedd efo hogia felly, hogia oedd yn llawn ohonyn nhw'u hunain, yr hogia 'cŵl' hynny roedd y rhan fwyaf o'n ffrindiau'n glafaerio drostynt.

'Na, 'sgin i ddim owns o fynadd efo hogia felly,' meddwn yn uchel, ond methodd fy llais â boddi'r llais bach arall, slei hwnnw a fynnai sibrwd yn fy nghlust: *Does ganddyn nhw ddim amynedd efo tithau chwaith – na diddordeb yn'ot ti yn y lle cyntaf.*

Does gan hyd yn oed Gwion Harri – sy'n bell o fod yn 'cŵl' – ddim diddordeb yn'ot ti.

A dyna pam fod Liam Dew yn gwneud y tro i Lisa Dew.

Ro'n i wedi clywed y llais bach milain hwn fwy nag unwaith yn ddiweddar, ac wedi llwyddo i'w foddi â cherddoriaeth uchel gartre cyn iddo fo ddechrau dweud petha cas. Fedrwn i ddim gwneud hynny'n hawdd iawn yma, ar ochr y ffordd fawr efo'r ceir yn rhuthro heibio ac ambell un yn canu'i gorn arna i, hefyd, gan amlaf â chenfaint o hogia ifainc y tu mewn iddo, y *woofers* yn fyddarol o uchel a'r gyrrwr a chap *baseball* tu ôl ymlaen ar ei ben.

A neb, wrth gwrs, yn meddwl am aros a chynnig lifft i mi.

Felly, canais. Canais ar dop fy llais, unrhyw hen gân blentynnaidd a ddôi i 'mhen – popeth o 'Gee Ceffyl Bach' a 'Tasa Gen I Ful Bach' i 'The Happy Wanderer', oherwydd roedd sibrwd y llais wedi bygwth troi'n weiddi a doedd arna i ddim mymryn o eisiau clywed yr hyn oedd ganddo i'w ddeud.

A thra oeddwn i'n ei *La-la-la-ha-ha-ha-ha*-io hi fel hogan o'i cho, clywais gar arall yn canu'i gorn reit y tu ôl i mi. Neidiais, a throi'n flin i weld y car yn arafu... a suddodd fy nghalon.

Mam.

Gwyrodd drosodd ac agor y drws. 'Ty'd i mewn, Lisa, wnei di, wir Dduw.'

'Dwi'm yn dŵad adra rŵan...'

'Wn i, wn i. Jest – ty'd i mewn. A' i â chdi i'r dre.'

Ai tric oedd hwn, tybed? Oedd hi'n bwriadu gyrru yn ei blaen, cyn troi'r car tuag adre ar ôl cyrraedd wrth giât neu geg lôn gyfleus? Ond roedd rhywbeth yn ei llais a awgrymai nad tric mohono, rhyw flinder ro'n i wedi dechrau sylwi arno fwyfwy dros yr wythnosa diwetha.

Dringais i mewn i'r car a chau'r drws. Teimlai'n fendigedig o gynnes, er nad oedd yr injan wedi cael cyfle eto i gynhesu'n llawn. Eisteddodd y ddwy ohonon ni yno am rai eiliadau'n gwrando ar sŵn '*toc-toc-toc*' undonog y cyfeirydd, a minna'n edrych drwy gornel fy llygad ar Mam a Mam yn syllu yn ei blaen fel petai hi'n meddwl am rywbeth.

Yn meddwl am fynd yn ôl ar ei gair a throi'r car tuag adre?

'Mam?'

Trodd yn sydyn a rhythu arna i, ei gwefusau'n fain a thyn eto ac edrychai fel petai am boeri i'm hwyneb. Ond yna ymlaciodd, gan ochneidio a throi i ffwrdd ac ysgwyd ei phen. Wrth iddi wneud hyn, nofiodd arogl gwin a da-da mint i'n ffroenau.

'Ma isio sbio dy ben di, Lisa, am gerddad ar hyd ochor y ffordd mewn dillad tywyll a hitha'n tywyllu.'

Do'n i ddim wedi meddwl am hynny: dim rhyfedd fod yr holl geir eraill wedi canu eu cyrn arna i'n biwis.

Ond roedd rhywbeth arall wedi 'nharo, wrth iddi siarad.

'Be amdanoch chi – yn gyrru a chitha wedi bod yn yfad?'

''Mond un gwydraid dwi wedi'i ga'l – ac mi chwysais i'r rhan fwya o hwnnw allan ohona i yn y bath! Iawn? Os nad ydi o, yna mi droia i'r car 'ma rŵan hyn a mynd â chdi'n syth adra!'

'Ocê, ocê. Sorri…'

Edrychodd yn y ddau ddrych cyn tynnu allan i'r ffordd.

'Ydi Dad adra?' gofynnais.

Nodiodd Mam yn swta.

'Mae o'n flin efo fi, ma'n siŵr?' Atebodd hi mohona i. 'Ylwch – sorri, ond ro'n i wedi gaddo…'

'Paid, Lisa,' meddai ar fy nhraws. 'Jest paid, ôl-reit?'

Nodiais, a bu tawelwch am ychydig. Yna gofynnodd Mam: 'Sut oeddat ti wedi meddwl dŵad adra heno 'ma?'

Fy nhro i oedd hi i beidio ag ateb.

'Doeddat ti ddim wedi meddwl, nag oeddat?' meddai.

Ysgydwais fy mhen ac ochneidiodd Mam eto.

'Fel tasa gen i ddim digon ar 'y mhlât…'

'Sorri?'

Roedd yn dal yn ddigon golau i mi fedru'i gweld yn brathu'i gwefus isaf. Gwasgodd fotwm y radio a daeth Classic FM ymlaen.

'Lle w't ti isio i mi dy ollwng di?' gofynnodd wrth i ni yrru i ganol y dre. 'Yr un lle ag arfar?'

'Y… naci, ddim heno 'ma.'

Y peth oedd, do'n i ddim yn gwybod. Doedd gen i nunlle

penodol, yn nag oedd, diolch i'r trefniadau chwit-chwat hynny a wnes i efo Liam.

Trodd Mam ac edrych arna i. 'Lle w't ti wedi trefnu i gyfarfod dy ffrindia?'

'McDonald's,' atebais yn gelwyddog, yn benna oherwydd i mi weld pontydd melynion yr arwydd o 'mlaen.

'Lle?' Basa rhywun wedi meddwl imi ddweud ein bod am gyfarfod mewn safle carthffosiaeth. 'Est ti allan heb fwyta dim byd... blydi idiot. A rŵan, rw't ti am stwffio dy hun efo'r sothach mwya ofnadwy...'

'Nid fy newis i oedd o. Fan'no rydan ni i gyd yn cyfarfod heno 'ma, am ryw reswm, peidiwch â gofyn i mi pam.'

'Gofala dy fod yn cymryd salad ne' rwbath tebyg, 'ta. Sgen ti ddigon o bres ar gyfar y pictiwrs hefyd?'

'Oes, diolch.'

Parciodd y car gyferbyn â McDonald's. Edrychodd Mam ar yr adeilad gyda chymysgedd o fraw a chyfaredd.

'Dydi o ddim mor ofnadwy â hynny, Mam,' meddwn.

'Yndi, mae o, Lisa. Yn waeth, os rhwbath. Rhwng fan 'ma a'r Pizza Hut erchyll hwnnw... dim byd ond sothach. Dim rhyfadd eu bod nhw'n ei alw fo'n *junk food*. Ac ma siopa tships traddodiadol yn gorfod cau ym mhobman o'u herwydd nhw.' Yna ymysgydwodd. 'Sorri, dwi'n dechra swnio fatha dy dad. Rw't ti'n gynnar, yn dw't? Fydd y genod ddim yma eto, decini.'

'Chydig, yndw. Ond fyddan nhw ddim yn hir.'

'Pryd ma'r ffilm yn gorffan?'

Ychydig wedi deg oedd yr ateb cywir. Ar un adeg, baswn i wedi cael fy nhemtio i ddeud un ar ddeg, ond ro'n i wedi hen ddysgu bod fy rhieni'n tshecio amseroedd pob ffilm yn y papur lleol *ac* ar eu cyfrifiaduron.

'Tua chwartar wedi deg.'

'Mi fydda i'n gwitshiad amdanat ti'r tu allan, felly paid â loetran.'

'Ond ma pawb arall yn mynd i Starbucks ar ôl y ffilm,' protestiais, ond tawais pan drodd Mam ac edrych arna i'n oeraidd. 'Iawn... ocê. Diolch.'

Agorais y drws a chamu allan o'r car.

'Lisa,' meddai Mam. Plygodd drosodd ryw fymryn er mwyn edrych i fyny tuag ataf yn sefyll yno ar y pafin a'm llaw dde ar fin cau'r drws. ''Mond i chdi ga'l gwbod – doedd dim angan i chdi neud y lol yna heno 'ma. Ro'n i wedi penderfynu mynd â chdi, unwaith ro'n i wedi ca'l bath.'

Sythodd yn ei hôl y tu ôl i'r olwyn.

'Wela i chi tua chwartar wedi deg, felly,' meddwn.

Nodiodd. Arhosodd yn y car yn fy ngwylio'n cerdded ar draws y ffordd ac i mewn i McDonald's. Roedd hi'n dal yno pan edrychais dros f'ysgwydd drwy'r ffenestri mawrion wrth i mi gymryd fy lle wrth y cownter. Basa hi wedi beichio crio tasa hi gweld yr olwg druenus oedd ar y salad. Er nad oedd arna i eisiau unrhyw beth i'w fwyta mwy nag ro'n i eisiau cic yn fy mhen-ôl, penderfynais chwarae'n saff ac archebu.

Roedd yn eitha peth. Dim ond pan droais gyda choffi, a bwyd nad oedd arna i mo'i eisiau na'i angen yn fy nwylo, y gyrrodd Mam i ffwrdd.

Eisteddais wrth fwrdd oedd yn ddigon pell oddi wrth y ffenest. Tynnais fy ffôn o 'mag a thecstio'r rhif oedd gen i ar fy nghof.

Yma yn McD's, ok? Lisa A.

Gwasgais y botwm Options.

Yna petrusais, efo 'mys yn hofran uwchben y botwm Send.

Lisa, be ar y ddaear wyt ti'n ei neud?

Oherwydd y tywyllwch y tu allan, roedd ffenest y bwyty fel drych. Ynddo, gwelais hogan ifanc yn eistedd ar ei phen ei hun, wedi'i gwisgo mewn dillad a fyddai'n fwy addas ar gyfer Pete's Eats, caffi'r dringwyr yn Llanberis, nag ar gyfer nos Sadwrn yn y dre.

Syllodd yn ôl arnaf fel petai hi'n chwilio am ffrind.

Yn nrych y ffenest, gwyliais ei bys yn symud dros fotymau ei ffôn. Pan edrychais i lawr, gwelais fod fy neges wedi'i hanfon.

Pennod 9

Lisa Marie

'*Plis*, Lisa.'

'*No way.*'

'Fydda i ddim yn gofyn ffafr i chdi'n amal, chwara teg.'

'Dwi 'di gneud un ffafr â chdi'r wsnos yma'n barod.'

Roedd Mam wedi gada'l am ei shifft nos Sadwrn yn y clwb rygbi – yr un hir hwyr, honno a orffennai'n amal efo sesiwn o falu awyr, o yfad fodca, o grio ac o *heavy metal*. Es i am gawod yn syth ar ôl iddi fynd, a threuliais hydoedd wedyn yn ca'l y colur a'r dillad yn iawn.

Nid fod gin i nunlla arbennig i fynd. Ro'n i jest isio bod allan o'r tŷ am chydig. Roedd y ddau ohonyn nhw yn y stafall fyw pan es i i lawr, Liam yn hannar gwatshiad un o'r rhaglenni crap hynny am bobol sbïwch-arna-i sy isio actio mewn miwsicals yn Llunda'n, a Carwyn yn sefyll reit o flaen y sgrin efo'i fysadd sticl drosti hi i gyd. Pan welodd Carwyn fod y drws yn gorad, dyma fo'n rhuthro tuag ato fel dyn bach meddw; cydiais yn'o fo dan ei geseilia a'i gario fo'n ôl at Liam. Wrth gwrs, dechreuodd Carwyn strancio.

'Cau hi.'

'Lle ti'n mynd heno 'ma?' gofynnodd Liam. Gwthiodd ei goesa allan o'i flaen a'u croesi cyn gosod Carwyn ar ei ffera a'i godi i fyny ac i lawr gan neud sŵn fatha ceffyl yn trotian.

'Dwn i'm. Ga i weld. Dibynnu lle ma'r lleill yn mynd.'

Doedd yna ddim 'lleill', a bod yn onast. Doedd yna ddim 'lleill' ers tro. Roedd Liam yn ama hynny, hefyd, ro'n i'n gallu deud oddi wrth y ffordd roedd o'n sbio'n gam arna i.

'Be, Liam?'

'Dw't ti ddim *yn* cyfarfod neb arall, yn nag w't?'

'Ia, wel – pwy a ŵyr, yndê?'

'Rw't ti jest yn mynd i gerddad o gwmpas y lle ac ista mewn bỳs sheltyrs aballu ar dy ben dy hun.'

Gwingais – a dwi'n siŵr, tasa Liam ddim wedi deud hyn, yna mi faswn i wedi cytuno i neud y gymwynas honno â fo. O leia, mi faswn i wedi ystyriad y peth. Ond roedd ei frawddeg onast, syml wedi peintio llun reit annifyr yn fy meddwl – o rywun unig, digalon a phathetig.

Ffrîc, mewn geiria erill, yn ei *regalia* Goth: wedi treulio dros awr yn gwisgo a choluro, ac i be? Fel y deudodd Liam, er mwyn ista mewn bỳs sheltyrs ar ei phen ei hun. Ac fel y deudodd Meat Loaf ar un o CDs Mam, 'All Revved Up and No Place to Go'.

'Be ydi o i chdi, beth bynnag?' gofynnais yn biwis.

'Meddwl o'n i, ella 'sa chdi'n leicio newid efo fi heno 'ma. 'Mond am heno 'ma.'

Ysgydwais fy mhen yn bendant.

'*Plis*, Lisa.'

'*No way.*'

'Fydda i ddim yn gofyn ffafr i chdi'n amal, chwara teg.'

'Dwi 'di gneud un ffafr â chdi'r wsnos yma'n barod.'

Dydi Liam ni rioed wedi bod yn un da am fedru cuddio'i deimlada, ac roedd yn rhaid i mi droi i ffwrdd oddi wrth y siom a lanwodd ei wynab o, gan drio 'nghysuro fy hun efo'r syniad nad oedd o wedi disgwl i mi newid efo fo go iawn. Y fo oedd yn arfar edrach ar ôl Carwyn ar nosweithia Sadwrn;

doedd o byth, jest, yn mynd allan, beth bynnag, 'mond i'r pictiwrs yn ystod yr wsnos, pan oedd hi'n reit dawal yno – roedd hi'n rhy llawn gynno fo ar benwsnosa.

Ond do'n i ddim wedi disgwl iddo fo edrach cweit mor siomedig, chwaith. Be oedd mor sbesial am heno 'ma? Dechreuais simsanu ynglŷn â newid fy meddwl a deud, o ocê, bygro fo, dos di allan. Ond yna dechreuodd Carwyn weiddi'n biwis am fod Liam wedi gwrthod gada'l iddo fo ga'l ei facha ar ornament oedd gin Mam ar ben y silff-ben-tân a meddyliais, Na – dwi ddim am aros i mewn efo hwn yn 'y myddaru i drw'r noson.

'Pam, be sy, felly?' gofynnais i Liam. "Sgin ti ddim DVD i'w gwatshiad?'

'Jest... ffansi mynd allan o'n i.'

Roedd o'n goch at ei glustia, ac yn gwrthod edrach arna i.

'Dylat ti fod wedi deud yn gynharach, cyn i mi fynd i'r holl draffarth i wisgo amdana a rhoi'r mêc-yp yma i gyd ymlaen.'

Sbiodd Liam arna i'n bwdlyd. 'Do'n i ddim yn gwb...' Tewodd. 'Fasa hynny wedi gneud unrhyw wahania'th?' gofynnodd yn hytrach.

Codais f'ysgwydda. 'Falla.' Craffais arno. 'Be sy, Liam? Pam w't ti ar dân isio mynd allan heno 'ma, o bob noson?'

'Jest isio mynd o'r tŷ 'ma am dipyn, dyna'r cwbwl.'

Disgynnodd fy llygid ar ei fobeil ar y gada'r freichia. Dechreuodd Carwyn sgrechian eto o'i ga'l ei hun wedi'i sodro'n ddiseremoni ar y llawr wrth i Liam fy ngweld i'n sbio ar y ffôn. Rhuthrodd y ddau ohonan ni am y ffôn gan ei gyrradd yr un pryd, fy mysadd i'n cau'n dynn amdano a bysadd Liam yn cau am fy rhai i.

'Aw! Ma hynna'n brifo, bastad!'

'Gollwng y ffôn, 'ta!'

'Na wna... Aw!'

'Lisa...'

'Ocê, ocê...!'

Cymrais arna i ollwng fy ngafa'l ar y ffôn ond roedd Liam yn rhy gall – ac yn rhy gry. Rhwygodd o allan o'n llaw.

'A-ha! Pwy sy 'di ca'l galwad ffôn gin *rywun* 'ta?'

'Meindia dy fusnas.' Gwthiodd Liam y ffôn i'w bocad. Roedd ei wynab o erbyn hyn cyn gochad ag un Carwyn.

'Pwy oedd hi, Liam?'

'Dim byd i'w neud efo chdi, ocê?'

'Wel, actiwali – yndi, mae o'n rwbath i'w neud efo fi, os oeddat ti'n disgwl i mi aros i mewn er mwyn i chdi ga'l mynd allan.'

'Ac w't ti?'

'Be – am aros i mewn? Nac 'dw.'

'Bygra hi o'ma 'ta, Lisa Marie.'

Cerddais tuag at y drws. Ro'n i'n dal rhwng dau feddwl: wedi'r cwbwl, doedd y cradur byth bron yn mynd allan.

Ond wedyn, do'n inna ddim chwaith, ddim yn ddiweddar.

'Gwranda,' meddwn, 'os w't ti mor despret â hynny i fynd allan, pam na ofynni di i Carina'i gymryd o? Y peth lleia alla hi'i neud, ar ôl yr holl gywmynasa rw't ti wedi'u gneud â hi.'

Ysgydwodd Liam ei ben yn swta.

'Ond pam... ?'

'Jest dos, Lisa Marie.'

'Ocê, ocê – dwi'n mynd.'

Agorais y drws. Cychwynnodd Carwyn tuag ato eto ac fe'i caeais yn sydyn y tu ôl i mi cyn iddo fo fedru'i gyrradd. Dechreuodd Carwyn grio eto fyth.

'Cau hi!'

Dihangais o'r tŷ'n ddiolchgar...

... ond hefyd yn flin, a heb fod yn siŵr iawn pam. Doedd Liam ddim wedi 'mrifo i go iawn wrth wasgu 'mysadd. Mi wnes i sioe fawr o'u hysgwyd nhw a sugno'u blaena ar y pryd, ond doedd 'na ddim hannar digon o boen i haeddu'r fath bantomeim. Roedd y boen wedi diflannu ymhen chydig eiliada, beth bynnag.

'Twrw'r babi 'na sy wedi fy ngyrru i allan,' meddwn wrth Nathan. 'Dwi wedi goro'i ddiodda fo drw'r dydd nes ro'n i jest â mynd yn boncyrs. Fel arall, 'swn i wedi aros i mewn, a gada'l i Liam fynd allan.'

Doedd Nathan ddim yn 'y nghoelio; ro'n i'n gallu deud o'r ffordd roedd o'n sbio arna i efo'i ben ar un ochor a golwg sarrug ar ei wynab. Ro'n i wedi cerddad i lawr at y bỳs-stop ac yn ista yno'n smocio pan gyrhaeddodd o.

'Dwi'm yn saff o hyn, yndê,' meddwn, 'ond dwi'n meddwl fod gin Liam fodan. Ia – wn i, *wonders never cease*.'

Chwarddodd Nathan yn ddistaw a dechrau taro'r blincing styd 'na yn ei wefus isaf efo un o'i ewinadd. *Tic-tic-tic...*

'Roedd o 'di ca'l galwad ffôn ne' decst gin rywun,' meddwn. Edrychais ar Nathan. 'Dwi'n gwbod be ti'n mynd i'w ddeud – ella mai un o'i fêts o oedd yno. Ond 'sgynno fo ddim mêts, yn nag oes? Ddim i mi wbod amdanyn nhw, beth bynnag, ac mi a'th o'n goch fatha bitrwtsan pan ofynnis iddo fo pwy oedd wedi cysylltu efo fo.' Ochneidiais. 'Tybad pwy ydi hi?'

Tic-tic-tic...

'Yli, dydi Liam rioed wedi bod allan efo neb o'r blaen, ocê? Dydi genod jest ddim yn ei ffansïo fo, hyd yn oed y genod hynny sy'n... wel, yn...'

'Yn dew?' meddai Nathan.

'Ia, ocê – y rheiny. Ma Liam yn ocê, 'sti,' meddwn.

'Wn i.'

'Mae o'n neisiach person o beth uffarn na Leon.'

'Fasa hynny ddim yn anodd,' meddai Nathan yn frathog. Roedd o wedi gorfod cymryd lot o shit oddi wrth Leon ar un adag.

'Ma gin Liam bersonolia'th neis. Swil ydi o, dyna be ydi'i draffarth mawr o, Nath. Ac ella fod y genod... plaen hynny ddim isio rhywun sy'n rhy debyg iddyn nhw, rhywun sy'n eu hatgoffa ohonyn nhw'u hunain.' Ffliciais weddillion fy sigarét i'r gwtar. 'Ma'n well gin y rheiny, hyd yn oed, rywun sy ddim yn mwmian drw'r amsar, rhywun sy ddim yn baglu dros bob dim ac yn mynd i'w gragan bob tro ma rhywun yn siarad efo fo.'

Tic-tic-tic...

'Wnei di bidio â gneud hynna drw'r amsar, plis?'

Chwarddodd yn isal y tu ôl i mi, chwerthiniad nad oedd yn fawr mwy nag ochenaid o wynt. Doedd hi ddim yn gynnas iawn, yma yn y bỳs-sheltyr. Tynnais fy nghôt yn dynnach amdana a thanio ffag arall.

'Halle Berry,' meddwn. 'Ma gan Liam thing am Halle Berry, ers iddo fo'i gweld hi'n cerddad allan o'r môr mewn bicini orinj yn y ffilm James Bond honno. Ond ti'n gwbod hynny, Nath – ti 'di gweld y poster anfarth hwnnw sy gynno fo uwchben ei wely.'

Tic-tic-tic... Roedd o'n gneud ati rŵan, yn trio'i ora i 'ngwylltio i. Rhinciais fy nannadd a thrio'i anwybyddu.

'Ac rw't ti 'di chwerthin am ei ben o, yn do? Dwi inna hefyd, tasa hi'n dŵad i hynny. Y syniad o rywun fel Liam yn lystio ar ôl dynas fatha Halle Berry. Ond mae o wastad wedi ffansïo genod sy'n bell tu hwnt i'w gyrradd o, hyd yn oed y rheiny sy gynnon ni yn y dre 'ma. Genod sy'n rhy brysur yn ffansïo'u hunain i fod efo unrhyw ddiddordab yn rhywun arall. Yn enwedig rhywun fatha Liam ni. Jôc ydi'r cradur i ryw genod felly. Blydi hel, Nath, ma hyd yn oed y fuwch stiwpid 'na drws nesa yn ei gymryd o'n ysgafn!'

Chlywais i mo'r *tic-tic-tic* pryfoclyd hwnnw. Ond roedd o'n dal yno efo fi, yn gysgod ychydig bach tywyllach na'r cysgodion eraill yng nghornol y bỳs-sheltyr.

'Dwi jest yn gobithio nad rhyw dric budur a sbeitlyd gin ryw slag oedd yr alwad ffôn 'na gafodd o,' meddwn. 'Mi fedra i feddwl am o leia hannar dwsin o genod o'r ysgol fasa'n meddwl fod hynny'n beth hilêriys i'w neud – tynnu arno fo i fynd allan drw gymryd arnyn nhw fod un ohonyn nhw'n ei ffansïo fo'n uffernol. Codi calon y cradur, ei ecseitio fo'n lân, a phan eith o allan, dyna lle bydd gang o genod yn cymryd y *piss* ohono fo. Hei – ella 'mod i wedi gneud ffafr â fo drw wrthod gada'l iddo fo fynd allan heno 'ma.'

Distawrwydd.

'Ne' fel arall, yndê. Mod i wedi bygro'r tshans cynta ma'r boi wedi'i ga'l erioed i fynd allan efo rhywun. Ella'i fod o wedi cyfarfod rhyw hogan sy 'di gallu gweld trwy'r boi mawr, clymsi hwnnw. Rhywun sy wedi ca'l cip ar y person neis a ffeind sydd y tu ôl i hynny i gyd, ac sydd isio gweld mwy ohono fo. Be ti'n feddwl, Nath?'

Sylwais fod y gwynt oer hwnnw wedi codi ac wedi ffeindio'i ffordd i mewn i'r bỳs-sheltyr. Hen wynt main oedd yn gneud i 'nhethi frifo, er gwaetha'r ffaith fod fy nghôt amdana i'n dynn.

Codais.

'Dwi'n mynd adra, Nath,' meddwn. 'Dwi ddim wedi'i gada'l hi'n rhy hwyr.'

Daeth sŵn crafu o dan y fainc wrth i'r gwynt chwythu

pacad creision gwag i mewn i'r bỳs-sheltyr, ond roedd y cysgod wedi mynd o'r gornol.

Ond na, meddyliais ar ôl cychwyn cerddad, hon fyddai'r *drydedd* ffafr i mi ei gneud â Liam yr wsnos honno, ac wrth feddwl am hynny, dyma fi'n dechra meddwl eto am Carina, damia hi.

Doedd yna ddim dengid oddi wrthi hi. Hyd yn oed pan nad o'n i'n goro edrach arni hi, roedd hi'n sleifio i mewn i'm meddylia. Roedd hi yno'n gynharach, pan ofynnodd Liam i mi a faswn i'n aros i mewn ac yn gwarchod Carwyn.

Dydi o rioed wedi cymryd ata i, Carwyn – fel tasa fo'n gwbod, rywsut, 'mod i wedi protestio yn erbyn ei fodolaeth o ers i Mam ddeud ei bod hi'n ei ddisgwl o. Fel y tro cynta un i mi afa'l ynddo fo, yr ail ddwrnod ar ôl i Mam ddod adra o'r ysbyty; mi agorodd ei lygid, fy ngweld i, a rhoi gwaedd uchal dros y lle. Ac wrth gwrs, roedd blydi Carina yno, yn doedd. Cipiodd Carwyn o 'mreichia fel taswn i wedi trio'i frifo fo.

'Wnes i ddim byd iddo fo!'

'Dw't ti'n ddigon â chodi ofn ar bawb, efo'r mêc-yp *weird* yna! Dim rhyfadd fod y peth bach wedi sgrechian. Mae o'n meddwl fod Cowntes Draciwla wedi ca'l gafa'l ynddo fo.'

Glywsoch chi unrhyw beth mwy stiwpid yn eich dydd? Ar wahân, rŵan, i'r ffaith ei bod hi wedi ca'l un wers gin i am Elizabeth Bathory/Cowntes Draciwla yn barod. Chwara teg, sut basa babi chydig ddyddia oed yn gwbod am betha felly? Doedd Romulus a Remus ddim yn sgrechian mewn ofn bob tro roeddan nhw'n gweld blaidd, yn nag oeddan? Na Tarzan, bob tro roedd o'n gweld mwnci? Nag oeddan, yn hollol.

Y peth oedd, taswn i wedi clywad hanas am unrhyw berson arall yn deud rhwbath mor uffernol o ddwl, yna ma'n siŵr y baswn i wedi chwerthin. Ond *Carina* oedd wedi'i ddeud o, ac wrtha *i*, felly yn hytrach na chwerthin, mi ddois i'n agos iawn at blannu 'ngwinadd yng nghanol ei hen wep pwdin, dwl hi a'u tynnu nhw gan rwygo ei chroen – fel rhwygo mwsog oddi ar garrag.

Dwi'n leicio meddwl fod Carina wedi gweld rhwbath tywyll, peryglus yn deffro ac yn symud y tu mewn i'm llygid; cymerodd ddau gam yn ôl oddi wrtha i, er nad o'n i wedi symud tuag ati hi o gwbwl.

Yr hyn a welodd Mam, felly, wrth ddŵad o'r gegin, oedd Carina'n sefyll efo Carwyn yn ei breichia fflabi, yn sbio arna i efo rhwbath tebyg i ofn ar ei hwynab, a finna'n sefyll yr ochor arall i'r soffa ac yn edrach, fel taswn i ar fin deifio amdani hi, dan hisian a chwrnu, dros gefn y soffa.

'Deudwch wrthi hi, Mam, newch chi? Dydi babis bach yr oed yma ddim yn gallu ffocysio'n iawn ar wyneba pobol.'

'Be?' meddai Mam.

Thynnais i mo'n llygid oddi ar wynab Carina.

'Dydyn nhw ddim wedi dechra gweld yn iawn eto – *dwi'n* gwbod hynny, hyd yn oed. A dydyn nhw ddim yn gallu ca'l eu dychryn gin wyneba gwahanol. Ac yn bendant, dydyn nhw ddim yn gwbod y peth cynta am Cowntes Draciwla.'

Roedd Mam ar goll yn lân.

'Lisa, am be ddiawl w't ti'n siarad, hogan?'

Yn y gegin yn ei choban a'i dresing-gown yn manteisio ar y cyfla i ga'l ffag dawal roedd Mam nes iddi glywad Carina'n cega arna i.

Ac ro'n i'n gwbod, ond wrth sbio arni hi'n sefyll yn y drws a gweld Carina'n symud fesul dipyn tuag ati hi, efo pa un ohonan ni y basa Mam yn ochri.

'Hon sy 'di dychryn Carwyn,' meddai Carina.

Troais i ffwrdd oddi wrthi hi'n ddilornus.

'Blydi hel, ti mor stiwpid.'

'Lisa…!' dechreuodd Mam.

Cerddais o'r stafall ac i fyny'r grisia am y llofft.

Mi wnes i drio wedyn efo Carwyn, fwy nag unwaith, ond roedd yr un peth yn digwydd bob tro: cyn gyntad ag roedd o'n sylweddoli – Duw a ŵyr sut, ond dyna fo – mai y fi oedd yn gafa'l ynddo fo, roedd o'n dechra sgrechian.

'Dydi o ddim yn teimlo'n saff yn dy freichia di,' meddai Liam un diwrnod. 'Dw't ti ddim yn 'i ddal o'n iawn, ne' rwbath.'

'Ond mae o *yn* saff,' protestiais. 'Faswn i ddim yn 'i ollwng o.'

'Ond dydi *o* ddim yn gwbod hynny, yn nac 'di?'

'Dwi ddim wedi arfar dal babis, yn naddo.'

'Ma'n rhaid 'i fod o'n gallu teimlo hynny. Ac mae o'n synhwyro dy feibs di.'

'Ers pryd w't ti'n gymint o ecspyrt ar fabis, eniwê?' cyfarthais yn ddiamynedd ar Liam. Gwthiais y babi gwinglyd, swnllyd i'w freichia a dyma'r cythral bach yn distewi ac yn llonyddu'n syth bìn. Ar fy marw, tasa fo'n gath, dwi'n siŵr y basa fo wedi canu grwndi.

'Ta-raaa!' canodd Liam, yn wên sopi o glust i glust.

'Grêt. Dwi'm isio goro'i fwytho fo, eniwê,' dwi'n cofio deud, cyn troi a gweld fod Mam yn sefyll yn y drws, yn amlwg wedi clywad bob gair.

'Mi fydd yn rhaid i chdi, dallta,' meddai wrtha i.

'Pam?'

'Chdi a Liam. Fydd Leon ddim yma i helpu, yn na fydd? Felly pwy arall sy am edrach ar 'i ôl o pan fydda i'n gwithio? Y blydi ffêri god-myddyr?'

'Be am Carina?' gofynnais.

'Mi fydd Carina'n 'i warchod o i mi yn ystod y dydd, siŵr Dduw. Fedra i ddim gofyn i'r hogan neud hynny bob gyda'r nos hefyd.'

'Ond ewch chi ddim yn ôl i withio yn y clwb rygbi... '

'Ti'n gall? Sud ydw i'n mynd i allu fforddio byw fel arall?'

Ro'n i o fewn dim o ddeud wrthi am hawlio pa bynnag beneffits oedd yna i'w ca'l, fel ma Carina'n brolio ei bod hi'n neud, ond ro'n i'n gwbod mai wastio f'amsar faswn i. Mae 'thing' gan Mam ynglŷn â hawlio beneffits, ac mae hi'n falch o'r ffaith nad ydi hi rioed wedi gneud hynny. Un o'r bobol hynny sy'n *mwynhau* gwithio ydi hi, dim ots pa mor crap ydi'r cyflog. Mae hi wedi gneud lot o wahanol jobsys dros y blynyddoedd: syrfio mewn caffis ac mewn garejis, llnau tai a swyddfeydd, golchi dillad yn londri'r sbyty ac ista wrth y tils yn Lidl, a rŵan, Tesco. Mae hi wedi gwithio fel barmed ym mhob un o bybs y dre hefyd, fwy neu lai, ond ers i'r clwb rygbi agor yma, mae hi fel tasa hi wedi setlo'r tu ôl i'r bar yno ac erbyn hyn yn rhan o'r lle.

Teimlais fy hun yn gwylltio, am 'mod i mewn cornol ac yn methu dŵad allan ohoni.

'*Dwi* ddim yn mynd i edrach ar ei ôl o bob blydi noson!'

'Fydd o ddim bob noson, yn na fydd. Dwi off bob nos Sul a nos Lun, cofia.'

'O, *big deal*! Dwi ddim am neud y nosweithia erill, chwaith!'

Taswn i'n ddigon agos ati, a hitha ddim yn rhy stiff a thendar ar ôl ca'l pwytha, mi faswn i wedi cael slap, ro'n i'n gallu deud o'r ffordd roedd hi'n sbio arna i.

'O, w't,' meddai. 'Y ddau o'noch chi. Efo'ch gilydd ne' bob yn ail, mae o i fyny i chi.'

'*No way*. Ma gin i betha gwell i'w gneud.'

'O?' Cododd Mam ei haelia. 'Fatha be, felly? Ista o gwmpas y lle efo'r ffrîc arall 'na?'

Llwyddais i beidio ag ymatab i'r dig yma yn erbyn Nathan.

'Gwaith ysgol, i ddechra. Ma gin i GCSEs y flwyddyn nesa – ond dydi petha fel egsams rioed wedi golygu bygyr ôl i bobol fatha chi, yn naddo.'

'Mi fyddi di i mewn eniwê felly, yn byddi?' Yna rhoddodd Mam y gora iddi. 'Ocê, Lisa Marie – cau hi rŵan. Dwi 'di deud wrthat ti be fydd yn digwydd, felly 'na fo.' Ac yna, fel ergyd olaf: 'Ches i ddim o'r ffys yma gan Liam.'

Naddo, mae'n siŵr – a gwgais ar Liam gan deimlo fel ei dagu fo. Teimlais ei fod o wedi 'mradychu i, ac roedd yr wybodaeth ei fod o, fwy na thebyg, wedi gneud hynny'n hollol ddiniwad yn gneud yr holl beth yn waeth, rywsut.

'O, be oedd y *pwynt*, Mam?' gwaeddais.

'Be?'

'Ca'l y babi 'ma. Be oedd y pwynt? 'Sgynnoch chi ddim bwriad o edrach ar 'i ôl o! Felly i be uffarn mae o'n dda?'

Mi faswn i wedi ca'l slap, yn bendant, am hynna taswn i wedi bod o fewn cyrraedd, ac ella y baswn i wedi'i haeddu hi, hefyd, a mwy. Trodd wynab Mam yn wyn.

'Y bitsh fach...'

Ond os o'n i wedi mynd yn rhy bell, yna'n saff i chi ro'n i wedi mynd yn rhy bell i droi'n ôl.

'Cym on – deudwch! Pam oeddach chi isio fo? *I be*? Er mwyn teimlo...' ac yma siaradais mewn llais sarcastig a gneud siapa dyfynoda yn yr awyr bob ochor i'm hwynab, 'yn *fulfilled*, ia? Dim ots os dach chi'n bygro bywyda pobol erill, o na, dim ots am hynny, cyn bellad â bod Anji'n ca'l teimlo'n *fulfilled*!'

'Lisa!'

Neidiais. *Liam* oedd wedi cyfarth arna i, Liam o bawb.

'Rho'r gora iddi rŵan, ocê?'

Troais arno, yn dempar i gyd. 'Ers pryd w't ti'n gymint o fabi mam?'

Camodd Liam yn ei ôl, oddi wrtha i, ychydig yn ofnus. Mae o wastad wedi gneud hynny, bob tro y bydda i mewn hwylia drwg, er ei fod yn fwy o lawar na fi.

'Rw't ti a fi'n goro edrach ar ôl hwn, 'mond er mwyn iddi hi ga'l cario 'mlaen i withio yn y clwb 'na. A neith hi'm hyd yn oed deud wrthan ni pwy ydi'i dad o!'

Roedd gwefusau Mam yn dena, dena erbyn hyn, fel tasa enw tad Carwyn yn gwthio yn eu herbyn nhw o'r tu mewn i'w cheg, yn ysu am ga'l gweiddi ei enw dros y stafall. Ond yr hyn ddaeth allan oedd:

'Dydi hynny'n ddim o dy fusnas di!'

'Ti'n gweld?' meddwn wrth Liam. 'Yn ddim o'n busnas ni. Ond eto ma hi'n disgwl i ni edrach ar ôl 'i fastad o!'

Mi sylweddolais i, hyd yn oed, fod hyn yn ormod o beth uffarn. O'n, ro'n i'n haeddu hymdingar o swadan am ddeud y ffasiwn beth, a dwi'n meddwl fod rhwbath wedi deud hynny wrtha i ar y pryd, oherwydd arhosais lle ro'n i, yn disgwl i Mam ddŵad amdana i efo'i llaw wedi'i chodi'n barod – a dwi ddim yn meddwl y baswn i wedi trio'i hosgoi hi, chwaith, na chwffio'n ôl na dim.

Ond yn lle hynny, dim ond sefyll yno'n pwyso yn erbyn y drws a wnath Mam, yn syllu arna i, ei hwynab yn llac a'i llygid yn fawr ac yn grwn. Wn i ddim am faint y buon ni'n sefyll yno, y ddwy ohonon ni'n gneud dim byd ond syllu ar ein gilydd, nes i mi sbio i ffwrdd yn y diwedd ac edrych ar Liam – oedd yn sbio i unrhyw gyfeiriad ond f'un i – ac yna troi a gadael y stafall.

Digwyddodd hynny dros flwyddyn yn ôl, ond mi fydda i'n dal i ga'l rhyw hen deimlad annifyr yn fy stumog pan fydda i'n meddwl amdano fo.

Do'n i'n rêl hen astan fach?

Ond ma lot wedi digwydd dros y misoedd diwetha, a dwi'n leicio meddwl 'mod i'n well person erbyn hyn. Ella nad ydw i wedi llwyddo i glosio rhyw lawar tuag at Carwyn yn ystod y flwyddyn (os rhwbath, mae o'n fwy o niwsans nag erioed y dyddia yma, yn enwedig ers iddo fo ollwng – mae o ym mhob dim, drw'r amsar), ond ma Liam a fi wedi dŵad yn nes o lawar at ein gilydd.

Dyna pam y bydda i'n gwylltio cymaint pan fydda i'n gweld Carina'n ei bryfocio fo ac yn cymryd mantais ohono fo. Ma hi'n disgwl iddo fo warchod ei phlant hi byth a beunydd – yn fwy felly ers i mi ddeud wrthi lle i fynd ynglŷn â hynny – ac ma Liam druan yn rhy sofft i ddeud 'na' wrthi. Fwy nag unwaith, ma hi wedi penderfynu mynd allan ar y funud ola heb feddwl gofyn fasa hynny'n iawn efo Liam yn gynta.

'Dylat ti ddeud wrthi,' dwedais wrtho droeon.

'Dwi'm yn leicio,' atebodd. 'Ma hi'n mynd yn flin wedyn efo'r plant, a 'sgynnyn nhw mo'r help.'

'Tyff. Hi ydi'u mam nhw, felly hi ddyla fod adra'n edrach ar 'u hola nhw.'

'Mi fasa hi'n mynd allan eniwê, a'u gadal nhw,' meddai.

Dwi inna'n gallu bod yn naïf weithia, hefyd. Go brin y basa hyd yn oed Carina'n gadael ei phlant ar eu penna'u hunain, meddyliais ar y pryd.

Ha...

Nos Iau oedd hi. Roedd Mam yn gwithio ac ro'n i'n gneud rhyw waith cartra munud ola yn y gegin pan gerddodd plentyn hyna Carina i mewn drw'r drws cefn fel tasa fo biau'r lle.

'Hoi! Be ti'n feddwl ti'n neud? Fedri di ddim cnocio?'

Ma gan hwn ffordd slei, ryfadd o sbio ar rywun, o gornol ei lygad fel tasa fo'n disgwl waldan drw'r amsar.

'Liam,' atebodd.

'Be?'

'Liam.'

'Lle ma dy fam?'

Safodd yno'n sbio arna i'n llywath i gyd. Ochneidiais a mynd trwodd i'r stafall fyw lle roedd Liam yn gwatshiad y teli.

'Ma gin ti fusutor.'

'Y? Pwy?'

Troais yn ôl am y gegin, ond roedd hogyn Carina wedi 'nilyn.

'Dorian?' meddai. 'Be sy?'

'Ma Chantale yn sâl.'

'So? Pam w't ti'n deud wrthan ni?' gofynnais.

'Ma'n ocê, Lisa.'

Gafaelodd Liam yn fy mraich a'm symud o'i ffordd.

'Be ti'n neud, Liam?'

Ond roedd yn gwestiwn dwl. Roedd Liam yn amlwg am fynd drws nesa efo'r plentyn.

'Liam, pam w't ti'n...?'

'Ma'n *ocê*, Lisa!'

'Hei, cym on, ti'm yn 'y ngadal i yma ar ben 'yn hun efo Carwyn. Be tasa fo'n deffro? Ti'n gwbod na neith o ddim setlo i mi...'

Ond diflannodd Liam efo'r hogyn drw ddrws cefn tŷ Carina.

Digwyddodd hyn am chydig wedi naw. Dda'th o ddim yn ei ôl adra nes ei bod hi'n tynnu am hannar awr wedi un ar ddeg. Trw drugaradd, doedd Carwyn ddim wedi deffro o gwbwl.

'Wel?' meddwn, gan deimlo braidd fel gwraig yn nagio'i gŵr.

'Dydi Mam ddim adra eto, yn nac 'di?' gofynnodd yn nerfus.

'Be? Nac 'di.'

Ymlaciodd ychydig.

'Roedd Chantale yn sâl,' meddai.

'Oedd, mi wnes i ddallt hynny...'

'Roedd hi 'di chwdu dros ei phyjamas.'

'Ia, ocê, Liam, dwi'm isio'r *gory details*. Lle roedd ei mam hi?'

'Ma hi'n ôl adra rŵan.'

'Rŵan? Oedd hi 'di mynd allan a gada'l y cids 'na ar eu penna'u hunain? Faint ydi oed hwnnw dda'th yma – saith? Wyth?'

'Chwech.'

'Blydi hel, lle roedd Carina?'

'Dwi'm yn gwbod, yn nac 'dw! Allan...'

'Ers pryd?'

Cododd ei ysgwydda.

'Drw'r gyda'r nos?'

'Mi wnath hi ofyn i mi edrach ar eu hola nhw, ocê?'

'Pryd?'

'Gynna. Pan o'n i'n cyrradd adra o'r gwaith. A mi ddudis i "na"...'

Cnoiodd ei wefus isaf, gan edrach fel tasa fo ar fin beichio crio.

'Liam, does 'na ddim bai arnat ti, siŵr.'

'Nath hi ofyn, ac mi wnes i ddeud "na",' meddai eto.

'Ond mi a'th hi allan eniwê.'

Nodiodd Liam. Yna sbiodd arna i efo'i lygaid brown yn fawr fel llgada ci sy'n ofni cael cweir.

'Yli, paid â deud wrth Mam, Lisa. Na wnei? Plis?'

'Dwi ddim jest am ddeud wrth Mam, Liam, dwi am ddeud wrth y *social services*!'

'Paid!'

'Pam? Liam, a'th hi allan i... i be? Lle buodd hi? Yn yfad?'

'*Plis*, Lisa! Paid â deud wrth neb.'

Roedd o wedi cydio yn fy llaw wrth ddeud hyn a'i gwasgu'n dynn. Be oedd yn *bod* arno fo? Roedd ei wynab yn hollol wyn.

'Dw't *ti* ddim wedi gneud dim byd yn rong,' dwedais wrtho.

'Dwi ddim, naddo, dwi'n gwbod. Ond plis paid â deud, ocê?'

'*Pam?*'

'Dwi... dwi ddim isio i Carina ga'l ei haslo gynnyn nhw.'

'Pwy?'

'Y bobol 'na... y rheiny ddudist ti gynna.'

'*Social services?*'

'Ia, y rheiny. Dwi'm isio iddyn nhw'i haslo hi, ocê?'

Roedd o'n gwasgu fy llaw yn galad erbyn hyn.

'Aw! Liam... ti'n brifo'n llaw i.'

'*Plis!*'

'Ocê, ocê!'

'Ti'n gaddo?'

'Yndw! Dwi'n gaddo, ocê?'

Gollyngodd fy llaw o'r diwedd.

'Cofia rŵan, ti 'di gaddo.'

Es i 'ngwely'n o fuan ar ôl hynny. Roedd hyn jest fel Liam, dwi'n cofio meddwl, byth isio creu unrhyw drwbwl i neb, hyd yn oed i Carina. Y draffarth oedd fod pobol fel honno'n cymryd mantais ohono fo.

Iawn, ro'n i wedi addo peidio ag achwyn wrth Mam a'r gwasanaethau cymdeithasol – ond doedd hynny ddim yn fy rhwystro rhag cael gair efo Carina, yn nag oedd? Es i draw yno pnawn ddoe, ar ôl 'rysgol.

'Est ti allan nithiwr a gada'l y cids 'ma ar eu penna'u hunain.'

'Duw, roeddan nhw'n ocê. Be ydi o i chdi, eniwê?'

'Doeddan nhw ddim yn ocê. Roedd Chantale yn sâl, yn doedd?'

Digwyddodd y sgwrs yma ar garrag y drws. Roedd Carina wedi llwyddo i wneud i'r drws edrach yn gul iawn. Gallwn glywed synau rhyw gartŵn ne'i gilydd yn dŵad o'r stafall fyw.

"Mond chwdu ddaru hi, roedd hi'n iawn wedyn. Roeddan nhw'n gwbod lle i fynd os oeddan nhw isio rhwbath, yn doeddan?'

'Dwi'm yn leicio'r ffordd rw't ti'n cymryd mantas o Liam.'

'Dwi'm yn 'i fforsio fo i warchod i mi, fo sy isio gneud, ocê? Bygra hi o'ma rŵan, dwi ar ganol gneud te i'r rhein.'

Dechreuodd gau'r drws.

'Ma gin ti lot o le i ddiolch i Liam,' meddwn.

'Be... ?'

'Oni bai amdano fo, 'swn i 'di ffonio'r *social services*. Dyna be fydda i'n ei neud os digwyddith o eto.'

Doedd hi ddim wedi leicio hyn. Aeth ei llygid yn gul unwaith eto wrth iddi rythu arna i.

'Well i chdi bidio,' meddai, a'i llais yn galed.

'Gad lonydd i Liam, 'ta. Os ti isio mynd allan, tala i rywun iawn edrach ar 'u hola nhw.'

'Jyst meindia dy fusnas – ffrîc!' gwaeddodd ar f'ôl wrth i mi droi a mynd.

Dwi ddim wedi'i gweld hi ers hynny, ma hi wedi cadw draw o'n tŷ ni. Ella fod fy mygythiad wedi codi ofn arni.

Gobeithio'n wir.

Dyna, felly, oedd y ddwy ffafr wnes i â Liam yr wsnos honno – peidio ag achwyn wrth Mam, a rhoi Carina yn ei lle. Ac yn awr, ro'n i ar fy ffordd adra i wneud ffafr arall â fo, ond yn lle ymlwybro'n ôl i dop yr allt, heibio i'r cloc oedd ar un adag yn grocbren, yn ôl Nathan, ac yna i lawr at ein tŷ ni, troais i'r chwith a dilyn tua hannar dwsin o strydoedd a fyddai yn y diwadd yn f'arwain adra.

Ond cyn hynny, roedd fy nhaith yn mynd â fi heibio i'r tŷ lle roedd y pedoffil hwnnw'n byw efo'i fam.

Do'n i ddim wedi meddwl am hynny nes i mi 'ngha'l fy hun yn sefyll fwy ne' lai reit y tu allan i'r tŷ. Roedd y stryd i gyd yn ddistaw erbyn hyn – yn ddistaw iawn, a deud y gwir, fel taswn i'n cerddad drw stryd mewn *ghost town* mewn hen ffilm gowboi, ac yn dawelach o lawar na'r strydoedd erill ro'n i newydd gerddad drwyddyn nhw. Yn y rheiny, roedd yna fywyd: synau rhaglenni teledu'n dŵad o'r tu ôl i'r cyrtans – chwerthin, curo dwylo, cerddoriaeth, gweiddi, saethu – ac amball i gar yn gyrru trwodd, gydag amball i wynab yn gneud *double take* pan welon nhw'r hogan Goth yma'n cerddad ar hyd y pafin.

Ond yma, doedd yr un smic i'w glywad, heblaw am amball i fag Tesco'n crafu dawnsio'n ddiog yn y gwtar. Roedd tai'r pen yma o'r stryd mewn tywyllwch, hefyd, sylwais, fel tasa pawb oedd yn arfar byw ynddyn nhw wedi codi'u pacia a'i sgidadlu hi o'ma.

Am eu bywyda.

Fel tasa rhwbath wedi'u dychryn nhw o'ma.

Paid â bod yn stiwpid, meddwn wrtha i fy hun. Ond eto, roedd o *yn* od, bod yr hanner yma o'r stryd mewn tywyllwch: roedd y tŷ dwytha efo gola ynddo fo gryn dipyn y tu ôl i mi, ac wrth i mi edrach arno fo, cafodd y gola hwnnw'i ddiffodd hefyd, fel tasa pwy bynnag oedd yn byw yno wedi 'ngweld i'n sbio arnyn nhw ac wedi diffodd y gola er mwyn gallu syllu'n ôl arna i, heb i mi fedru eu gweld nhw'n gneud hynny.

Crynais.

Sylwais fod rhywun wedi gosod bordiau pren tywyll dros ffenestri tŷ'r pedoffil, ond doedd neb wedi trafferthu i llnau'r lympiau o fwd – rhai ohonyn nhw'n hen, rhai erill yn fwy diweddar – oedd wedi sychu ar y walia, gan neud i wynab y tŷ edrach fel tasa gynno fo blorod duon, hyll drosto fo i gyd.

Dylwn i fod wedi cerddad am adra – ar fy marw, rŵan, dyna'r unig beth roedd arna i isio'i neud, cerddad heibio iddo fo ffwl sbîd – ond mynnodd fy nghoesa 'mod i'n aros a sefyll wrth giât y tŷ; doedd gin i ddim dewis o gwbwl.

Yna bu jest iawn i mi neidio allan o 'nghroen wrth i gath ddu wibio'n wyllt allan o'r ardd ffrynt, reit wrth 'y nhraed i.

'Y blydi diawl!'

Arhosodd y gath yn stond a throi ata i, yn union fal tasa hi wedi 'nallt. Gwnaeth ei chorff yn fwa a dechrau hisian arna i'n filain. Camais yn ôl; edrychai'r gath fel tasa hi am neidio am fy ngwddw unrhyw eiliad. Ond yn lle hynny, trodd a mynd yn ei hôl i mewn i ardd ffrynt tŷ'r pedoffil, i fyny'r llwybr a thuag at y drws.

Neidiais am yr ail waith wrth i ddwy fraich wen ddŵad allan o'r tywyllwch, gafael yn y gath a'i chodi.

A chamodd y fam allan o'r cysgodion: y hi, mam y pedoffil, y ddynas honno oedd wedi sbio reit i fyw fy llygid allan o'r llun oedd gin i adra ar fy nghyfrifiadur.

Cymerais gam arall yn f'ôl. Baswn i wedi gallu taeru nad oedd hi yno eiliad yn ôl... ond efallai ei bod hi yno, hefyd, wedi'r cwbwl, yn sefyll yno drw'r amsar yn y cysgodion, achos roedd hi'n gwisgo ffrog ddu, yr un ffrog ddu ag oedd ganddi amdani pan gafodd ei mab ei arestio – ac oedd, roedd ei sana hefyd yn ddu, gwelais wedyn. Safai yno o flaen ei thŷ efo'r gath yn ei breichia, yn syllu arna i efo hannar gwên ar ei hwynab.

'Wel helô!' meddai, fel tasa hi'n fy nabod i'n iawn ond ddim wedi 'ngweld ers hydoedd. Ac yn swnio'n gyfeillgar, hefyd. Yn *rhy* gyfeillgar. A doedd arna ddim isio bod yn ffrindia efo hon. Triais droi am adra, ond fedrwn i ddim; fedrwn i ddim symud na gneud dim byd ond aros yno'n sbio arni fel llo.

'Welis i chdi, yn do?' meddai. 'Yn tynnu llunia.'

Agorais fy ngheg i'w hatab, ond ro'n i'n gryg yn fwya sydyn. Cliriais fy ngwddw a nodio.

'Ma tynnu llunia'n gallu bod yn beryg,' meddai'r ddynas. Meddyliais am funud ei bod hi'n fy mygwth i, ond yna ochneidiodd: 'Dylwn i wbod, myn uffarn i,' a sylweddolais mai siarad am ei mab roedd hi. Dechreuodd roi o bach i ben y gath ond roedd hi'n dal i syllu arna i, ac mi ges i'r teimlad rhyfadd, tasa 'na gar wedi digwydd pasio'r eiliad hwnnw, yna mi faswn i wedi gweld, nid un, ond *dau* bâr o lygid yn goleuo'n felyn.

'Be w't ti isio yma rŵan, felly?' gofynnodd y ddynas.

Cliriais fy ngwddw eto cyn ei hatab.

'Dim byd. 'Mond pasio o'n i.'

'Ia, ia...' Roedd ei llygid yn dal ar fy rhai i. 'A lle ma'r lleill?'

'Lleill? Pwy?'

'Ti'n gwbod yn iawn.'

'Be... ? Sorri, dwi'm yn dallt. Dwi ar fy mhen 'yn hun.'

'Doeddat ti ddim y noson o'r blaen, yn nag oeddat!' poerodd yn sydyn, ei hannar gwên wedi diflannu'n sydyn a'i llais yn debycach i chwyrn na dim byd arall. Gwingodd y gath yn ei breichia, fel tasa'n hi'n ysu am ga'l neidio amdana i a'i gwinadd allan fel *flick knives*. Clywais hi'n hisian eto.

'Nag o'n,' meddwn, 'ond do'n i ddim yno *efo* neb, do'n i ddim *efo* nhw. A doedd 'na neb efo fi.'

'O, oedd,' meddai'r ddynas. 'Roedd o'n sefyll reit wrth d'ochor di.'

'Pwy...?'

Ond ro'n i'n gwbod pwy roedd hi'n ei feddwl. Nathan. *Cer adra, Lisa Marie*! sgrechiodd fy nerfa pan gododd y ddynes ei bys a tharo'i gwefus deirgwaith efo'i gewin. Gallwn daeru i mi glywad *tic-tic-tic* ar y gwynt, fel tasa fo'n dŵad o rywla pell, pell ac oer.

Nodiodd y ddynas.

'Rw't ti'n gwbod yn iawn, dwi'n gallu gweld hynny'n glir,' meddai. Trodd ac edrych ar wal ei thŷ, ar y mwd sglyfaethus ar y walia a'r bordiau pren dros y ffenestri.

''Mond y fi sy 'ma rŵan,' meddai. ''Mond y fi.' Trodd ac edrach arna i. 'Deud hynny wrthyn nhw, 'nei di?'

'Ylwch,' meddwn, 'dwi ddim... *efo* neb, ocê?'

'Dw't ti ddim isio gwbod lle mae o, felly?'

Ysgydwais fy mhen. 'Nag oes.'

'Nag w't, o ddiawl.'

'Dwi'm isio gwbod!' gwaeddais. 'Ocê?'

Roedd o'n bwysig iawn fod y ddynas yma'n fy nghoelio i, am ryw reswm. Daliais i barablu.

'Jest digwydd pasio o'n i, ar 'yn ffordd adra.'

Pam o'n i'n siarad fel hyn? Ro'n i ar fin crefu ar y ddynas i adal i mi fynd, fel tasa hi'n fy nghadw yno yn groes i'n hewyllys. Ond roedd hynny'n amhosib, roedd hi'n sefyll wrth ymyl ei drws ffrynt tra o'n i allan ar y pafin: roedd giât a ffens a llwybr a gardd rhyngddon ni. Yr unig beth roedd yn rhaid i mi'i neud oedd troi a cherddad i ffwrdd gan godi dau fys ar y lŵni yma oedd yn fam i bedoffil.

Ond fedrwn i ddim. A thrw'r amsar gallwn deimlo'r hen awal fach oer honno'n llyfu bob modfadd ohona i. Troais fy mhen ac edrych i fyny'r stryd, dim ond am eiliad, os hynny… a phan droais yn ôl, dyna lle roedd y ddynas yn sefyll reit wrth ymyl y giât, yn union fel roedd hi cynt efo'r gath yn ei breichia a'i llaw chwith yn rhoi o bach i ben yr anifail. Ond rywsut, Duw a ŵyr sut, roedd hi wedi symud o'i drws ffrynt at y giât mewn llai nag eiliad.

'Mi faswn i'n ddiolchgar iawn am ffag,' meddai.

'Be…?' *Sut oedd hi'n gwbod 'mod i'n smocio?*

'Smôc,' meddai.

Agorais fy mag a thynnu'r ffags allan heb sbio: ro'n i'n dal i rythu ar y ddynas, yn methu dallt sut roedd hi wedi gallu dŵad ata i mor sydyn, sut roedd hi'n gwbod 'mod i'n smocio, am Nathan…

'Tân?'

Estynnais fy leitar o 'mhocad a'i roi iddi. Roedd ei gwinadd, sylwais, wedi'u brathu reit i lawr at y byw: am ryw reswm, ro'n i wedi meddwl yn siŵr y basan nhw'n hir, yn anfarth ac yn felyn, fel crafanga'r hebog tramor yn y llun hwnnw gin Siôn Pennant. Taniodd ei sigarét, a'i llygid yn crwydro'n araf i lawr dros 'y ngwallt, fy wynab a 'nillad, ac yna'n ôl i fyny. Yna gwenodd. Ro'n i wedi hen arfar efo pobol yn gwenu ac yn chwerthin ac yn rhythu arna i, ond roedd gwên hon yn wahanol, rywsut; do'n i ddim yn siŵr iawn be yn union oedd y tu ôl iddi, ond mi ges i'r teimlad nad oedd hi'n ca'l hwyl am fy mhen.

Y cwbwl ddeudodd hi oedd, 'Diolch,' a rhoi'r leitar yn ôl yn fy llaw.

'Ma'n ocê,' meddwn.

'Lle ma adra, felly?' gofynnodd.

'Sorri?'

'Chdi ddeudodd gynna dy fod ar dy ffordd adra. Dwi'n cymryd dy fod yn byw ar y stad yma?'

Dywedais wrthi be oedd enw stryd ni.

'A d'enw di?'

'Lisa.'

'Lisa.'

Nodiodd, ac mi ges i'r teimlad mai cadarnhau rhwbath roedd hi'n ei wbod yn barod o'n i.

'Tria osgoi'r nos, Lisa,' meddai. 'Ma hi wedi dy dwtshiad di'n barod.'

'*Be?*'

Hanner gwenodd arna i.

'Ti'n gwbod.'

'Sorri, nac 'dw. 'Sgin i'm syniad am be dach chi'n sôn.'

'Nag oes wir? O, wel, dyna ni felly, yndê.'

'Be?'

Ysgydwodd ei phen, wedi colli mynadd efo'r sgwrs.

'Ga' i ofyn i chdi am un arall o'r rhein, Lisa? Ddylwn i ddim – na chditha chwaith, tasa hi'n dŵad i hynny. Hen habit gwirion, sglyfaethus. Ond ma gynnon ni i gyd ein gwendida, yn does?'

Roedd hannar ei sigarét wedi mynd a daliodd hi rhwng ei bysedd a'r tân yn pwyntio'n syth i fyny. Tynnais y pacad o 'mag eto a'i agor; roedd pedair ffag ar ôl, ond roedd gin i bacad arall, un heb ei agor. Rhoddais y pedair ffag iddi, yn y pacad.

'Ma gin i fwy.'

'Siŵr?'

Nodiais.

Cymrodd y ddynas nhw. 'Diolch, Lisa.' Craffodd arna i, gan syllu reit i mewn i'm llygid, a do'n inna ddim yn gallu sbio i ffwrdd oddi wrthi. Teimlais ei bod yn gneud ei gora i sbio i mewn i 'mhen, i ddarllan rhwbath oedd jest allan o'i golwg.

Yna ochneidiodd ac ysgwyd ei phen. Daliodd y pacad ffags i fyny. 'Mi wna i dalu'n ôl i chdi am y rhein.'

'Ma'n ocê,' meddwn.

O'r diwadd, ro'n i'n teimlo 'mod i'n gallu symud. Dechreuais gerddad, ond roedd fy nghoesa isio rhedag, fatha'r teimlad hwnnw dach chi'n ei ga'l ar lan y môr pan fyddwch yn cyrradd y tywod brown, calad hwnnw ar ôl stryffaglu drw'r tywod meddal, dyfn sy o gwmpas y twyni.

Tic-tic-tic… clywais eto, reit yn fy nghlust y tro hwn.

Troais yn wyllt.

Roedd hi wrth ei giât o hyd, a'r gath yn ei breichia. Cododd ei bys a tharo'i flaen yn ysgafn yn erbyn ei gwefus.

Brysiais oddi yno, ac wrth i mi symud yn bellach oddi wrth y tŷ, gallwn deimlo 'nghorff yn dechra cynhesu wrth i'r awal oer honno ollwng ei gafa'l arna i. O'r diwedd, cyrhaeddais gornol y stryd, ond cyn troi edrychais yn ôl at y tŷ.

Roedd hi'n dal i sefyll yno yn fy ngwatshiad, yn fawr mwy na chysgod tywyll yn tyfu o'r giât.

Ro'n i'n falch, y noson honno, nad oedd yn rhaid i mi gerddad adra heibio i'r cloc ar y sgwâr; roedd rhwbath yn deud wrtha i y basa fo'n saff o fod wedi troi'n grocbren ac y basa 'na rwbath yn hongian oddi arno fo, rhwbath nad oedd eto wedi marw'n iawn. Rhwbath a fasa'n trio crawcian f'enw wrth i mi'i basio fo. Yn lle hynny, cerddais i fyny at y tŷ ar hyd y ffordd sy'n arwain o'r rowndabowt bychan ar waelod yr allt. Roedd mwy o geir ar y ffordd yma, o gryn dipyn, yn gyrru i fyny ac i lawr, llawar ohonyn nhw efo'u blydi *woofers* swnllyd yn bytheirio'r miwsig tecno crap hwnnw ma'r iobs lleol i gyd i'w gweld yn ei leicio – ac am unwaith ro'n i'n falch o'u twrw normal nhw.

Syrpréis fach neis i Liam, dwi'n cofio meddwl wrth i mi nesáu at tŷ ni: mi geith o fynd allan wedi'r cwbwl.

Ond ar yr un pryd doedd arna i ddim isio iddo fo fynd. Roeddwn i'n teimlo fy mod i angen ei gwmpeini.

Ond na, fasa hynny ddim yn deg iawn ar y cradur. Penderfynais ymgolli ym mha ffilm bynnag roedd o wedi'i llogi ar DVD ar gyfar y noson – rhwbath swnllyd, *macho*, yn llawn saethu, o nabod Liam, efo rhywun fel Jason Stratham ne' Jet Li yn actio ynddi.

Edrychais ar fy wats wrth agor y giât.

Yna rhythais arni.

Roedd hi wedi troi deg o'r gloch.

Be?

Hannar awr wedi saith oedd hi pan es i allan o'r tŷ. Do'n i ddim wedi bod allan am dros ddwy awr a hannar, *no way*.

Lle oedd yr amsar wedi mynd?

O gornol fy llygad gwelais gysgod yn symud. Cath ddu, newydd neidio i ben y wal sy rhwng tŷ ni a thŷ Carina. Syllodd arna i, ac edrych yn union fel cath mam y pedoffil.

Camais i mewn drw'r giât a'i chau ar f'ôl.

'Pws?'

Estynnais fy llaw tuag ati, ond fe'i chwipiais yn ôl wrth i'r gath droi'n bont flewog, filan oedd yn hisian fel cobra. Yna neidiodd i lawr i ardd ffrynt Carina a diflannu i'r cysgodion yng ngwaelod y gwrych.

Roedd fy llaw'n crynu wrth i mi chwilio am y goriad. Yna neidiais eto wrth i'r drws agor yn sydyn.

'Blydi hel!'

Baglais yn f'ôl, wedi dychryn, wrth i rywun ruthro o'r tŷ ac i lawr y stryd.

'Hei!'

Hogan oedd hi. Pan drodd ac edrych yn ôl dros ei hysgwydd, dim ond am eiliad – ond roedd hynny'n ddigon, gwelais mai Lisa Angharad oedd hi.

Yr Aderyn Corff

gan

Lisa Angharad

Os y dylluan ddaw i'r fro
Lle byddo rhywun afiach,
Dod yno i ddweud mae'n ddi-nad
Na chaiff adferiad mwyach.

Cytunai pawb fod rhywbeth crîpi tu hwnt ynglŷn â Glyn Owen. Roedd o'n dal ac yn fain ac er ei fod ymhell dros ei drigain oed, edrychai fel nad oedd o erioed wedi gorfod shafio. Roedd ei groen yn hollol wyn a golwg anghynnes o feddal arno, rywsut, a wnâi i rywun feddwl am hufen iâ fanila oedd wedi toddi a suro; roedd o hefyd yn sgleinio, ond yn ddwl, fel tasa Glyn Owen yn chwys oer drosto i gyd, o'i gorun i'w sawdl.

Doedd o erioed wedi priodi, a doedd neb yn synnu. Pa ddynes, yn wir, fasai eisiau rhannu gwely ac aelwyd efo'r fath greadur – heb sôn am ei gyffwrdd a'i gusanu?

Heblaw, efallai, am ei fam, a doedd gan Rebecca Owen ddim llawer iawn o ddewis. Doedd hithau, chwaith ddim yn llawn llathan. Efo hi y bu Glyn yn byw ar hyd ei oes, ond dywed rhai hyd heddiw mai plentyn cyfnewid oedd o – *changeling*: hynny yw, roedd y tylwyth teg wedi cipio babi iawn Rebecca Owen a gadael Glyn iddi yn ei le. Yn sicr doedd o ddim yn edrych yn debyg iddi o gwbwl, gan mai un fer a chron gyda chroen brown oedd Rebecca: pwdin Dolig o ddynas, pob parch iddi, a gwelwyd hi'n amal yn crwydro llwybrau'r goedwig yn siarad ffwl sbîd efo rhywun – er nad oedd yna neb ar ei chyfyl. Y gred oedd fod Rebecca, pan oedd hi'n ifanc, wedi pechu yn erbyn y tylwyth teg mewn rhyw ffordd neu'i gilydd a'u bod nhw wedi dympio Glyn arni fel cosb.

'Ma gynno fo hen ffordd annifyr o sbio arnoch chi,' meddai pawb, gan rwbio'u breichiau'n ffyrnig er mwyn trio cael gwared o'r croen gŵydd a fyddai'n ymddangos ar gnawd pobol wrth feddwl am Glyn Owen. 'Rhyw hen wên slei, wlyb, fel tasa fo newydd glywad rhyw gyfrinach sglyfaethus amdanoch chi.'

Ac roedd ysgwyd llaw efo fo, yn ôl pob sôn, fel gwthio llaw i mewn i bwdin reis oer a slwjlyd. Roedd bysedd hirion, gwyn Glyn Owen yn cau am eich bysedd chi, fel tasan nhw'n trio sugno pob owns o gynhesrwydd o'ch corff.

Tueddai i grwydro o gwmpas yr ardal ar ôl iddi dywyllu, efo'i lygaid, am ryw reswm, wastad ar yr awyr, dim ots beth oedd y tywydd. Roedd wn i ddim faint o bobol yr ardal wedi gneud llond eu trowsusa wrth i Glyn gamu'n ddistaw a dirybudd o'r tywyllwch ac ymddangos reit o'u blaenau, ei wyneb gwyn yn pwyntio i fyny at yr awyr a'i lygaid yn chwilio, chwilio, chwilio am ... doedd neb yn gwybod am beth.

Crîpi?

O, arhoswch. Mae rhagor eto.

Natur gwaith Glyn Owen. Mi fasach yn meddwl y basa rhywun a edrychai fel yna'n chwilio am swydd, lle bydda fo o'r golwg yn rhywle – rhyw facrŵm boi mewn ffatri neu labordy. Ond na. Aeth Glyn ati i ddilyn gyrfa a oedd, os rhywbeth, yn ychwanegu at ei wedd arswydus: trefnydd angladdau.

'Ma'n ddigon drwg ei fod o'n *edrych* fel trefnydd angladdau,' cwynai pawb. 'Does dim rhaid iddo fo *fod* yn un, neno'r tad.'

Yn ôl y genhedlaeth hŷn – a'r rheiny, cofiwch, oedd y rhai fyddai'n gorfod byw efo'r wybodaeth mai bysedd anghynnes Glyn fyddai'r rhai olaf i'w golchi a'u glanhau a'u twtio a'u gwisgo yn eu dillad gorau, cyn i gaead yr arch gau arnynt ac i naill ai'r pridd neu'r popty eu croesawu, a hynny efallai'n gymharol fuan. Roedd Glyn fwy neu lai 'run fath yn nyddiau ei blentyndod, yn dal ac yn fain ac yn wyn ac yn... wel... yn crîpi.

Dim rhyfedd, felly, iddo gael ei alw y tu ôl i'w gefn yn 'Glyn Cysgod Angau'.

'Dydi hi'n braf dŵad ar draws dyn sydd wirioneddol yn mwynhau ei waith, dudwch?'

Faint o weithiau ydach chi wedi clywad yr ymadrodd yna? Ychydig iawn ohonan ni sy'n ddigon lwcus i gael ein talu am wneud yr hyn rydan ni'n ei garu fwya – a thrist yw gorfod croniclo yma fod Glyn Owen yn un o'r ffodusion prin hynny. Roedd o *wrth ei fodd* yn ei waith, bron fel tasa fo wedi cael ei eni i fod yn drefnydd angladdau. Os nad un o epil y tylwyth teg oedd Glyn, yna hawdd iawn fyddai dychmygu'r fydwraig yn dweud wrth Rebecca druan, wedi iddi ei eni, 'Llongyfarchiadau, Rebecca, ma gynnoch chi'r trefnydd angladda bach delaf welodd neb erioed.'

Tipyn o fand un dyn oedd Glyn Cysgod Angau hefyd, yn gwneud popeth ei hun, fwy neu lai, gan gynnwys yr eirch. Roedd wedi dysgu ei grefft wrth fwrw prentisiaeth efo Caradog Cnebryngau, hen drefnydd angladdau'r ardal ac un roedd pawb yn ei barchu, yn ôl y sôn, cyn iddo fo golli arni. Pam ddaru'r creadur hwnnw gytuno i gyflogi Glyn, does neb yn siŵr: y gred boblogaidd yw iddo deimlo'i fod o'n cael nid yn unig brentis ar gyfer galwedigaeth sy'n bell o fod yn boblogaidd, ond hefyd adfyrt da ar gyfer ei fusnes.

Ffynnodd Glyn, wrth gwrs, a chyn hir roedd o'n bartner. Ond yna dechreuodd Caradog ddrysu.

Digwydd yn sydyn ddaru hyn. Cododd pobol yr ardal un bore i weld bod taflen fechan wedi'i gwthio drwy'u drysau yn ystod y nos. O'i hagor, gwelsant fod Caradog Cnebryngau wedi penderfynu hysbysebu.

'O – di-chwaeth!' ebychodd pawb.

Yna aethant ati i ddarllen y daflen yn iawn.

Cafodd Caradog lond gwlad o ymwelwyr y diwrnod hwnnw, pawb ohonyn nhw'n flin ond hefyd wedi'u dychryn am eu bywydau. Yn ôl y daflen, roedd Caradog am gynnig gwasanaeth newydd i'w gwsmeriaid, sef system o roi tocynnau i bawb – tocynnau a fyddai'n help iddyn nhw dalu am eu hangladdau *eu hunain*. Mae copi o'r daflen gen i yma o'm blaen, a dyma enghraifft ohoni. Ydach chi'n barod am hyn?

'*Receive a £10 Super Gift Voucher each time you inter/cremate a relative or loved one with us! The more you put away, the more you save towards the cost of your OWN funeral! A once-in-a-lifetime offer from Jones & Owen – we undertake to do you proud!*

O dan y geiriau, mae cartŵn bach digon amrwd o gwpwl hapus yn sefyll yn wên o glust i glust uwchben pedair arch, a llond dwrn o'r tocynnau yn eu dwylo a'r frawddeg *Remember – the more you put away, the more you save* wedi'i hailadrodd o dan y cartŵn – Caradog, mae'n siŵr, yn ofni fod rhai pobol wedi colli'r jôc y tro cynta.

Dim rhyfedd fod pobol yr ardal yn lloerig efo fo. Ond ymateb Caradog i'w protestiadau oedd chwerthin. A chwerthin. A chwerthin a chwerthin, nes o'r diwedd yr aeth rhywun i alw'r meddyg. Rhoddod hwnnw bigiad ym mraich Caradog a mynd ag o'n dyner i'r ysbyty. Treuliodd chwe mis mewn ysbyty'r meddwl cyn ymddeol yn swyddogol a mynd i fyw yn dawel (heblaw am ambell bwl o chwerthin bob tro y gwelai angladd ar y teledu) mewn bynglo ger Abersoch efo'i chwaer.

A'r busnes? Wel, Glyn Cysgod Angau a brynodd hwnnw, debyg iawn, a chredai pawb ar y dechrau mai'r ffordd roedd Glyn yn dotio at ei waith oedd wedi gyrru Caradog druan yn honco blonc.

Ond na. Yn rhyfedd iawn, roedd pobol yr ardal wedi'i fedyddio â llysenw oedd hyd yn oed yn fwy addas nag roedd neb wedi'i freuddwydio – oherwydd roedd y gallu ganddo i ddweud pa un o drigolion yr ardal fyddai ei gwsmer nesa.

I wneud pethau'n waeth, daeth yn arferiad ganddo i alw heibio'u cartrefi a *dweud* wrthyn nhw.

Newydd ddathlu ei ben-blwydd yn ddeugain oed roedd Arthur Pritchard, felly dyn cymharol ifanc oedd o pan alwodd Glyn i'w weld un noson. Hyd y gwyddai Arthur, roedd o'n iach fel cneuen: os rhywbeth, roedd o'n fwy heini o gryn dipyn na nifer o ddynion oedd ddeng mlynedd yn iau na fo, ac yn hynod falch o hynny.

Felly, pan atebodd ei wraig y drws un gyda'r nos a gweld Glyn yn sefyll yno, meddyliodd i ddechrau fod y trefnydd angladdau'n hel pres at rywbeth neu'i gilydd.

'Na, isio gweld y gŵr ydw i, os ga i,' meddai Glyn, gan wenu ei wên anghyfforddus.

Rhwbiodd Catrin Pritchard ei breichiau. 'Ynglŷn â be, felly?'

'Dwi'n meddwl y basa'n well taswn i'n gweld y gŵr,' meddai Glyn. 'Mi wela i chi rywbryd eto, gyda lwc.'

Gan bendroni dros hyn, aeth Catrin i nôl ei gŵr.

'Ma'r Glyn Cysgod Angau crîpi hwnnw isio dy weld di, Arthur.'

'Be ma *hwnnw* isio?'

'Roedd o'n gwrthod deud,' atebodd Catrin. 'Dos wir, cynta yn y byd yr ei di, cynta yn y byd yr aiff ynta.' Brysiodd hithau i fyny'r grisiau, a rhyw ysfa ryfedd i gael cawod wedi dŵad drosti'n fwya sydyn.

Gan rwgnach dan ei wynt, cododd ei gŵr o'i gadair. Roedd Glyn yn sefyll wrth y drws a'i gefn ato'n syllu i fyny ar wifren deliffon oedd gyferbyn â'r tŷ.

'Be sy?' gofynnodd Arthur yn ddigon swta. 'Be ti isio yma?'

Trodd Glyn ato gyda chwestiwn od ar y naw. 'Dwi'n cymryd mai yn y llofft ffrynt rydach chi a'r wraig yn cysgu?'

'*Be?*' Rhythodd Arthur arno'n gegagored. 'Be gythral sy gan hynny i'w neud efo chdi?'

'Mi faswn i'n gwerthfawrogi ateb cwrtais.'

Roedd Arthur ar fin dweud wrtho lle i fynd, ond erbyn hyn roedd gwên anghynnes Glyn wedi diflannu ac roedd rhywbeth amdano a wnaeth i Arthur ailfeddwl.

'Ia, fel ma'n digwydd,' atebodd. 'Pam?'

Nodiodd Glyn yn araf. 'Ro'n i'n amau,' meddai. Roedd ei lygaid, sylwodd Arthur, yn crwydro i fyny ac i lawr ei gorff, o'i draed i'w ben ac yna'n ôl, a chafodd yr argraff od fod Glyn yn gneud syms yn ei ben, fel... fel...

Fel tasa fo'n fy mesur i! meddyliodd Arthur.

Llyncodd, â'i geg yn sych fel tasa fo wedi bod yn cnoi blawd. Estynnodd Glyn gerdyn bychan o'i boced a'i roi i Arthur.

'Os byddwch mor garedig â rhoi hwn i'ch gwraig,' meddai. 'Dwi'n siŵr y bydd hi'n gweld ei angen o un o'r dyddia yma.'

Teimlodd Arthur ei stumog yn troi wrth i'w fysedd gyffwrdd am eiliad â rhai Glyn, fel petai wedi cyffwrdd â rhywbeth oedd wedi pydru ac wedi glynu wrth waelod y bin sbwriel.

'Wela i chi cyn bo hir,' meddai Glyn Cysgod Angau wrth droi a gadael.

Daeth gwraig Arthur i lawr y grisiau ar ôl ei chawod i weld ei gŵr yn eistedd yn ei gadair, ei lygaid nid ar y gêm bêl-droed ar y teledu ond ar gerdyn bach gwyn ar y silff-ben-tân.

'Be oedd ar hwnna'i isio?' gofynnodd Catrin Pritchard.

'Isio i mi roi'r cardyn yna i chdi,' atebodd Arthur mewn llais gwan.

Edrychodd Catrin ar y cerdyn. Cerdyn busnes cyffredin ydoedd, gydag enw Glyn, ei gyfeiriad a'i gyfeiriad e-bost, ei rifau ffôn a'i ffacs wedi'u printio arno'n dwt.

'Mi fydd ei angan o arnat yn o fuan, medda fo.'

'Be!' Aeth Catrin Pritchard yn oer drosti. 'Pam?'

Trodd Arthur ac edrych arni. Roedd ei lygaid yn anferth ac yn llawn ofn.

'Pam w't ti'n meddwl, Catrin?' meddai.

Drannoeth, ar ôl noson ddi-gwsg, aeth Catrin i weld Glyn Owen. Edrychodd arni mewn syndod pan gerddodd hithau i mewn i'w swyddfa.

'Ydi o wedi digwydd yn barod?' gofynnodd.

'Ydi be wedi digwydd?' gofynnodd Catrin.

'Ymadawiad Arthur.'

Roedd hyn yn ormod i Catrin Pritchard.

'Nac ydi, dydi o ddim!' meddai. 'A chyda lwc, fydd o ddim yn digwydd am flynyddoedd eto chwaith! Be goblyn ydach chi'n feddwl dach chi'n neud, ddyn, yn codi ofn ar bobol fel hyn? Chysgon ni 'run winc neithiwr, diolch i chi a'ch nonsans.'

'Nid nonsans mohono, Mrs Pritchard,' meddai Glyn. 'Dwi'n cymryd 'y ngwaith o ddifrif, 'mond i chi gael dallt.'

'Be, dychryn pobol, ia?'

'*Rhybuddio* pobol, Mrs Pritchard. Rhoi cyfle iddyn nhw ymbaratoi ar gyfer yr anochel.'

'*Wnewch chi roi'r gorau iddi?*'

Teimlai Catrin fel sgrechian.

'Mae Arthur yn hollol iach!'

'Ar y foment, falla,' meddai Glyn. Cododd o'r tu ôl i'w ddesg. 'Rŵan, os gwnewch chi f'esgusodi, mae gen i arch i'w hadeiladu.'

Aeth Catrin adre wedi'i hypsetio'n lân. Roedd hyn mor annheg! meddyliodd. Doedd dim llawer ers iddi hi ac Arthur symud i fyw i'r ardal. Roedden nhw wastad wedi bod eisiau byw yn y wlad, ac wrth eu boddau pan gawson nhw'r cyfle i brynu'r bwthyn hwn ar gyrion y pentre. Roedd o mor berffaith, efo'i do gwellt a'i rosod o gwmpas y drws. Mor braf oedd deffro bob bore i sŵn yr adar yn canu ym mrigau'r coed yng nghefn y tŷ. Deuai mochyn daear i fusnesu yn yr ardd gefn o bryd i'w gilydd, ac roedd Catrin wedi cael cip ar lwynog fwy nag unwaith. Roedd hyd yn oed dylluan wedi dechrau setlo ar y wifren deliffon gyferbyn â ffenest y llofft ffrynt yn ddiweddar.

Perffaith.

Ond rŵan - hyn.

Mae'n rhaid fod rhywbeth yn bod ar Glyn Owen, penderfynodd Catrin. Rhyw *eccentric* lleol oedd o, dyna'r cwbwl.

Yna, ymhen llai nag wythnos ac Arthur yn ei waith, cafodd alwad ffôn yn dweud iddo gael trawiad ar y galon, a'i fod wedi'i ruthro i'r ysbyty.

'Doedd o ddim yn drawiad anferth,' meddai'r meddygon wrthi. 'Rhybudd bach oedd o, iddo fo beidio â gor-wneud pethau. Ond mae'n bwysig ei fod o'n cymryd pwyll o hyn ymlaen.'

Daeth Arthur adre ymhen ychydig ddyddiau, ond byddai angen iddo wella cryn dipyn cyn y byddai'n ddigon da i ddychwelyd i'w waith. Treuliai'r rhan fwya o'i amser yn ei wely, a'r peth ola a welai Catrin bob nos wrth iddi gau llenni'r ystafell wely oedd y gwdihŵ ar y wifren deliffon gyferbyn â'r tŷ, fel petai'n rhythu reit i mewn i'r ystafell.

Un noson braf ym mis Mehefin, a hithau'n dal yn weddol olau am ddeg o'r gloch, aeth Catrin i setlo Arthur fel arfer. Roedd o'n cysgu'n sownd, a chroesodd Catrin at y ffenest i gau'r llenni. Oedd, roedd y gwdihŵ yno eto heno - ond y tro hwn, agorodd ei hadenydd a hedfan i ffwrdd yn araf dros y caeau cyn diflannu i mewn i'r goedwig.

A phan drodd Catrin ar ôl cau'r llenni, roedd Arthur wedi marw.

Drannoeth, canodd y ffôn yn swyddfa Glyn Owen.

'Iawn, Mrs Pritchard,' meddai ar ddiwedd y sgwrs. 'Peidiwch chi â phoeni. Mae'r arch gen i'n barod ers rhai dyddiau bellach.'

Rhoddodd Catrin y ffôn yn ei grud. Gan wenu rhedodd Glyn y clwt dros arch Arthur Pritchard, a chofio geiriau ei fam: 'Paid ag osgoi'r nos, Glyn. Mi ddysgi di gryn dipyn oddi wrth y nos. Yn enwedig oddi wrth ei hadar, Glyn bach, yn enwedig oddi wrth ei hadar.'

Roedd ei fam, fel arfer, yn iawn. Y tylluanod oedd yn dweud wrth Glyn Cysgod Angau pwy fyddai'n marw, drwy setlo o gwmpas eu tai – y gwryw os dyn fyddai'n marw, y fenyw os dynes fyddai hi.

Ond dyna fo, roedd ei fam, meddyliodd Glyn, yn iawn am bopeth. A pha syndod, yn wir, a hithau yn ei thro wedi cael ei dysgu gan y tylwyth teg?

Darllenwch fwy o helyntion y ddwy Lisa yn yr ail gyfrol:

£5.95

Am restr gyflawn o nofelau cyfoes Y Lolfa,
mynnwch gopi o'n catalog newydd, rhad
neu hwyliwch i mewn i'n gwefan

www.ylolfa.com

lle gallwch archebu llyfrau ar lein

TALYBONT CEREDIGION CYMRU SY24 5HE
ebost ylolfa@ylolfa.com
gwefan www.ylolfa.com
ffôn 01970 832 304
ffacs 832 782